Tan cerca de la vida

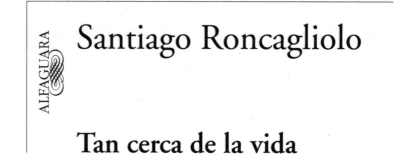

Santiago Roncagliolo

Tan cerca de la vida

© 2010, Santiago Rocangliolo
© De esta edición:
  D. R. © Santillana Ediciones Generales, S.A. de C.V., 2008
  Av. Universidad 767, Col. del Valle
  México, 03100, D.F. Teléfono 5420 7530
  www.alfaguara.com.mx

  Primera edición: octubre de 2010

ISBN : 978-607-11-0735-0

Diseño:
Proyecto de Enric Satué

© Imagen de cubierta:
Getty Images

Impreso en México

A Mateo, que cruzó el umbral.

I

Al llegar, Max tuvo un sueño extraño. O quizá no fue un sueño.

Quizá era el *jet lag*. Había volado más de doce horas sin saber dónde terminaba la mañana y dónde comenzaba la noche. Había dormido sentado, alternando la vigilia con desagradables pesadillas. Hasta donde recordaba, el vuelo había sido sólo un largo y espeso duermevela. Y las cosas no mejoraron en el aeropuerto. Se sentía mareado y aturdido, y le costaba entender por dónde ir o qué hacer. Imitaba torpemente a los demás pasajeros en la esperanza de salir de ahí tarde o temprano.

En el pasillo a la aduana, llamó su atención un cartel:

BIENVENIDO A TOKIO
SI SIENTE ALGÚN TIPO DE MALESTAR,
FIEBRE O TOS, PASE A LA ENFERMERÍA

Max consideró la posibilidad de acercarse, pero no estaba seguro de en qué órgano de su cuerpo se hallaba el problema. Lo que tenía no era tos ni fiebre, aunque sí, en términos estrictos, un malestar. Se preguntó si podrían impedirle la entrada al país en caso de portar algún virus. Escudriñó la enfermería de reojo, como un prófugo, tratando de evitar llamar la atención. En el interior, había un enfermero con la cara oculta bajo una mascarilla. Max sintió que debajo de esa máscara no había un rostro. Desvió la mirada. En un rincón, una pantalla escaneaba a los pasajeros y los convertía en siluetas de colores. Entre las siluetas, Max descubrió la suya: una figura de tonos desvaídos detenida en una esquina del cuadro. Siguió de largo.

Tardó poco en migraciones y en aduana, pero el tiempo se había vuelto elástico, lento. Cuando logró salir, le pareció que llevaba horas caminando.

Llamó a un taxi. Cuando se detuvo, Max creyó que era un vehículo fantasma, sin conductor. Pero luego comprendió que el volante estaba a la derecha, como en los autos ingleses. Trató de abrir la puerta de atrás sin conseguirlo. El cerrojo estaba echado y, por más que forcejeó, la puerta no se movió. Malhumorado, Max golpeó la ventanilla e insultó al taxista vanamente en su idioma. Llevaba demasiado tiempo en un avión para además tener paciencia con un maldito taxi. Nada ocurrió. Ya iba a alejarse pero la puerta se abrió sola, como si tuviese voluntad propia.

Max arrojó su maleta en el interior, y luego se arrojó él mismo en el asiento de atrás. En su cabeza asomó la idea de que había vuelto a ser un niño, y que tendría que aprender a vivir todo de nuevo, hasta las cosas más pequeñas. Era un pensamiento muy extravagante, y no entendió por qué se le había ocurrido.

El aeropuerto quedaba lejos de la ciudad. El taxi atravesó una zona industrial interminable. Después, en la ventanilla empezaron a sucederse imágenes que Max había visto en otras ciudades, la mayoría sólo en películas: un castillo de Disney, un puente de Brooklyn sobre un fondo de edificios, una Torre Eiffel. Tokio parecía infestado de réplicas, como un parque temático de las grandes ciudades. Ese pensamiento era igual de absurdo que el anterior, pero a Max le hizo reír.

Ya en la ciudad, el taxi enfiló por una autovía aérea y circuló entre los edificios, a la altura de las ventanas, como si navegase por el aire. El paisaje era sólo una invariable serie de torres de hormigón. Ningún área verde.

Ninguna casa de una planta. En el tablero de mandos, la pantalla del GPS parpadeaba con mapas de la ciudad y caracteres japoneses.

—¿En qué parte de la ciudad estamos? —preguntó Max en una lengua que, según pensó, el taxista podía comprender—. ¿Esto es el este? ¿El oeste? ¿Es un barrio rico o pobre?

El taxista no dijo nada. No dio señales de haberle escuchado siquiera. Max repitió la pregunta en voz más alta, con el mismo silencioso resultado.

Un grueso cristal de seguridad separaba al conductor de los asientos traseros. Max pensó que quizá estaba insonorizado. La posibilidad era un poco delirante, pero no más que las puertas automáticas o los volantes a la derecha. Tocó con los nudillos el cristal, pero el taxista tampoco respondió esta vez. Al contrario, aumentó la velocidad. A su alrededor, los edificios se movían más rápido, uno tras otro, huyendo en el espejo retrovisor. Max golpeó el cristal con un poco más de fuerza. Finalmente, presa de un pequeño arranque de histeria, lo aporreó con la mano abierta, ya sin ganas de conversar, sólo para que el chofer no lo ignorase.

No obtuvo respuesta.

Sólo cuando abandonaron la autovía y entraron en el tráfico de la ciudad, el conductor dijo algo. Casi nada. No más de uno o dos rápidos monosílabos, Max no llegó a entender sus palabras. Ya en una calle normal, entre tiendas de comida rápida y oficinas, el taxi aminoró la marcha hasta detenerse frente a un semáforo. Y el conductor volteó a ver a su cliente.

Max no pudo creer lo que veía a través del cristal.

El conductor tenía su mismo rostro, como si se estuviese mirando en un espejo.

Max se sobresaltó. Pero el conductor no debía notar nada extraño, porque le dirigió una sonrisa de cortesía. Incluso su dentadura era la de Max. El mismo colmillo torcido. El mismo hoyuelo en la mejilla. El mismo lunar en el cuello. El mismo hombre, en suma.

Max perdió el aire. Una mano invisible le oprimió el corazón. Trató de abrir la puerta pero, por supuesto, eso no dependía de él. Miró a su alrededor en busca de la realidad, o de ayuda. En el auto del costado, un hombre tarareaba una canción despreocupadamente. Max trató de llamarlo, hasta que reparó en su perfil. La nariz larga, con un ligero ensanchamiento en el tabique. El ángulo de la oreja. Las pestañas largas. Era él, Max. Un Max con aspecto de ir a casa a almorzar. El hombre del otro coche también era Max, un Max con más prisas, estresado. El taxista preguntó:

—¿Está todo bien, señor?

Sonó con un fuerte acento japonés, pero él seguía siendo Max.

Presa del pánico, Max —el original— desvió la vista hacia los peatones que esperaban la luz verde. Se reconoció en cada rostro de la multitud. En el caballero con corbata que parecía llegar tarde a una reunión. En el obrero con casco y chaleco reflectante. Incluso en los niños. En las ancianas. Todos eran versiones idénticas de él mismo.

Trató de gritar, pero su garganta sólo dejó escapar un silbido sordo. Sintió que se ahogaba.

Y entonces abrió los ojos.

—¿Está todo bien, señor?

El conductor —un conductor normal, con una cara propia y una voz propia— golpeaba el cristal de seguridad con los nudillos. Max miró a su alrededor. Estaban detenidos en un estacionamiento, frente a una puerta deslizante. El GPS brillaba con su mezcla de dibujos e ideogramas, indistinguibles unos de otros. Afuera, un botones se acercaba al vehículo. Con alivio, Max constató que el botones tampoco se le parecía. Era sólo un botones. Trató de incorporarse y abrir la puerta con una mano que adivinó sudorosa. No lo consiguió. De nuevo se sintió atrapado. Presa del miedo.

Se volvió hacia el conductor. El taxista señalaba insistentemente una pantalla entre los dos asientos delanteros. La pantalla indicaba el importe del trayecto. A su lado había una ranura para introducir tarjetas de crédito. Sólo esperaba que pagase antes de abrirle la puerta.

Max pasó la tarjeta de la empresa. Marcó su clave. Al fin, la puerta del coche se abrió, dejando entrar una bocanada de aire fresco.

II

Max ascendió hasta el piso cuarenta y cinco. En las tres paredes del ascensor se vio multiplicado por los espejos, que le recordaron su extraño sueño. Era el *jet lag,* sin duda. Estaba aturdido. En realidad, llevaba meses aturdido. Desde el accidente. Pero no. No quería pensar en eso. No debía pensar en eso. Era el *jet lag.*

Cuando se abrieron las puertas, se encontró en un suntuoso salón de té, un escenario tan imponente que lo arrancó de sus divagaciones. De un lado brotaba agua de una fuente de mármol. Del otro extremo se encontraba la recepción del hotel. Entre las mesas decoradas con flores, circulaban mujeres vestidas con quimono que vertían humeantes infusiones en las tazas. Pero lo más impactante eran las vistas. Gigantescos ventanales encerraban el salón de té como si fuese una gran caja de cristal suspendida en el aire. Allá abajo, muy abajo, edificios iguales entre sí cubrían el paisaje hasta perderse en el horizonte, como un bosque de cemento.

Entonces llegaste tú. Llevabas el uniforme del hotel y te situaste a su lado, esperando pacientemente a que él reparase en tu presencia. Hacías lo mismo con todos los huéspedes. No querías interrumpir sus pensamientos, ni parecer violenta. No te importaba tu tiempo. Te importaba su confort. Cuando Max al fin volteó a verte, le hiciste varias reverencias. Aun así, tardó en comprender que estabas ahí para recibirlo. Balbuceó algo en su idioma, pero tu rostro se mantuvo imperturbable. Tras unos instantes de duda, habló en una lengua que tú entendías:

—Trabajo en la corporación —dijo.

Mantuviste una inexpresiva cortesía. Nunca contradecías a un huésped, ni le hacías sentir que no se explicaba bien. Sólo te quedabas mirándolos, esperando a que terminasen de formular sus deseos. Él trató de expresarse mejor:

—Vengo a la convención... ¿Sabe? ¿La convención?

Le dedicaste una intensa atención, como si él acabase de decir algo realmente importante. En cierto modo, te inspiró ternura, como un animalito perdido entre las colinas. Con delicadeza, lo acompañaste al mostrador. Él te extendió su pasaporte mientras buscabas su registro en una computadora. Tecleaste, primero calmadamente, luego más rápido. Después de varios minutos, sonreíste de nuevo, pero no comunicaste ningún progreso. Seguiste tratando de localizarlo en el registro.

Max empezó a sospechar que el trámite tardaba demasiado. Por un momento, tuvo la incómoda sensación de haber desaparecido de la faz de la tierra, de haber quedado borrado. Por fin, hiciste girar la pantalla de la computadora. Él pensó que le mostrarías su reserva, pero tus gestos eran interrogativos. Max comprendió lo que le preguntabas. En la pantalla aparecían ocho convenciones diferentes, de diversos temas, desde floristería hasta alta cocina. Todas tenían lugar en el hotel en esos días.

Max examinó la lista y finalmente señaló una de las opciones:

INTELIGENCIA ARTIFICIAL:
RETOS Y PERSPECTIVAS PARA EL SIGLO XXI
ORGANIZA: CORPORACIÓN GÉMINIS

Volviste a teclear. El tacatacacataca de tus dedos sonaba como un reloj en un interrogatorio. Después de varias consultas informáticas, te llevaste las manos a la cara y te encogiste de hombros. Tu mirada expresaba frustración. Le dedicaste una nueva salva de reverencias a Max.

—Mire, he tenido un vuelo terrible y me siento muy mal —Max trató de que sus palabras sonasen autoritarias, pero incluso a él le sonaron como súplicas—. Si no estoy registrado, terminaré durmiendo en la calle.

Sacudiste las manos, como si apagases un pequeño incendio. Después las juntaste en una especie de rezo en miniatura. Como siempre, considerabas que cualquier posible error debía ser tuyo o del hotel. Nunca del cliente. Encontraste una habitación vacía asignada para la convención, le señalaste a Max el registro para que lo firmase y le entregaste una tarjeta.

Max recibió la tarjeta con alivio. Sólo entonces se fijó en ti con más detalle. Le llamaron la atención tus dedos, largos y delgados. Ese día —como casi todos los días— llevabas el pelo recogido hacia atrás en un moño. Así, sin el marco de la cabellera, tu rostro se veía muy redondo, y parecía hecho sólo de pequeñas piezas: una nariz diminuta, unos ojos rasgados, unos labios carnosos pero compactos. Tu cara aspiraba a la armonía, a evitar cualquier exceso. Olías a jazmín, pero no como un perfume artificial, sino como si fuera el olor natural de tu piel. De tu pecho colgaba una insignia con el logotipo del hotel y tu nombre: Mai.

Tú misma lo acompañaste al ascensor, a uno distinto del anterior. El primer elevador se usaba para llegar al lobby. Su recorrido terminaba en el piso cuarenta y cinco. Éste en cambio comenzaba ahí, y era el de las habitaciones. Ascendió nueve pisos más y se abrió ante un intrincado laberinto de pasillos sin ventanas. Te adelantaste. Max te siguió. Como la mullida moqueta amortiguaba el sonido de tus pies, dabas la impresión de deslizarte en vez de andar. A lo largo del laberinto, Max creyó pasar varias veces por el mismo sitio, pero tú seguiste adelante sin asomo de dudas, volteando de vez en cuando para sonreírle.

La habitación 5401 estaba situada en un rincón. Abriste la puerta e invitaste a Max a pasar con un gesto ceremonioso. Él se internó en un breve corredor de dos metros, flanqueado por un armario de un lado y el baño de otro, hasta llegar al dormitorio propiamente dicho. Tomó nota mental de los objetos: una cama muy grande entre dos veladores, frente a un televisor de pantalla plana de cuarenta y seis pulgadas. Y más allá, contra la ventana, una mesa de madera pulida con dos sillas y útiles de oficina. La habitación daba al lado contrario que el salón de té de la recepción, pero el paisaje en la ventana era el mismo: innumerables edificios hasta el horizonte. Max no recordaba haberse quedado en un cuarto tan lujoso nunca antes.

—¿Está usted segura de que ésta es mi habitación?

Hiciste una nueva reverencia. Por lo general, los clientes eran altivos y apenas te miraban. Te agradó el trato de este hombre. Te parecía amable y tenía un punto de inocencia. Max sacó unos billetes de su bolsillo y te los ofreció. Era la costumbre, o al menos era lo que había visto en las películas de gente llegando a hoteles. Pero aquí no se hacía eso. Tú pareciste asustarte al ver el dinero. Negaste con la cabeza. Sin embargo Max insistió. Suponía que era el rito habitual, como cuando todos los comensales insisten en invitar una cena. Tú seguiste negándote y cruzaste las muñecas, un gesto que para él no significaba nada. Él pensó que quizá la cantidad era ofensiva. Te ofreció más dinero. Tú te limitaste a hacer una última reverencia y abandonar el cuarto.

Ya a solas, Max examinó la superficie del escritorio: una carpeta de notas encuadernada en cuero y varias plumas. Y junto a ellas, una bandeja de frutas bañadas en chocolate, cortesía del hotel. El cubrecama estaba tejido con una tela suave y estampado con motivos vagamente japoneses, probablemente cerezos en flor. Sin duda, se trata de un error, pensó. Este cuarto —sobre todo esa vista de la ciudad— debe estar reservado para algún ejecutivo importante. Sin embargo, decidió que lo disfrutaría mientras lo tuviera. Y cuando se lo quitaran, se llevaría todos los útiles de aseo del baño, que incluían hasta lociones y pomadas. En los hoteles, había escuchado alguna vez, la verdadera diferencia de categoría está en los baños.

Como para confirmar sus expectativas, atravesó de vuelta el dormitorio. Le vendría bien una ducha, y una buena cepillada de dientes. Probablemente tenía incluso albornoces y pantuflas a su disposición. Soñó con una sesión de relax e higiene para inaugurar su visita a la ciudad. Relajado por esta idea, silbó algunas notas de una canción popular. Pero un paso antes del baño, frenó en seco. Palideció.

Ahí adentro había alguien.

Lo había visto moverse. Apenas una sombra asomándose rápidamente al umbral. Un escalofrío recorrió la espalda de Max. Consideró la posibilidad de llamarte, pero comprendió que no sabría qué decir. «Hay alguien en mi baño» no debía ser una queja habitual. Además, no tenía por qué sentirse amenazado. A lo mejor era el verdadero inquilino de la habitación. O quizá se trataba de ti. Quizá estabas verificando el orden del cuarto de baño. Pensó que esas posibilidades eran tan absurdas como cualquier otra. Era absurdo, de hecho, que hubiese alguien en el baño.

Se decidió a enfrentar al intruso. En principio, nada grave podía ocurrirle. Y si ese alguien aún no se había manifestado, era probable que estuviese tan asustado como Max. Respiró hondo, se aflojó la corbata y se pegó a la pared. Sentía el corazón latir violentamente en su pecho. Él creía actuar con sigilo, pero más bien andaba con pesadez. Al fin llegó al umbral. En un rapto de decisión, pateó la puerta y entró dando un grito. Llevaba los brazos en alto, aunque no sabía si para atacar o para defenderse.

Una vez dentro, al no encontrar resistencia, encendió la luz. Frente a él, en efecto, alguien se movía. Era su propio reflejo, en uno de los dos grandes espejos del baño.

Al principio, casi no se reconoció en ese hombre pálido, con los ojos inyectados de sangre y el rostro demacrado que lo observaba desde la pared. Pero terminó por asumir que era él mismo.

De todos modos, eso no lo hizo sentir más tranquilo.

III

La convención se inauguraba esa tarde, en el mismo hotel, pero en un piso aún más laberíntico que el de su habitación. Tras casi media hora deambulando por los pasillos, entre reuniones de negocios ajenas y versiones *muzak* de los Beatles, Max encontró el lugar. En la entrada lo recibió un robot, un pequeño armatoste hecho de circuitos y tubos, como el esqueleto de un niño. Su voz era aterciopelada, gentil, y estaba pregrabada en tres idiomas:

—Buenos días y bienvenido a nuestra convención sobre inteligencia artificial. Mi nombre es TRUD y soy un módulo de atención al visitante. Por favor, seleccione una opción y vocalícela: ¿viene usted como participante o para visitar nuestra sala de exposiciones?

Max se sentía como un turista. De todos modos, respondió:

—Participante.

—Entonces debe usted disponer de un asistente personal. Por favor, entréguemelo.

Max echó mano del pequeño cuadrado negro que llevaba en el bolsillo. Aún llamaba a ese aparato «teléfono». Y sin embargo, era consciente de que las posibilidades de esa maquinita eran mucho más amplias, y de que llamarla así frente a sus compañeros podía acarrearle infinitas vergüenzas. Todos en la corporación poseían un asistente personal, y comentaban constantemente sus múltiples prestaciones. Aparte de las funciones tradicionales de entretenimiento, información y comunicación, algunos de sus colegas lo usaban para seguir sus rutinas en el gimnasio, como GPS o incluso para consultar su carta astral. Una vida entera cabía en ese adminículo tamaño bolsillo con pantalla digital.

Le dio el aparato al enano metálico, que lo conectó en uno de sus sensores. Su rostro, una pequeña máscara blanca, emitió una luz verde.

—Bienvenido, analista de logística Max —proclamó con alegría electrónica—. Nos satisface contar con usted. Esperamos que disfrute de esta experiencia.

Max ingresó al salón de exposiciones, que medía unos quinientos metros cuadrados. Le sorprendió descubrir que no había vitrinas. Los productos de la corporación circulaban libremente entre los invitados y se detenían a lucirse ante ellos, como en un zoológico sin jaulas.

El primero en salir al paso de Max fue un reproductor de MP3 danzarín, una especie de barrilito rosado del tamaño de una pelota de tenis que bailaba y rodaba al ritmo de una canción de Gloria Gaynor. Max lo observó con más atención. Sus altavoces eran dos orejas que se abrían y cerraban al compás de la música. Era como un gnomo feliz y sintético. Pero eso sólo era la primera muestra, y una de las más ordinarias. El salón entero era una gran exposición escultórica de plástico vivo. Conforme Max se internaba en él, salían a su paso nuevos productos. Le ladraban mascotas mecánicas, le ofrecían copas camareros robotizados. Se regalaban a su olfato magnolias artificiales. Mickey Mouse bailaba un vals con Minnie haciendo gala de una extraordinaria sincronía de movimientos.

En una esquina, Max descubrió a un niño que cantaba *Only You,* la canción de los Platters. Su voz era delgada y aguda, su piel tersa y su mirada, inocente. Max sospechó que estaba ahí como contraste con las piezas exhibidas, como una manera de decir: esto sí es natural. Pero al acercarse al pequeño y verlo de perfil, comprendió que también era una máquina, cubierta con fibra sintética e injertos de pelo. Sus fabricantes le habían dejado la parte posterior desnuda. Su nuca y su espalda presentaban el frío brillo de un mueble cromado. Pasó la mano por su cuello y sintió el tacto de un metal ligero, probablemente aluminio.

—¿Le gusta lo que ve? Yo creo, sin falsas modestias, que es impresionante.

La voz devolvió a Max a la humanidad. Quien le estaba hablando era un hombre calvo, o a lo mejor rapado, pálido como un papel y de unos sesenta años, que actuaba con gran seguridad. Cuando estrechó la mano de Max, él tuvo la sensación de que una tenaza le apretaba las falanges, pero quizá era sólo por la situación. Saludar a un ser humano en ese entorno le resultaba anormal. Además, el desconocido lo miraba de un modo tan penetrante que le hacía sentir incómodo. Para relajar la tensión, Max se sintió obligado a presentarse:

—Mi nombre es Max. Estoy en logística.

Por un instante, el otro pareció sorprendido de que Max no lo reconociese. Aunque eso era sólo una impresión de Max. Hasta donde él podía apreciar, los músculos faciales de ese hombre habían permanecido perfectamente inmóviles. Se sintió tentado de mirarle la espalda para verificar que no fuese como el niño cantante. Hasta que el recién llegado habló:

—Lo sé. Lo sé todo sobre mis invitados. Soy Marius Kreutz, presidente de la corporación Géminis. Se lo advierto para que no se le ocurra hacer chistes sobre el jefe.

Max digirió esas palabras. Comprendió que eran un chiste, pero el otro no sonrió, y Max sólo consiguió esbozar un ligero alzamiento de labios. Recién entonces asoció el rostro que tenía enfrente con el que había visto varias veces en los periódicos. En persona, Kreutz se veía un poco mayor y más delgado que en las fotos. Max pensó que la realidad siempre es un poco peor que sus réplicas. Musitó:

—Gracias... por invitarme a la convención. No lo esperaba, en realidad... yo...

No pudo terminar. Desde alguna parte del salón, un pajarraco de colores chillones llegó hasta ellos aleteando ruidosamente y se posó en un hombro de Kreutz. La gente a su alrededor se espantó ante la aparición. Pero Kreutz no dio señales de sorpresa. Ni siquiera miró al animal, aunque medía el doble que su cabeza. Sólo dijo:

—Se subestima usted, Max. Invitarlo aquí no es ningún favor. Usted es uno de nuestros mejores organizadores de producción. Sus ideas y sugerencias han sido claves para reubicar las fábricas de Europa Oriental o reestructurar la planta de Canadá. Nos ha hecho ahorrar mucho dinero.

Max se sorprendió. En la empresa, estaba acostumbrado a ser invisible. Su trabajo era hacer posible el trabajo de los demás, que llamaban despectivamente a logística «sector periférico». Tenía el tipo de función que sólo se notaba cuando algo salía mal. Ante la inesperada amabilidad del presidente, Max sospechó que la fría mirada de Kreutz no era una muestra de desprecio. Al parecer, sencillamente, no tenía otra.

—Por cierto —siguió el presidente—, ¿está satisfecho con su asistente personal? Aún no está en el mercado. Es lo último en 3G.

El pájaro graznó. Max comprendió que era un papagayo. Nunca había visto uno personalmente, pero recordaba cómo eran, como se recuerdan la mayor parte de las cosas, sin saber de dónde salieron. Pero este papagayo, además de vistosas plumas multicolores y pico de loro, tenía en la mirada la misma expresión, o más bien la misma ausencia de expresión, que Kreutz. Como si sus ojos fuesen fabricados en serie en diversos tamaños.

—Es un avance increíble —dijo Max tratando de retomar la conversación—. Ni siquiera he llegado a controlar todas sus funciones. Debo confesarle que incluso me cuesta no llamarlo «teléfono».

Max pensó que acababa de cometer un error, pero a Kreutz no pareció importarle. Estaba entusiasmado con el asistente personal. Dijo:

—Aquí podrá sacarle el máximo provecho, porque el asistente personal se adapta a sus gustos. ¿Tiene activada la función «ocio»?

—Sí —dijo Max, aunque en realidad no lo sabía.

—Tokio es una ciudad magnífica, llena de sorpresas. Hay muchas cosas que hacer. Su asistente personal está al tanto de todas ellas y le irá recomendando actividades. Ya lo verá. Es más que una máquina. Es el mejor amigo que un hombre puede tener.

—No me cabe duda.

Guardaron silencio mientras los segundos goteaban lentamente a su alrededor. Max intentó decir algo ingenioso. No lo consiguió. Reparó en la gente a su alrededor. Apenas los había mirado antes, pero ahí había personas que conversaban en varios idiomas, reían y se hacían bromas. No parecía tan difícil. Afortunadamente, cuando el silencio empezaba a parecer embarazoso, el papagayo volvió a levantar vuelo, planeó por todo el lugar y se posó en una argolla que colgaba del techo. Como si hubiese esperado esa señal, Kreutz le ofreció a Max nuevamente su mano huesuda.

—Es hora de inaugurar esta fiesta. Tengo algunas sorpresas preparadas para el personal. Pero nos estaremos viendo en estos días, Max. No se me pierda.

Antes de que Max pudiese responder, Kreutz se alejó, seguido por una fila de artilugios andantes, y subió a un pequeño estrado en el centro de la sala. Como alertados por una orden silenciosa, todos los productos de la muestra formaron fila a sus espaldas. Eran una exótica colección de juguetes animados, una inesperada mezcla entre relojería y bestiario.

Los asistentes a la convención se agruparon frente al presidente. Eran unos doscientos, quizá más, y Max calculó que representaban a las divisiones de la corporación en los cinco continentes. Max buscó algún rostro familiar en la multitud. Se sintió como un fantasma. Pero lo atribuyó a que la corporación era demasiado grande, y él, por lo visto, apenas comenzaba a llamar la atención de los directivos. Se propuso firmemente aprovechar los días siguientes para impresionarlos, aunque no tenía claro cómo iba a hacerlo. Daba igual. Sólo estar ahí era ya una oportunidad excepcional.

La música cesó. Las luces se apagaron. Las ventanas exteriores se cubrieron automáticamente con un velo de sombra. En cuestión de instantes, el salón quedó sumergido en la penumbra. Todo parecía ocurrir de manera perfectamente natural, sin intervención humana, como una puesta de sol instantánea. Un foco cenital rompió la oscuridad bañando a Kreutz en un haz de luz. Arriba, en el estrado, el presidente de la corporación volvía a verse como en las fotos de los periódicos:

—Cuando nació la corporación Géminis —comenzó a decir—, la mayoría de fabricantes informáticos se burlaron de nosotros, y particularmente de mí. Me llamaron «juguetero», «aprendiz de brujo» y, quizá el apodo más ingenioso, «carpintero con pretensiones».

Una sorda risa se extendió entre el público. Para no desentonar, Max rió también. Kreutz dejó que las risas se apagasen antes de continuar:

—Acudí a muchas grandes empresas del sector en busca de respaldo para mis proyectos. Ni siquiera me recibieron. Ya no digamos si me financiaron. En cierto momento, hasta mis socios fundadores opinaron que la empresa estaba condenada al fracaso. Hasta que apareció BIBI. O quizá debo llamarla por su nombre formal: Bifuncional Interna Básica I.

Un nuevo reflector iluminó a una de las máquinas de la fila, una pequeña personita con aspecto de llevar un uniforme de latón blanco. Tenía más o menos la misma estatura que el robot de la puerta e iba equipada con unos bracitos rematados por manos de cuatro dedos que se cerraban hacia el interior. El público aplaudió entusiasmado, y BIBI agradeció la acogida moviendo sus extremidades en círculos. En adelante, acompañó las palabras de Kreutz con movimientos ilustrativos:

—Con su doble función, el módulo BIBI revolucionó el mercado del servicio doméstico. Por un lado, puede ocuparse de las tareas cotidianas del hogar: limpiar, regar, sacar al perro, contestar el teléfono (de hecho, ella *es* el teléfono). Pero también puede atender a personas con discapacidad, ancianos o niños, al menos en sus necesidades más sencillas. Me refiero, claro, a cocinar en hornos microondas o arreglar la cama, pero también a la más importante: hacer compañía. BIBI canta, cuenta historias y viene equipada con varios juegos de memoria y razonamiento. Más aún: se adapta a las rutinas del usuario, desarrollando nuevas funciones cuando es necesario. En los últimos años, sus habilidades la han convertido en la predilecta de la industria médica y las residencias para la tercera edad. BIBI está al servicio de nuestros clientes las veinticuatro horas del día. No se enferma, no toma vacaciones, y lo más importante, no cobra sueldo.

Una nueva risita se propagó entre la concurrencia. Max se detuvo un instante a observar a los que quedaban cerca de la luz. Todos tenían orígenes distintos, sin duda. Los había negros y orientales, rubios e indios. Y sin embargo, todos iban vestidos igual que él. La mayoría eran hombres, y llevaban los mismos trajes azules o grises, las mismas camisas y los zapatos brillantes. El último refugio de su individualidad eran las corbatas. Algunos las llevaban de colores chirriantes, otros con dibujitos, como anuncios que expresaban la personalidad de sus dueños. Algunas proclamaban «yo soy alegre», otras «yo soy sobrio». Por lo demás, los compañeros de la empresa le parecieron a Max tan hechos en serie como BIBI, que ahora les demostraba sus habilidades con la limpieza de vajillas delicadas.

—En sus tres versiones, el módulo BIBI ha sido distribuido en treinta y dos países, y ha facturado para nuestra corporación 226 millones de dólares. Ahora, si alguno de ustedes cree que es más listo que ella, pregúntese: ¿cuánto he facturado yo?

Mientras los demás aplaudían, una vibración en el bolsillo distrajo a Max. Su asistente personal reclamaba su atención. Max lo sacó del bolsillo y encontró un mensaje autogenerado:

Esta tarde hay un partido de béisbol de la serie mundial.
He pensado que te interesaría.
¿Quieres que reserve una entrada?
¿Quieres más información?

Recordó las palabras de Kreutz antes: «El asistente personal es el mejor amigo que un hombre puede tener». Pero Max jamás había tenido ningún interés por el béisbol. Y tampoco muchos amigos.

Volvió a prestar atención cuando Kreutz presentaba otro de sus productos, que él llamaba «módulos». Éste tenía una apariencia mucho menos sofisticada que BIBI. Era sólo un cubo metálico con una puerta que se abría y se cerraba, como si fuese a tragarse a alguien, y un solo brazo con una pala mecánica.

—Ahora saludemos a DEV: Desactivador de Explosivos V. Este modelo acaba de salir a la venta y ya tiene pedidos por veintiséis millones de dólares. Es menos elaborado que BIBI, pero no menos urgente en los últimos años, especialmente desde los atentados terroristas del 11-S. Piensen en la siguiente situación: están en un aeropuerto, en la sala de espera, minutos antes de ingresar a un avión. Y aparece una maleta sin dueño. Nadie sabe cómo llegó a la sala de espera, ni de quién es, y sobre todo, nadie sabe qué lleva adentro.

Mientras Kreutz hablaba, otro reflector mostró una maleta de cuero marrón que parecía haber llegado por arte de magia. DEV se acercó a ella con la puerta abierta y la pala en alto. Kreutz parecía disfrutar la escenificación:

—Los pasajeros se ponen nerviosos. Ustedes se ponen nerviosos. Las azafatas llaman al propietario de la maleta por el micrófono, pero nadie responde. Por supuesto, hay que sacar esa maleta de ahí pero ¿quién se atreve a hacerlo? ¿Quién va a acercarse a abrirla? No hay mucho tiempo para tomar esa decisión. Cada segundo que pasa puede ser letal. Ése es el momento en que interviene DEV.

Confirmando sus palabras, el aparato avanzó pesadamente hasta la maleta y se la tragó con una cucharada de su pala. Cuando la tuvo dentro, su puerta se cerró. Kreutz guardó silencio, y una voz nueva irrumpió en el salón proveniente de DEV. A diferencia de la suave voz del robot de recepción, ésta era una voz agresiva y ronca, como una sirena de ambulancia:

—Atención. Atención. Por favor, aléjense. Vamos a realizar una explosión controlada en diez segundos. Nueve. Ocho. Siete. Seis...

Terminada la cuenta regresiva, el robot se sacudió violentamente. Su vibración fue tan intensa que en algún momento pareció a punto de caerse, pero justo entonces, frenó en seco. Su puerta se abrió. En el interior sólo quedaban unas bocanadas de humo y varios retazos de cuero ennegrecido.

—Fuera de peligro —anunció DEV—. Por favor, continúen con sus actividades.

El personal acogió la demostración con una ovación en la que se podía sentir cierto alivio. Kreutz dejó apagarse las palmas antes de retomar su discurso. Había vuelto a ser él lo único iluminado del salón, y su voz, conforme hablaba, fue adquiriendo un tono más solemne, casi sacerdotal.

—La primera versión del desactivador, DEI, podía anular explosivos simples, dinamita y algunos compuestos plásticos como el ANFO. DEV es la quinta actualización. Puede resistir una deflagración nuclear reducida, y amoldarse a tipos de explosivo que no conozca de antemano.

Él y BIBI son en este momento nuestros módulos estrella, nuestros productos más exitosos. Y sin embargo, ambos son sólo los primeros pasos hacia una inteligencia artificial más avanzada.

A sus espaldas, la luz se incrementó. Una leve vibración recorría la fila de máquinas, como un aliento vital.

—Lo que ustedes ven detrás de mí no son más que una serie de pequeños, aunque rentables, experimentos. Y sin embargo yo prefiero llamarlos «arte». Su diseño y fabricación implican no sólo recursos tecnológicos sino talento. Y aquí, delante de mí, tenemos a algunos de los ingenieros, diseñadores y creadores más talentosos de la corporación, lo que equivale a decir del mundo: ustedes. Durante los próximos días, ustedes compartirán información, intercambiarán tecnología y planearán las metas de la corporación Géminis para el futuro. Nuestra propia historia marca la ruta: los primeros módulos que produjimos eran capaces de repetir tareas. Los nuevos son capaces de aprender nuevas funciones a partir de su experiencia sobre el terreno. Progresivamente, nuestros modelos deberán inventar sus propias funciones. Avanzamos hacia la creación de módulos con capacidad creativa. Pero también, gracias a nuestros nuevos materiales orgánicos, podemos darles un aspecto natural y amigable, que les permita ser acogidos en los hogares y aceptados por los usuarios como un miembro más de la familia.

Kreutz hizo una pequeña pausa para dejar que sus palabras surtiesen efecto antes de terminar:

—Queridos amigos, para la mayoría de la gente, la robótica siempre ha sonado a película de ciencia ficción, a invasiones marcianas o delirios del futuro. Pero lo mismo parecían las computadoras hasta que todo el mundo tuvo una en casa. Nosotros nos proponemos conseguir el mismo efecto. Nuestra aspiración en esta convención, y en el siglo XXI, se puede resumir en una frase: crear pequeños objetos vivos para mejorar la vida de las pequeñas personas.

Al decir esto, la estancia se iluminó de repente mostrando los rostros de admiración del público. Una salva de aplausos estalló incontenible. El papagayo saltó de su aro y describió piruetas en el aire mientras chillaba escandalosamente. Los robots se pusieron en movimiento todos al mismo tiempo. Unos daban vueltas en círculo. Otros saltaban sobre su lugar. El niño de la voz dulce empezó a cantar *We Are the Champions,* y muchos de los asistentes se le sumaron. Max buscó con la mirada a Kreutz, pero el presidente había desaparecido en la algarabía. En el amplio salón, costaba encontrar cualquier cosa. Todo adquiría una apariencia teatral. Como una pasarela de modelos enloquecidas. O un circo de marionetas donde los títeres no se podían distinguir de los titiriteros. Max intentó compartir la euforia de sus compañeros, alegrarse con ellos y celebrar. Pero no consiguió sentir nada.

IV

Por la noche, Max no pudo conciliar el sueño. Se revolvió entre las sábanas durante horas y contó hasta doscientos treinta, sin éxito. Aunque en la ciudad reinaba la madrugada, su cuerpo le decía que era mediodía. Debía ser otra vez el cambio de hora. Podía cambiar el tiempo en su reloj, pero no en su propio interior.

Perdidas las esperanzas de dormir, se levantó de la cama. Dio vueltas por la habitación. Fue al baño, y jugueteó con los útiles de aseo. Se detuvo especialmente en las cuchillas de afeitar. Aún usaba de las antiguas, las que se atornillaban a la máquina, quizá porque le hacían sentir vagamente elegante. Pero al poco rato, se aburrió de tontear con ellas.

Se sentó en el inodoro, que ocupaba una especie de cabina en el rincón. Para su sorpresa, en vez del frío tacto del asiento al que estaba acostumbrado, lo recibió una sensación cálida y mullida que se extendió por sus nalgas y sus muslos, como si la taza fuese un cuerpo vivo y afectuoso. Era lo más parecido al cariño que Max había experimentado en las últimas horas.

El hotel tenía previsto el efecto que sus inodoros producían en los clientes, porque justo enfrente, del otro lado del baño, había un televisor. Y al lado de la cabina, sobre el mueble del lavadero, un mando a distancia a prueba de agua. Acomodándose en el asiento, Max se dispuso a ver televisión y apretó ON. En la pantalla se materializó una mujer que cocinaba una cosa amarilla y alargada que Max jamás había visto. No entendía su idioma. Ni los caracteres escritos en la pantalla.

Cambió de canal. Varios hombres de negro sentados en una mesa reían y comentaban algo. Por debajo de
la pantalla pasaban corriendo más de esas letras extrañas.
Pero cuando Max empezaba a desesperar, la temperatura
de su asiento ascendió varios grados, contagiando su calor
a todo su cuerpo. Max cerró los ojos y se dejó llevar por
ese inesperado bienestar.

En el interior de la cabina había un panel con botones. Max se sentía con ganas de experimentar, de arriesgarse. Apretó uno de ellos. De inmediato, desde las profun-
didades del inodoro emergió un chorro de agua caliente,
que limpió y masajeó sus zonas sensibles. Max no consiguió reprimir un ligero gemido de placer, de un placer que
nunca había conocido antes. Aunque estaba solo, la naturaleza íntima de aquel gozo le hizo sentir una extraña vergüenza. Pero durante los segundos que duró el chorro,
su cuerpo tembló de entusiasmo. Y cuando terminó, no
dudó en probar el siguiente botón del panel, con similares
resultados.

Exploró un buen rato todas esas nuevas posibilidades que la tecnología ponía a su alcance. Se aplicó diversos chorros en diversas partes a diversas temperaturas.
Probó las distintas maneras de vaciar el inodoro, una de
ellas violenta y vigorosa, la otra sutil y discreta. El rumor
incomprensible de la televisión se convirtió en un exótico
fondo musical.

Regresó a la habitación sin vestirse. Se sentía un
poco mejor, pero aún más despierto que antes. No sabía
qué hacer. Presa del frenesí de los botones, empezó a jugar
con los mandos que había sobre el escritorio. Apagó y
encendió luces, y luego abrió la cortina automática de la
ventana. Lentamente, la ciudad se fue desvelando, dormida pero luminosa a sus pies, una alfombra infinita de luces
que salpicaban la oscuridad.

Al observar ese paisaje, un pensamiento triste lo
asaltó.

¿Tú me quieres?

Se sintió culpable. Estaba disfrutando de la habitación, no sólo por el confort, sino sobre todo por la sensación de no ser nadie que brindan los cuartos de hotel. Nada de decoraciones personales ni fotos familiares. En un hotel no hay pasado ni futuro. Todo es transitorio. En ese momento de su vida, eso era justo lo que necesitaba. Pero no era real.

Recogió su asistente personal del velador. Pasando el dedo por la pantalla, seleccionó la opción «agenda». Sólo tenía un número grabado en la memoria. Decía «casa», y tenía como ícono la foto de una mujer. Pulsó esa imagen.

Quizá por la distancia, el pitido del teléfono del otro lado le sonó extraño. Incluso la mujer que se materializó en la pantalla le resultó remota, sin relación con la foto, ni con el nombre acogedor de Anaís.

—¿Hola?

—Soy Max.

Anaís miró para otro lado. Su mano se perdió detrás de la cámara. A lo mejor aún no sabía usar bien su terminal.

—Hola —dijo al fin.

—¿Qué estás haciendo?

—Nada en particular.

—Comprendo.

Otro silencio. Su conversación era un tractor abollado que avanzaba torpemente entre los surcos, y ella misma lucía apagada, difícil de distinguir de una imagen congelada.

—¿Y tú?

—No puedo dormir.

—Ya.

—Hay un partido de béisbol en la ciudad. Nunca he visto béisbol.

—Tienes trabajo.

—Sí.

En algún lugar de sus recuerdos, la voz de Anaís estaba asociada con risas y mimos, y sesiones de amor en la alfombra, y desayunos con huevos fritos y tocino, y un pijama a rayas que a él le gustaba desabrochar. Pero ahora mismo, ese lugar parecía cerrado, o simplemente perdido. Trató de recordar los últimos días con ella. A lo mejor habían peleado, pero no tenía una imagen muy nítida. Su relación en general no era muy nítida desde el accidente.

—Hoy fue la inauguración —dijo Max—. Fue muy... espectacular.

—Me lo imagino.

—Sí... Bueno, adiós.

—Adiós. Que te vaya bien.

—Adiós.

Anaís y su foto y la palabra «casa» se difuminaron. Max se sintió como en el centro de un agujero negro.

Un bip y una vibración anunciaron un mensaje. Ilusionado, activó de nuevo la pantalla. Quizá era ella para despedirse con más cariño. Quizá la había encontrado dormida. Pero en la pantalla sólo encontró un texto:

Este fin de semana hay una pelea de sumo.
Aún quedan entradas.
¿Quieres que reserve una? ¿Quieres más información?

Se imaginó asistiendo a la pelea acompañado por su asistente personal. Cenando a la luz de las velas con su base de datos. Durmiendo con la función «ocio».

Volvió a la ventana. Era imposible abrirla, pero tenía un amplio alféizar interior. Se sentó ahí desnudo y abrazó las rodillas con sus antebrazos. Dejó correr las horas con la mente vacía. Cuando al fin se quedó dormido, el cielo comenzaba a teñirse de un tenue resplandor azul.

V

Soñó con el papagayo, aquel pájaro mecánico que había visto en el hombro de Kreutz en la convención.

En el sueño, las plumas del pájaro brillaban aún con más intensidad, y sus pupilas herían como cuchillos de hielo. Pero en vez de volar libremente entre las argollas del techo, se sacudía en una estrecha jaula. Trataba de escapar una y otra vez, saltando y abriendo las alas, y se estrellaba contra los barrotes dando graznidos lastimeros.

La jaula descansaba sobre una mesa. Desde cada extremo de ella, una persona observaba al papagayo revolverse en su prisión. Al principio, los observadores eran sólo siluetas anónimas, con las caras ocultas entre las sombras. Pero después, Max consiguió reconocerlas. Una de ellas era Kreutz. Detrás de él, un cartel rezaba: CORPORACIÓN GÉMINIS. La otra era Anaís. Y a sus espaldas, otro cartel decía CASA. Sin embargo, ninguno de los dos se daba por enterado de la presencia del otro. No intercambiaban palabras, ni miradas. Sólo tenían ojos para el papagayo, que trataba de escapar cada vez más rabiosamente, sin producir ningún tipo de reacción visible en sus testigos. Ni lástima, ni miedo. Lo observaban como se observa un noticiero en la televisión, con un interés desprovisto de emociones.

En una de sus embestidas, el papagayo se quebró un ala contra la jaula. El ala se partió en dos, y de la grieta salieron despedidos cables, tuercas y transistores. Sin apenas notarlo, el animal volvió a lanzarse contra las rejas. Esta vez se rompió el pico, que cayó al suelo y quedó despedazado por sus propias garras. Anaís y Kreutz seguían igual, dos columnas de mármol, impávidos ante el violento esfuerzo que desplegaba el pájaro, y ante sus daños cada vez mayores. Una y otra vez siguió chocando contra la jaula. Se rasgó las plumas del pecho. Su cabeza se abrió por la mitad. Perdió un ojo. Cada una de sus lesiones iba acompañada de ruidos de resortes, entrechocar de tornillos, jirones de fibra sintética. Golpe tras golpe, el animal iba quedando reducido, primero a un enorme plumero sin forma, luego a un par de patas con largas uñas que caminaban solas por la jaula, entre los miembros mutilados de su anatomía. Algún circuito colapsó y varias de sus partes ardieron. Finalmente, las garras dejaron de moverse y se apagaron, dejando escapar una débil bocanada de humo, como un alma huyendo de ese cuerpo diseccionado e inerte.

Max abrió los ojos.

Seguía desnudo, apoyado contra la ventana. Cincuenta y cuatro pisos abajo, el gigantesco monstruo de la ciudad ya se había puesto en movimiento. Los coches circulaban como ratas en un laberinto. El cielo estaba encapotado. La mañana, en forma de espesa niebla gris, se cernía sin piedad sobre el hotel. En la habitación perfectamente insonorizada, la ventana actuaba como una pantalla de cine mudo.

Se duchó y se vistió sin mirar lo que se ponía. Daba igual. Toda su ropa era una larga serie de trajes grises con corbatas azules, combinables por azar y funcionales en cualquier ocasión. Ya iba a salir cuando encontró un mensaje en su asistente personal:

Tienes a tu disposición el desayuno
en el comedor ejecutivo del piso 56.

Casi no había dormido, pero las palabras «comedor ejecutivo» lo ayudaron a despabilarse. Sonaba como un lugar donde uno quiere comenzar el día.

Le costó encontrar el ascensor en la maraña de pasillos del piso, pero al fin consiguió subir. En la puerta del comedor, una camarera le pidió el número de su habitación. Titubeó mientras lo pronunciaba, temiendo que le negasen la entrada. Pero nadie sospechó de él ni lo miró mal. De hecho, ni siquiera desentonaba entre el personal de la convención ahí presente, que formaba grupitos grises alrededor de las mesas del fondo.

Max pensó que sería una buena oportunidad para integrarse en su nuevo mundo. De hecho, olvidó que debía comer en ese lugar. Ignoró el bufé y se dirigió directamente a las mesas. Escogió un grupo al azar y se sentó. Llevaba una etiqueta con su nombre, de modo que no le hacía falta presentarse. Los demás, todos señalados con sendas etiquetas, lo asumieron automáticamente como uno de los suyos. Ni siquiera lo introdujeron en la conversación. Simplemente alzaron las cejas en señal de reconocimiento y continuaron con su charla.

—Estamos desarrollando un módulo nuevo —explicaba uno, etiquetado como Epstein—. Funciona como un portero en instalaciones que requieren seguridad. Escanea a los sujetos al entrar y, si halla metales o elementos sospechosos, les solicita que los muestre. En caso de movimientos sospechosos, puede cerrar todas las puertas y neutralizar al sujeto en cuestión de segundos.

—Ya —comentó otro, etiqueta Wang—, pero el mercado no pide eso ahora. Las aplicaciones médicas son las que tienen más salida. Nosotros estamos trabajando en piernas. Piernas para discapacitados. Se las ponen como un pantalón y caminan con ellas. No hacen falta sillas de ruedas ni muletas. Funcionan incluso con los que sufren parálisis.

Wang dejó sus palabras penetrar triunfalmente en el grupo, seguro de haberlos impresionado. Pero otro —etiqueta Lacroix— terció:

—Todo eso es demasiado aparatoso. El futuro de la inteligencia artificial es más compacto y más complejo. Nosotros estamos profundizando en las posibilidades de los asistentes personales. Creemos que pueden desarrollar funciones terapéuticas. La gente paga fortunas por ir a un consultorio a hablar de sus problemas con un supuesto especialista que a veces ni les responde. Si la desarrollamos bien, la próxima generación de asistentes personales podría ocupar ese nicho. Ahora mismo, nuestras unidades se adaptan a los gustos y tendencias de sus propietarios. El siguiente paso es un servicio completo de escucha y asesoría personal. Le cuentas tus dudas existenciales al asistente, él examina tu pasado afectivo, reconoce constantes, evalúa tus alternativas y te sugiere las decisiones que debes tomar sobre una base analítica.

Los tres discutieron sobre qué aparatos tendrían más demanda. Cada uno defendió su posición con esmero. Hablaron de posicionamiento, de demanda pasiva, de mercados potenciales. La mayoría de las palabras que usaban esas personas no le decían nada. Escucharlas era como beber de un vaso vacío. Sólo al final, un poco por cortesía y otro poco por aburrimiento, uno de ellos se volvió hacia Max en busca de un nuevo tema de conversación:

—¿Y en qué están trabajando en tu sector? —preguntó.

Max no supo qué contestar. Su trabajo en logística sólo tenía que ver con cifras y mapas de producción. Recibía unos números, y unos esquemas, y reorganizaba los esquemas para engordar los números. Hasta donde él entendía, su trabajo consistía en fabricar ceros. Mientras más ceros a la derecha fuese capaz de entregar, más lo valorarían sus superiores. Eso era todo.

—Yo... estoy en logística —titubeó.

Wang frunció el ceño, como si se hubiese colado en su mesa un demente o un enfermo. Dijo:

—Imaginaba que la convención era sólo para diseñadores y creativos.

—Bueno, yo necesito que ustedes creen cosas para poder organizarlas.

Sus palabras pretendían distender la conversación, pero cayeron como pelotas en un campo sin jugadores. Dieron algunos botes contra el suelo y se quedaron ahí, muertas.

—¿Han venido más representantes de sectores periféricos? —preguntó Epstein. Pero la pregunta no iba dirigida a Max. De repente, todos empezaron a hablar como si él no estuviese presente. Max imaginó que de eso se trataba precisamente ser «periférico».

—No lo entiendo —estaba diciendo otro, ya no importaba cuál—. Pensé que esta convención tenía carácter reservado.

Max interpretó que la palabra «reservado» lo excluía. Nadie esperaba que tuviese una reserva en el universo de las estrellas. Acaso más bien una covacha en el barracón de las criadas.

La conversación derivó hacia temas «no exclusivos», como el fútbol o el clima o la comida, pero ahora sí era verdad que Max ya no estaba ahí.

Se levantó en busca de otra mesa donde integrarse. Temiendo un nuevo desprecio, no se sentó en ninguna. Se limitó a deambular sin rumbo entre sus supuestos colegas. Deseó que apareciese el presidente y lo saludase afectuosamente frente a los demás, aunque luego imaginó que Kreutz lo hacía con todo el mundo. Recordó que estaba ahí para desayunar, y se acercó al bufé. Así, además, parecería que tenía algo que hacer.

El bufé tampoco era tarea sencilla. La mayoría de los alimentos que descansaban sobre el mantel tenían apariencia de juguetes para bebés. Bolas verdes y marrones, carnes blancas y rosadas, paquetes envueltos en láminas negras con aspecto de papel carbón. Le llamaron la atención dos botellas de champán en una ensaladera metálica. Temió hacer el ridículo bebiendo lo que no debía o preguntando por el pan con mantequilla. Y aunque lograse servirse algo decoroso, no sabía dónde podría sentarse a comerlo.

Cuando su angustia se acercaba al límite máximo, llegó en su auxilio una mano delicada, forrada en una piel sonrosada que olía a jazmín. La mano le ofreció un plato con trozos de carne color naranja y paquetes de arroz pegoteado. Incluso antes de levantar la cabeza, Max te reconoció.

Esta vez, en lugar del uniforme de recepcionista, llevabas un quimono de camarera. Pero conservabas en el pecho la insignia con tu nombre: Mai. Todos en esa sala estaban etiquetados, como productos con códigos de barras. Tú también. Pero Max pensó que tu nombre era distinto. Lo pronunció mentalmente. Sonaba ligero y luminoso.

—Gracias —musitó.

Juntaste las manos formando una almohada, apoyaste la cabeza en ellas y cerraste los ojos.

—Sí —te respondió él, repitiendo tu gesto con una sonrisa—. He dormido bien, gracias.

Sonreíste e hiciste como si te acicalases ante un espejo.

—El baño está muy bien también —dijo él, exagerando el movimiento de los labios—. Tiene todo lo que necesito.

Quiso contarte sus descubrimientos en el inodoro, pero no encontró gestos adecuados para apoyar sus palabras. Probó el plato que le habías servido. Un gusto a pescado se expandió por su boca.

—Excelente —celebró con gestos ampulosos—. Me encanta el pescado.

Tú señalaste otro de los platos en la mesa. Trozos de algo blando color morado. Al probarlo, Max comprendió que era atún. Le indicaste unas láminas blancas con orificios, y él repitió sus exageradas expresiones faciales en todos los casos.

—¿Por qué los sirven todos crudos? —preguntó, más para sí mismo que para ti, sin actuar—. Deberían probarlos a la parrilla.

Tú te reíste con una especie de cascabeleo. Él comprendió que no podías ser sorda. En realidad, ya debía saberlo. El día anterior en la recepción habías entendido sus explicaciones y quejas sin necesidad de dramatizarlas. Pero, como la mayoría de los pensamientos de Max, éste llegó demasiado tarde.

Max miró a su alrededor con cara de duda. No dijo nada, pero comprendiste que no sabía dónde sentarse. Se veía nervioso, torpe, fuera de lugar. Quisiste que se sintiese mejor. No era lo habitual con los clientes, pero te pareció adecuado en ese momento.

Te mordiste los cachetes y formaste un pico con los labios imitando a un pescado. A Max le dio tanta risa que se le atoró el pulpo. Eso te produjo a ti más risa. Trataste de reprimirte, pero sólo conseguiste producir un desagradable ruido con la nariz. Algunos de los comensales los miraron con aire reprobatorio desde sus corbatas, y Max tuvo un instante de pudor. Pero al intentar contenerse, le ocurrió lo mismo que a ti. Al cabo de unos segundos, los dos emitían sonidos guturales, mezcla de atoro y carcajada disimulada.

Desde su llegada al hotel, Max no se había reído. En realidad, ni siquiera recordaba la última vez que lo había hecho. Así que ese conato de carcajada le produjo un sentimiento liberador. No quería comportarse de modo inadecuado e intentaba controlar la risa, lo cual paradójicamente lo hacía reír más. Los dos siguieron así un buen rato, componiendo una sinfonía nasal, hasta que no pudiste más y escapaste a reírte en el baño.

VI

La jornada no le deparó a Max más ocasiones de reír. Al llegar a la convención, descubrió que su trabajo consistía básicamente en permanecer sentado en el mismo lugar a lo largo de todo el día. El salón de exposiciones era un hervidero de turistas y consumidores que jugueteaban con las máquinas. Pero Max estaba confinado en un rincón, en un despacho sin ventanas ni adornos, amueblado sólo con un pupitre tipo escolar. Sin duda, era un despacho periférico. El material aislante del techo y las paredes dejaban fuera cualquier asomo de vida.

Aproximadamente cada media hora, llegaba a su computadora algún proyecto aprobado, que él debía convertir en un plan de producción: calculaba costos y plazos, verificaba las fuentes de los materiales, programaba entregas. A mediodía, todavía no había cruzado palabra con nadie, y empezaba a cuestionarse la necesidad de asistir físicamente a la convención. Pero se consoló pensando que tampoco los demás eran estrictamente necesarios. Si algo le había enseñado su trabajo, era que nada ni nadie es imprescindible. Todo es intercambiable en función del resultado final. La gente hace cosas —como levantarse para trabajar, asistir a convenciones o casarse— como si fuesen realmente importantes. Pero hagan lo que hagan, pensaba Max, el mundo permanece tercamente igual.

Imaginó qué estaría haciendo en su casa a esa misma hora. Probablemente, ver televisión. O leer el periódico. Anaís estaría por ahí, en algún lugar. Y entre ellos, como telarañas, todos sus recuerdos. Sobre todo los malos.

¿Tú me quieres?

A fin de cuentas, quizá era mejor estar igual de solo pero a miles de kilómetros.

Cerca de la hora de almuerzo se empezó a quedar dormido. Había pasado una muy mala noche, y el silencio sepulcral actuaba como un somnífero. Daba cabezadas y volvía a abrir los ojos cuando el mentón le tocaba el pecho. Durante esos instantes, la realidad se le confundía con algunos de sus extraños sueños, pero de un modo intermitente que le hacía imposible recordarlos. A veces, algún pedacito de sueño se le quedaba en la retina al despertar —una puerta cerrándose, un foco colgando—, pero el resto del sueño desaparecía, dejando en su lugar sólo un incierto desasosiego.

A la hora de comer subió de nuevo al comedor ejecutivo. Esta vez, necesitaba tanto hablar con alguien que había estudiado cómo parecer un diseñador. Durante sus horas muertas en la oficina solitaria había estudiado los nombres de varios módulos de la corporación, y tenía calculado cómo emplearlos correctamente en un diálogo. En el ascensor, se dio ánimos mentalmente. Se dijo que todo era cuestión de actitud. Ensayó movimientos naturales, de hombre de mundo. Al entrar en el comedor, tomó un plato cualquiera del bufé, se dirigió decididamente a una de las mesas, y se sentó sin pedir permiso, como si todo el mundo estuviese esperando que luciese sus conocimientos de diseño.

Ninguno de los comensales de la mesa levantó la cabeza para saludarlo, ni siquiera para verlo. Cada uno de ellos estaba absorto en una pantalla. Dos revisaban los mensajes de sus asistentes personales. Y el tercero tenía una computadora portátil. De vez en cuando, alguno de ellos desatendía por un instante su pantalla y recogía como al descuido alguno de los extraños alimentos de su plato. Pero ni siquiera entonces se percataba de Max.

Resuelto a integrarse a como diera lugar, Max fingió consultar su asistente personal. El único mensaje en la memoria era una invitación para ver una función de teatro tradicional que duraba seis horas. Borró el mensaje, pero mantuvo los ojos en la pantalla para no dar la impresión de estar solo.

En el reflejo de la pantalla apareciste tú, como una bocanada de aire fresco. Lo único que tenía sentido en esa maraña de íconos y mensajes. Max dejó la pantalla en negro para observarte mejor. Se fijó en el movimiento de tus manos al invitar a pasar a los clientes. Y en el arco que formaba tu cuerpo al agacharte a recoger platos de las mesas. Pero la pantalla no podía captar tu perfume, ni el sonido casi imperceptible de tus pasos. Deseó tenerte más cerca.

Esa mañana habían estado jugando a imitar pescados. Max buscó en Internet alguna imagen de un pez. Encontró una película corta, a lo mejor un fragmento de documental oceanográfico o algo así, que seguía el recorrido de un pez dorado. Por contraste con el oscuro fondo marino, la imagen era luminosa. Un pedazo de luz en la negrura. En ese momento, rodeado de hombres sumergidos en sus máquinas, era así como Max te veía a ti.

Pasaste por su mesa ofreciendo agua de una jarra. Al ver a Max, una chispa de complicidad saltó desde tus ojos. Te inclinaste hacia su vaso, inundándolo con tu fragancia, y él te enseñó disimuladamente el pez dorado. La definición de la imagen era tan alta que el pez parecía vivo, atrapado en una pecera en miniatura, saludándote desde su prisión. Tu sonrisa quiso desbordarse, convertirse en una risa, pero te contuviste. No querías montar una escena como la de la mañana. Sonreíste asegurándote de que sólo Max percibiese tu gesto. No te fue difícil, porque los demás estaban sumidos en sus aparatos. Ni siquiera notaron tu presencia. Y Max recibió tu mensaje. Lo notaste en sus ojos, o quizá en la electricidad que saltó entre los dos. Durante un breve instante, los dos fueron como fantasmas en el mundo de los vivos. O viceversa.

No volviste a verlo ese día. Pero esos segundos en tu compañía lo hicieron sentir mejor, más seguro de sí mismo. Al salir del comedor, cambió de plan. Se dio por vencido en el propósito de codearse con sus colegas. En vez de confundirse entre ellos, trataría de apartarse de ellos. No necesito su simpatía, pensó.

Nada más salir, topó con un grupo de la corporación que charlaba animadamente en el pasillo. Fingió que había olvidado algo y dio marcha atrás. No resultaba fácil esquivar a los demás. Los cuatro ascensores iban y venían llenos de trajes grises y comentarios sobre modelos y diseños. Durante diez minutos, cada vez que sus colegas abandonaban el comedor, Max se veía obligado a fingir que no se estaba yendo, que sólo buscaba el baño. Pero al fin, tras la partida de un grupo bullicioso, se encontró a solas en el pasillo y escuchó con alivio el timbre musical que anunciaba la llegada del ascensor.

Y sin embargo, ni siquiera entonces podría viajar solo.

Había una niña en el interior.

En un primer vistazo, mientras las puertas se abrían, le pareció que eran varias niñas. Pero era sólo el efecto de los espejos. Agazapada en un rincón, la niña no salió del ascensor cuando se detuvo, ni siquiera se movió. Max le sonrió al entrar, pero ella no le devolvió el gesto. Mientras se acomodaba y presionaba el botón, sintió que ella le clavaba en la espalda una mirada cargada de recelo y desconfianza. No se preocupó por eso. Le esperaba un trayecto corto y pensaba dedicarlo a su pasatiempo favorito: contemplar las lucecitas que se encendían cada piso e ir calculando cuánto le faltaba. No era una actividad fascinante, pero lo hacía sentir seguro, confortable. Las lucecitas de cada piso representaban para Max la existencia de un orden confiable, preciso, que se repetía en todas las ocasiones sin aspavientos ni sorpresas, como a él le gustaba.

A medio camino, Max escuchó a sus espaldas un susurro. La chica estaba mascullando algo. Quizá estaba cantando. Pero lo hacía tan bajito que no era posible distinguir la melodía. Max se volvió a mirarla. Ella se tapaba el rostro con el pelo, pero él podía imaginar sus ojos rasgados. Algo en ella lo hizo sentir inquieto. Pero era sólo una niña. Él trató de endulzar su compañía:

—Hola, ¿cómo te llamas?

—¿Por qué quieres saberlo? —respondió ella.

Max intentó sonar paternal, como un abuelo que escucha y comprende las confidencias de su nieta. Se agachó hasta que sus ojos llegaron a la altura de ella, aunque ni aun así consiguió verle la cara por completo.

—Porque eres muy bonita —respondió—. Y seguro que tienes un nombre muy bonito.

La niña no dijo nada. Tan sólo continuó con su melodía entre dientes. Sobre el dintel de la puerta se sucedían las luces, y Max tuvo la sensación de que ya habían pasado demasiadas, de que ya debería haber llegado.

—¿Qué cantas? —preguntó.

—Es mi canción —refunfuñó ella—. No la comparto con nadie.

—Vaya. Eres una chica muy egoísta, ¿no crees?

—No es eso.

A Max le pareció que el ascensor aceleraba. Sintió un temblor en los riñones, como si estuvieran en caída libre. Pero en el exterior no percibía ninguna vibración especialmente fuerte. Se dijo que debía mantener la calma para no asustar a la niña. Decidió continuar la conversación:

—¿Es que no hablas con extraños? Eso está bien.

Al hablar, sintió la garganta seca y la lengua pastosa. Le sudaban las manos. Las lucecitas seguían encendiéndose, una tras otra, frenéticamente. La niña no lo había mirado directamente a los ojos ni un segundo.

—Es algo que no te puedo decir —respondió.

Max trató de relajarse. Después de todo, la niña quería jugar. Jugar a los secretos. Los niños juegan a esas cosas. A cosas que no se pueden decir. Para los adultos, los secretos son más graves. Él lo sabía bien. Pero ella simplemente lo estaba invitando a jugar. Y él aceptó la invitación, sobre todo para no tener que mirar hacia las luces de los pisos.

—Si me lo dices, te daré un caramelo. ¿Qué te parece?

—Que no.

La niña empezó a cantar de nuevo en voz baja. Bajo sus pies, Max sintió una sacudida, como si el ascensor frenase de golpe. Supuso que había llegado al piso de la convención. En instantes, las puertas se abrirían y él regresaría al trabajo. La niña se iría a donde fuese, a cantar lo que cantase.

—¿Por qué no me lo puedes decir? —preguntó.

Ella dejó de cantar. El ascensor se detuvo. La campana sonó. Las puertas se abrieron frente a un pasillo vacío. Desde algún lugar en el fondo llegaban rumores de voces y ajetreo. La niña al fin pareció mirar a Max, aunque su pelo seguía haciéndole sombra sobre los ojos. Con una voz más ronca, casi gutural, respondió:

—Porque estoy muerta. Y los muertos no hablan.

VII

Esa noche, oyó el ruido por primera vez.

El insomnio había vuelto, y el tiempo se arrastraba lentamente mientras su cuerpo se negaba a dormirse. Mantenía la mente en blanco, vacía de actividad, aplastada contra el techo de la habitación. Repitió la rutina del váter y el televisor, pero tampoco sirvió esta vez. Volvió a acostarse. De madrugada, extendió el brazo fuera de las sábanas y atrapó su asistente personal. Sin moverse de la cama, pasó el dedo por la pantalla hasta encontrar el apartado «casa» y la foto de Anaís. Igual que la noche anterior, la voz que contestó sonaba ajena.

—Hola.

—Hola, soy Max.

—¿Todo bien?

—...

—¿Todo bien?

La única luz en la habitación provenía de la imagen de Anaís, como un ángel en las tinieblas.

—Hoy pasó algo extraño —dijo Max.

—Extraño.

—Con una niña. En un ascensor.

—Pareces asustado.

La comunicación se interrumpió. Anaís no aprenderá nunca a usar este aparato, pensó Max. Trató de restablecer el contacto, pero no había señal. Maldita tecnología, pensó Max, ojalá trabajase en una panadería.

Fue ella la que volvió a llamar después de unos minutos. Ni siquiera saludó. Sólo dijo:

—Una niña y un ascensor no pueden asustarte demasiado.

—Es que... me siento un poco raro.

—¿Quieres decir que estás enfermo? ¿Tienes fiebre? ¿Dolor de cabeza?

Max lo meditó. Era algo similar. Pero no.

—Es sólo cierto malestar.

El silencio que le contestó no era un silencio. Era un vacío, como si se cortase el sonido. Max dudó si veía a Anaís o sólo a su foto.

—¿Estás ahí? —preguntó.

—Claro —dijo ella—, claro que estoy aquí.

Algo sonó del lado de Anaís. Una ventana sacudida por el viento o una puerta cerrándose de golpe.

—¿Estás con alguien?

—Claro que no. ¿Has probado a tomar un analgésico?

—Estás con alguien.

—Es la televisión.

—Ya.

Max aguzó el oído, pero no percibió ruidos nuevos. Aunque en cierto sentido, la voz de Anaís parecía un ruido nuevo.

—Pensé en tomar una aspirina —siguió Max.

—A lo mejor te sirve un calmante. Debe ser muy tarde en Japón.

—Más bien es muy temprano.

—¿La convención, bien?

—Sí, perfectamente.

Entre los dos se interpuso un silencio mortecino, un silencio de fin de la conversación. Max se despidió:

—En fin, ya te llamaré, ¿ok?

—Ok.

—¿Me envías un beso?

—Claro.

Max esperó el chasquido de los labios de Anaís, pero no llegó. O quizá se ahogó en el camino, víctima de alguna interferencia en la comunicación. Iba a pedirlo de nuevo cuando ella cortó, y su imagen se apagó en la pantalla.

Max se levantó de la cama, se acercó a la ventana y corrió la cortina automática. Las luces de la ciudad parpadeaban en el horizonte, como si estuviesen a punto de apagarse. Permaneció ahí varios minutos de pie, en silencio, tan muerto como la ciudad frente a él. Y entonces comenzó el ruido.

Al principio, sonó como el motor de un electrodoméstico. Una batidora o una lavadora centrifugando. Max se enfadó. En ese hotel con inodoros electrónicos y cortinas automáticas, no podían estar lavando ropa encima de su cabeza a las dos de la mañana. De todos modos, en ese primer momento, no sonaba demasiado fuerte. Al contrario, era casi imperceptible, tanto que Max llegó a dudar si estaba ahí realmente. Al final llegó a la conclusión de que sí, pero procuró ignorarlo.

Después de un rato, comprendió que no era una lavadora. En realidad, no conseguía identificar qué era ni de dónde salía. Aguijoneado por la curiosidad y el insomnio, tomó un vaso del minibar y puso un extremo contra su oreja y el otro contra la pared. Recorrió el muro de un extremo al otro. A veces, el sonido parecía de risas. Otras veces, de llantos. Otras, ni siquiera parecía humano. Sonaba como los aullidos de un perro. Pero aunque no supiese de dónde venía, Max sentía que el ruido tenía algo que ver con él.

Como si le estuviese hablando.

Los muertos no hablan.

Tomó conciencia de que acababa de pensar algo por completo irracional. Eso estaba mal. Max no podía jactarse de ser especialmente divertido, lúcido o valiente. Pero era racional. Claro que lo era. Sus pensamientos seguían un orden deductivo. Su lógica solía ser aplastante. No hacía ni pensaba nada que no estuviese sustentado en un razonamiento coherente. Y esta vez, se estaba dejando llevar por una especie de temor supersticioso.

Debía ser culpa de esa niña.

Estoy muerta.

Esa niña con su mirada, su actitud y su estúpido juego. Si pretendía asustarlo, podía darse por bien servida. Pero él era un adulto, y no se dejaría atemorizar por una mocosa con una canción.

Otra vez, su cabeza viajaba a la deriva. Era el problema del insomnio. Los pensamientos fluían por su cabeza como una orquesta sin director. Debía ser producto del cambio de huso horario, de la decepción de su trabajo en la convención o, muy probablemente, de la soledad.

Sin embargo, había una manera de combatir la soledad. Un viejo truco. Un sucedáneo efectivo para la compañía humana. A sólo un botón de distancia.

Max tomó el mando del televisor del dormitorio y se puso a juguetear con él. El ruido continuaba, pero pensó que el volumen del televisor lo silenciaría. Apretó ON. En general, a Max le gustaba la televisión, porque estaba llena de pequeñas personas que interactuaban con él: señores en corbata que comentaban noticias, gente que contaba chistes, personajes que vivían aventuras y le hacían compañía. Era mucho más de lo que tenía en casa. Era como tener la vida bajo control, y poder apagarla y encenderla a voluntad.

Frente a su cama, la pantalla plana cobró vida, como una pintura móvil colgada de la pared. Estaban dando una serie americana de detectives, pero todos los personajes hablaban en japonés. En algunos otros idiomas, Max podía reconocer algunas palabras al vuelo e inferir el tema de la conversación. Pero en japonés, no era capaz de asociar ningún sonido a una idea. Los diálogos le resultaban tan incomprensibles como los ideogramas. En algún momento, tuvo la impresión de que los personajes se estaban burlando de él.

Cambió de canal varias veces: una carrera de Fórmula 1, una telenovela para adolescentes, una guerra mundial en dibujos animados. Incluso los canales extranjeros estaban doblados al japonés. Todo parecía ocurrir en un planeta distante, al que Max tenía vetado el ingreso.

En uno de los canales se encontró con Marius Kreutz. Lo estaban entrevistando y, por supuesto, también estaba doblado. Kreutz miraba a la cámara, y daba la impresión de mirar a los ojos al propio Max mientras sus labios parecían pronunciar las consignas que Max ya conocía. *El mejor amigo que un hombre puede tener. Pequeños objetos vivos para mejorar la vida de las pequeñas personas.* La pantalla era tan grande que Kreutz parecía estar dentro de la habitación. Max se sintió vigilado.

Apagó el televisor. Pero entonces volvió a escuchar el ruido.

Ahora parecía sonar más fuerte que antes. Quizá había aumentado de volumen. O quizá su fuente estaba más cerca.

Volvió a encender el televisor y pulsó el botón de PAY TV. Un menú de opciones se desplegó en la pantalla, y él seleccionó «películas para adultos». En la pantalla apareció un catálogo de mujeres. Figuraban desnudas, pero sus órganos sexuales quedaban fuera de foco, o estaban cubiertos por pudorosas franjas azules. Al menos en esta etapa de la selección, lo importante no eran los cuerpos sino los rostros de esas mujeres, sus miradas lascivas y sus gestos explícitos, ofreciendo placer solitario a quince dólares por sesión. Cada una de las fotos especificaba la especialidad de la chica en cuestión —felaciones, penetraciones anales, lesbianismo— y su raza —asiáticas, negras, rubias—. Max pensó que la corporación Géminis clasificaba a sus productos con criterios similares: «qué saben hacer» y «cómo se ven». Le pareció una manera eficiente de administrar la información.

Seleccionó una película de asiáticas. Un mensaje en la pantalla le informó de que su compra figuraría en su factura bajo el rubro «extras», sin explicar de qué se trataba exactamente. Sintió alivio al constatar que ningún empleado de la corporación tendría acceso a su intimidad. No quería dar la impresión de que no se tomaba el trabajo en serio, o de que dedicaba las noches a entretenimientos ajenos a sus labores. Tampoco quería que la compañía pagase por ello. De hecho, si él hubiese estado a cargo de la logística de la convención, habría eliminado la televisión de pago de las habitaciones. Tomó nota mental de sugerirlo en la próxima reunión y, ya con la conciencia tranquila, aceptó las condiciones de compra.

La pantalla fundió a negro durante un tiempo que a Max se le hizo largo, demasiado largo. Luego apareció una mujer acariciándose. Primero se vio sólo su rostro, que sonreía hacia alguien que quedaba fuera de foco. Luego se abrió el plano lentamente. La mujer se tocó los pechos distraídamente con las uñas. Luego, conforme la imagen se ampliaba, sus manos descendieron hacia sus piernas. La cámara se detuvo cuando consiguió abarcar todo su cuerpo, que se ofrecía al espectador acostado sobre la cama, con las rodillas alzadas. La mujer introdujo el dedo índice entre sus labios vaginales, y luego el corazón. Con la mano libre, masajeó su pequeño pezón blanquecino sin dejar de sonreír. Su rostro reflejaba excitación, aunque su expresión resultaba sobreactuada. Max pensó que tal vez ésa era la manera de excitarse en Asia.

Tras unos segundos, un hombre entró en el cuadro, gateando sobre la cama. Sin duda, era el destinatario de las sonrisas. Los dos se dirigieron unas rápidas palabras incomprensibles. Aparentemente, él preguntó algo y ella le respondió. Él asintió, y hundió su cabeza entre las piernas de esa mujer. Ella se había depilado el pubis hasta dejar sólo una rayita de pelo que apuntaba como una flecha en dirección al ombligo. Su zona pélvica, como una pradera desbrozada, dejaba ver con claridad la lengua del hombre en acción, internándose en esa mujer y humedeciéndola. El cuerpo de Max reaccionó ante esa imagen.

Tocó sus propias tetillas, y un agradable escalofrío le corrió por el torso.

Los actores cambiaron de posición. Él se acostó boca arriba. Ella se arrodilló a su lado. Tomó el pene de él con la mano y empezó a sacudirlo, mientras observaba su rostro demudándose de placer. Ella sonreía cada vez más. Parecía muy divertida con lo que hacía. El pene creció hasta adquirir el tamaño del mando a distancia del televisor. Ella se lo introdujo en la boca, y empezó a moverse adelante y atrás, mientras le acariciaba los testículos. Cada vez más rápido, sus labios se aplastaban contra el bajo vientre del hombre, y luego retrocedían hasta dejar al descubierto el glande. Cuando llegaba a ese extremo, sacaba la lengua y la hacía campanillear contra la punta. Y luego volvía. A todo esto, el hombre la sostenía por la cabeza, agarrándola del pelo para que la cámara pudiese captar la escena. Max empezó a tocarse a la misma velocidad, entrando en ritmo con la película.

Cuando el pene ya había crecido hasta parecer una botella de medio litro, ella se levantó y se sentó a horcajadas sobre él, de espaldas a la cámara. Comenzó a cabalgar sobre su vientre flagelándose la espalda con su larga cabellera y diciendo cosas en japonés. Por primera vez, a Max le pareció una lengua interesante. Desde su cama, alcanzó el nivel de excitación previo al orgasmo y ralentizó sus movimientos para seguir el ritmo de la escena. Quería ver más de cerca el núcleo de la acción. Como si obedeciese sus deseos, el plano se cerró hasta que el trasero de la mujer ocupó toda la pantalla. Cuarenta y seis pulgadas de penetración presidieron la habitación como un retrato de familia.

Y sin embargo, era una penetración borrosa.

De hecho, ni siquiera era una penetración verificable.

—Pero ¿qué c...? —se preguntó Max, en un instante anticlimático.

Para su decepción, el punto de encuentro entre los cuerpos estaba pixelado, digitalmente difuminado, reducido a un montón de puntos color carne sin forma fija. Quizás era una norma legal contra la pornografía. O una política del establecimiento.

El plano se volvió a abrir. El resto de la imagen se veía con total nitidez. Los pechos de la mujer se sacudían arriba y abajo en alta resolución. Sus nalgas atrapaban a su presa sin piedad, devorándola y masticándola cada vez más rápido. Sus gemidos resonaban con claridad en los altavoces del televisor. Pero el lugar exacto donde el hombre entraba en ella permanecía velado, desaparecido electrónicamente, inexpugnable a la mirada ansiosa y atónita del huésped.

Max se detuvo, presa de una frustración inesperada. De un plumazo, la excitación abandonó su cuerpo. Su pene se contrajo hasta adquirir el aspecto de un ratón muerto. Ante sí, los amantes continuaban su sesión, indiferentes a la mutilación televisada. Pero para él, la diversión había terminado. La pareja de la pantalla se había vuelto peor que un dúo cómico sin gracia. Sus gemidos sonaban como las risas enlatadas de una serie de televisión.

Se quedó en la cama, tumbado, rígido, y ahora sí, derrotado sin contemplaciones por la soledad.

El ruido seguía ahí, en algún lugar, pero ahora sonaba como una burla sorda y humillante.

VIII

Amanecía sobre la bahía. La bruma se iba despejando y Tokio se desperezaba en los inmensos ventanales del lobby del hotel. Desde un extremo del salón, se alcanzaba a ver la desembocadura del río, con el agua cambiando de color conforme la luz se filtraba entre los edificios.

A esa hora, Max era el único huésped asomado a la vista. Faltaban tres horas para la apertura de la convención, pero ya iba vestido con el traje gris. Y con una corbata de seda morada, a juego con las bolsas que le colgaban de los ojos.

Estaba tan cansado que te pareció un mueble más del salón de té, una lámpara vieja y gastada. Cuando te acercaste por su espalda —como siempre que te le acercabas—, te sintió llegar. Apenas desplazabas el aire a tu alrededor, como el aleteo de una mariposa, pero él podía notarlo. Aun así, no volteó. Esperó a ver qué hacías. Era tu turno de sorprenderlo. Te asomaste junto a él a la vista, y luego señalaste hacia un lado, hacia la fuente de mármol. Y el agua empezó a manar en ese momento. Era la hora. Él sonrió. Tú no eras consciente del bien que le estabas haciendo.

Esa mañana no llevabas el quimono de trabajo, porque estabas volviendo a casa. Te había tocado el segundo turno de noche, el que terminaba al amanecer. Tenías un pantalón vaquero y unas zapatillas deportivas, y aunque tenías el pelo recogido, no te habías hecho un moño sino una cola de caballo. Por primera vez, Max imaginó que tenías una vida fuera de ese lugar, una existencia sin quimonos, en la que no servías comidas ni tenías un nombre pegado al pecho. Le gustaste así.

—Buenos días —dijo.

Tú te fijaste en sus ojeras, como hendiduras en los párpados. Te llevaste las manos a los ojos y te limpiaste unas lágrimas imaginarias.

—No, no he llorado —te tranquilizó él—. Sólo he dormido muy mal.

Hiciste el gesto de dormir, el de la almohada, y pusiste cara de enfado.

—¡No, no! —dijo él—. La cama está perfecta. De hecho, es mejor que la mía. Es que... no me adapto al horario.

Inevitablemente, señaló su reloj de pulsera al hablarte. Aunque ya sabía que no eras sorda, no podía evitar hablarte con gestos, como le hablabas tú. Con el resto de la gente, solía ser más parco e inexpresivo. Pero con el resto de la gente no se comunicaba mucho.

—Por cierto, hay un ruido extraño en la habitación —aprovechó para informar—. No sé describirlo bien. Es como un ronroneo. Me pregunto si hay alguna máquina cerca de mi habitación que pueda producirlo. Quizá los motores de la piscina o... no sé.

Tú sonreíste y te encogiste de hombros. Él se fijó en tu cuello al comprimirse y estirarse, pero apartó rápidamente los ojos de ahí. No le pareció correcto. Tampoco insistió con el tema del ruido. Empezaba a sospechar que era una ilusión acústica, como el pitido en los oídos cuando hay demasiado silencio. Uno al lado del otro, contemplaron por la ventana los bostezos de la ciudad. Al fin, él se animó a hacer un comentario más personal. Algo que no sonase agresivo:

—¿A esta hora entras al trabajo?

Negaste con la cabeza y señalaste hacia el exterior.

—¿Entonces a esta hora te vas a dormir? Qué curioso, yo también. Tú y yo vivimos en un tiempo distinto que los demás.

Lo dijo con tristeza. Tú enarcaste las cejas. Pusiste los dedos en las comisuras de tus labios y curvaste la boca hacia abajo, como un payaso haciendo muecas de pena. Pero a él le dio risa ese gesto. Se armó de valor y te dijo:

—¿Quieres desayunar? Me faltan horas para entrar a trabajar y no quiero subir al comedor ejecutivo.

Hiciste una reverencia que era una manera de decir sí. Él no supo cómo interpretarla. En realidad, ni siquiera podía asegurar que se estuviesen comunicando. Tú hacías gestos que él interpretaba, pero no estaba seguro de leerlos bien, ni de que tú comprendieses sus palabras. Por lo general, se limitaba a decir cosas muy concretas, para reducir el margen de malentendidos. Y aun así no estaba seguro de si se entendían. Pensaba que tal vez sólo estabas siendo amable. Comprendiste que necesitabas un gesto más contundente, algo inequívoco. Y te mordiste los cachetes para poner la cara de pez. Max miró a su alrededor para asegurarse de que nadie de la corporación lo veía. Y puso cara de pez también. Los dos se rieron.

Tuviste una idea. Le hiciste señas de que te siguiera fuera del hotel. Max se preguntó si estaría bien salir. Pero no dudó mucho. Lo tomaría como una pequeña travesura matutina. Nunca hacía travesuras. Una sola no podía ser tan grave.

Bajaron en el ascensor, y se internaron en un nuevo laberinto. Max se preguntó por qué los japoneses no tenían simplemente corredores, pero no quiso pronunciar su duda en voz alta, para no sonar ofensivo. Salieron a un patio rodeado de tiendas, la mayoría de ellas de lujo, y entraron en la estación de metro. Para su sorpresa, no te dirigiste a ninguna taquilla, ni a las máquinas expendedoras de billetes. Simplemente, al llegar a la entrada del andén, encajaste tu teléfono en una ranura y registraste tu línea de crédito. Los dos pasaron. Max tuvo la sensación de que Japón era como una gigantesca corporación Géminis, pero tampoco dijo eso. En realidad, le gustaba de tu compañía que no hacía falta decir nada, no tenía que justificarse.

El andén estaba atestado. Un gigantesco enjambre humano cubría enteramente el suelo, y todos los individuos parecían iguales. Al verlos, Max recordó el sueño de su llegada. Pensó que quizá no había sido un sueño. Llegó un tren, pero había tanta gente que el metro destinaba empleados en todos los vagones para empujar a los pasajeros al interior y poder cerrar las puertas. Aplastados unos contra otros, como ganado, los ocupantes del tren parecían un solo humano gigantesco con mil caras.

Ustedes dejaron pasar dos trenes y entraron en el tercero, que iba un poco menos atiborrado. Aun así, Max sintió que el vagón lo absorbía como una aspiradora. Y durante el trayecto, sintió manos ajenas recorriéndole la espalda y el trasero, manos de origen desconocido. La parte agradable era que tu cuerpo se apretaba contra el suyo. Estaba tan cerca de ti que podía bucear en el olor de tu pelo, y un hueso de tu cadera se le clavaba en el costado. Tu rostro se le había perdido en esa selva de brazos, cabezas y pechos. Pero quizá eso era mejor, porque empezó a tener una erección. Si hubieras podido verlo, habrías detectado el color rojo que acudía a sus mejillas, y la mirada de angustia y vergüenza. Afortunadamente no era así, y él dedicó el resto del trayecto a pensar en triangulitos, vaquitas y cosas inocentes con la esperanza de contener el ataque de ese incómodo espolón.

Cuando al fin salieron a la superficie, un intenso olor a mar inundó sus pulmones, y lo envolvió una racha de frío. Era la primera vez que salía del hotel desde su llegada, así que llevaba dos días respirando aire en conserva y viviendo en un clima artificial. Recordó que había vida ahí afuera.

Caminaron doscientos metros hasta internarse en una especie de nave industrial. A Max le habría gustado seguir aspirando el aroma del exterior, pero te siguió obedientemente. De todos modos, el olor ahí dentro no era muy diferente. Sólo un poco más fuerte.

Atravesaron un patio techado lleno de pequeños vehículos de carga que correteaban atareados como insectos de metal. Iban tan rápido que varios estuvieron a punto de atropellar a Max. En sus plataformas y en los rincones del patio se amontonaban costales blancos, y conforme avanzaban, el ajetreo se hacía más intenso. A los vehículos de carga se sumaban transeúntes con cara de prisa, comerciantes gritones, e incluso turistas que tomaban fotos. A su alrededor se multiplicaban los puestos de venta anunciados con carteles en la incomprensible caligrafía de siempre. Tú volviste a morderte los cachetes, pero sólo después de caminar un poco más, él entendió que estaban en un mercado de pescado. Uno inmenso.

Por las esquinas se acumulaban atunes de cincuenta kilos rígidos por la congelación. Doradas y calamares con ojos vidriosos parecían culpar a Max de algo. En muchos puestos, los peces se exhibían vivos, atrapados en pequeñas peceras. En otros, los cangrejos luchaban entre sí, como gladiadores de un circo en miniatura. Los vendedores les disparaban agua con mangueras de alta presión y hablaban por teléfono en la caseta que cada puesto tenía incorporada.

Tú tomaste a Max de la mano, y se internaron por ese nuevo y agitado laberinto. Era la primera vez que lo tocabas. Pero él no apreció tu tacto, al menos esa ocasión. Estaba demasiado impactado por el lugar.

Max nunca había visto tanta vida. Ni siquiera tanta vida extinta. Le señalaste unas anguilas degolladas y te llevaste las puntas de los dedos a la boca para indicar que eran deliciosas. Max cobró conciencia de que todas las bolitas de colores del desayuno provenían de los cadáveres de animales como éstos. Pero a la vez, se trataba de cadáveres exquisitos, aseados y cuidadosamente mutilados. Se fijó en el contraste entre ellos y tú. Ellos inmóviles y tú paseando entre los puestos con una sonrisa turística y movimientos llenos de gracia.

A su lado, un vendedor tasajeaba un atún con manos expertas, retirando los pedazos inútiles y separando la carne. Max tuvo la sensación de que era un cuerpo humano, limpio, eviscerado y fileteado. El flash de una cámara lo sacó de sus pensamientos y comprendió que estaba en un lugar de visita de la ciudad, como el Muro de Berlín o la Torre de Londres. Todos esos cuerpos eran una atracción.

—Es increíble —dijo, tratando de disimular su repugnancia—. ¿Cuántos puestos hay?

Eran tantos como granos de arena en una playa, o luces en la ventana insomne de su habitación. Extendiste los brazos para hacerle ver que eran incontables. Al hacerlo, tu chaqueta se abrió. Debajo llevabas una camiseta sin mangas, y Max se distrajo al ver el aspecto terso de tus axilas, dos pliegues de terciopelo blanco.

—Quizá deberíamos desayunar...

Max no tenía ningún apetito. Sólo decía eso para salir de ahí y poder mirarte sólo a ti.

Lo guiaste hacia la salida, a lo largo de un camino que le pareció interminable. Atravesaron cientos de puestos más, y miles de ojos muertos se posaron en Max. Sintió náuseas. Desde una pecera lo observaban varias medusas, bellas pero siniestras. En un mostrador, su mirada se cruzó con la de dos peces negros con luces colgando de la frente. Otros peces le enseñaron los dientes. Aferrado a tu mano, Max prefirió cerrar los ojos y dejarse llevar a otro lugar.

Antes de abandonar el mercado, logró entender qué lo ponía tan nervioso. Ahí no había olor. En circunstancias normales, de todas esas toneladas de pescado debía emanar una peste insoportable. Sin embargo, apenas olían, como si no fuesen reales, como si fuesen máquinas, o tan sólo un decorado de cartón plástico. Cuando al fin salieron de ahí, Max aspiró hondo, se llenó los pulmones de aire y sintió un profundo pero inexplicable alivio.

IX

Desayunaron una masa de vegetales rellenos con trozos de pulpo. Max apenas probó bocado, imaginando que ese mismo pulpo había estado minutos antes en el mercado, mirándolo a él con ojillos suspicaces.

De todos modos, daba igual. Para él, lo importante del desayuno era gozar de tu silenciosa compañía. Disfrutó cada movimiento de tus dedos llevando los alimentos a la boca. Y siguió con atención el destino de cada pedazo de comida que se perdió entre tus dientes perfectos. Su mirada era tan insistente que te hizo sentir incómoda y halagada al mismo tiempo. Y cuando terminabas un plato, te ofrecía otro, sólo para verte.

Ya eran casi las nueve cuando recordó que debía regresar al hotel. Se subió a un taxi contigo, y pagó por adelantado tu recorrido. Fue gentil. Y cuando bajó del vehículo, mientras se cerraba la puerta automática, trató de retener tu imagen haciéndole adiós desde el interior. Supo que ése era el último momento realmente vivo de su mañana.

Mientras subía en el ascensor, sintió la vibración de un mensaje en su asistente personal. Lo abrió:

Sé de un lugar que ofrece compañía femenina.
¿Quieres la dirección? ¿Información sobre tarifas?

Cerró el aparato y pensó en ti mientras podía, apenas unos segundos hasta que se abriesen las puertas.

La maraña de pasillos del centro de convenciones le resultó más confusa que antes, acostumbrado como estaba al mundo exterior y al aire libre. De repente, circular por el complejo edificio del hotel era como ser deglutido por un gigante y bajar por sus entrañas. Quizá por eso, se sintió como en casa al entrar en el salón de exposiciones, con sus acogedoras máquinas humanas. Le había cogido especial cariño al niño cantante, que esa mañana paseaba su espalda cromada de un lado a otro cantando un mambo, lo que daba al ambiente una atmósfera de relajada diversión.

Había un elemento nuevo en el salón: un gran cartel publicitario justo frente a la puerta. El cartel mostraba la foto de una rana en un estanque. La mayor parte de su cuerpo se mantenía bajo el agua, pero sus ojos —dos globos de apariencia extraterrestre— emergían de la superficie y se reflejaban en ella. La línea de flotación dividía la foto exactamente por la mitad: arriba, la realidad. Abajo, su reflejo exacto. Sobre esa imagen, un eslogan en letras blancas rezaba:

CORPORACIÓN GÉMINIS
TAN CERCA DE LA VIDA
COMO DOS GOTAS DE AGUA

Max pensó en anguilas degolladas y medusas.

Luego volvió a su cubículo.

Durante toda la mañana, nadie requirió sus servicios. Max mató las horas organizando sus archivos en la computadora bajo diferentes criterios: antigüedad, magnitud económica, orden alfabético... Lo reconfortaba clasificar cosas. Y a su pequeña manera, estructurar esos archivos era como estructurar el mundo. Al menos el mundo de la corporación Géminis.

A la hora de almuerzo no salió. Nada fuera de su cubículo revestía para él el menor interés. Se limitó a continuar con su actividad principal: vegetar en el asiento. Durante unos segundos, pensó en Anaís. O más bien, trató de pensar en ella. Pero ningún recuerdo asomó a su mente. Por mucho que lo intentó, no consiguió rememorar nada. En su memoria sólo se extendía un largo vacío. Salvo por un detalle.

Papá, ¿tú me quieres?

Después del almuerzo, sintió volver a los empleados y repartirse entre sus conferencias y sus salas de juntas. Pero todo eso ocurría detrás de la puerta, en un mundo cada vez más lejano.

Poco antes de terminar la jornada, el presidente Kreutz entró en su cubículo, sin anunciarse, sin siquiera hacer ruido. En un momento Max levantó la cabeza y él estaba ahí, tan quieto que, por un instante, Max lo tomó por una publicidad en 3D. Cuando comprendió que su jefe era de carne y hueso, temió que lo hubiese sorprendido durmiendo, pero no recordaba haber estado cabeceando. Además, Kreutz no parecía molesto. Iba vestido como la vez anterior —como iba siempre—, pero ahora llevaba un aparato colgando de la oreja. Un teléfono, pensó Max. Pero evitó llamarlo así en voz alta. Seguramente tenía un nombre más sofisticado.

—Lo echamos de menos en el desayuno, Max. Y en el almuerzo.

—¿En serio?

Max no estaba acostumbrado a asociar su nombre con la idea de «echar de menos». Por lo general, pasaba desapercibido aunque estuviese presente. En el fondo de su corazón, se abrió paso cierta forma de orgullo.

—Por supuesto —confirmó Kreutz con una voz por completo carente de emociones—. En esta convención también son importantes los momentos de sana camaradería entre sus empleados. No olvide que somos una familia. Una gran familia con parientes en todos los países.

Una familia enchufada a la pantalla, pensó Max al recordar su almuerzo del día anterior. Más bien, con cada miembro enchufado a una pantalla distinta. Pero se limitó a asentir con la cabeza.

—Lo siento. No pensé que...

—Espero que su ausencia no se haya debido a ningún problema personal.

Max trató de mentir:

—Para nada. Es sólo... —hizo una pausa. No supo qué decir. Era capaz de organizar bajo diversos criterios las cosas existentes, pero no sabía pronunciar cosas inexistentes. Buscó una opción intermedia—. Tenía mucho trabajo. Creo que debo dar prioridad al trabajo, ¿verdad?

—Sin duda —lo confortó Kreutz haciendo un rictus que con buena voluntad se podía interpretar como una sonrisa—. La corporación aprecia a los trabajadores como usted, que ponen sus obligaciones por encima de todo.

Max seguía sentado. Kreutz estaba de pie. Como el jefe era la primera persona que entraba en ese lugar, Max no había reparado en la falta de sillas. O de agua. O de café. Desde esa altura, Kreutz resultaba tan imponente como sus afiches publicitarios. Y cuando le hablaba a Max, parecía hacerlo desde un pedestal.

—¿Sabe, Max? Sospecho que no está usted contento.

Max se apresuró a negarlo. Suponía que a los jefes había que transmitirles siempre sensaciones positivas, fuesen ciertas o no. Estaba seguro de ello, aunque no podía decir dónde lo había aprendido.

—Me siento muy orgulloso de estar aquí, señor. Y de que la corporación cuente conmigo.

—Quizá tenga problemas en casa.

Max estudió las palabras de su jefe. Problemas en casa. Él no habría dicho que tenía problemas. Tampoco alegrías. Cuando pensaba en Anaís, sólo evocaba un llano uniforme, sin altibajos, estéril. No respondió nada.

—¿Es usted casado, Max? No quiero inmiscuirme, claro. Pero ya sabe usted. Me interesan todos mis empleados. Quiero que estén lo mejor posible. ¿Es usted casado?

Max siguió sin responder, pero asintió.

—Claro. A veces las dificultades personales enturbian el rendimiento laboral, ¿verdad?

—¿Hay alguna queja sobre mi trabajo, señor?

—Oh, no —pareció escandalizarse Kreutz—. De ninguna manera. Es sólo que nos preocupamos por usted, ¿comprende?

Kreutz nunca hablaba de sí mismo en singular. Decía *somos una familia*. O *nos preocupamos por usted*. Max se preguntó a quién correspondía ese plural. ¿A la corporación? ¿A los jefes? ¿Al mundo entero?

—Gracias, señor.

—Tal vez debería buscar algunas opciones de ocio, ¿ha consultado su asistente personal?

—No necesito consultarlo. Él me hace propuestas constantemente.

—Quizá debería hacerle caso. Créame. El asistente personal evalúa todas sus señales vitales, incluso las físicas. Lo conoce a usted mejor que usted mismo.

Max se preguntó qué significaría «conocerlo» exactamente. En su opinión, él era tan transparente como una página en blanco. Más allá del color de su ropa interior o la talla de sus zapatos, no era capaz de detectar ninguna información sobre sí mismo que no fuese obvia. Ni gustos —que él mismo no tenía claros— ni aficiones —que no tenía—. En su interior no había nada que conocer, porque no había nada. A lo mejor debía consultar al asistente personal para descubrir sus preferencias. Recordó el último mensaje. *Sé de un lugar que ofrece compañía femenina.*

—Estoy seguro de que así es, señor.

Kreutz lo examinó con sus ojos metálicos. El presidente nunca cambiaba de expresión. Aunque contase un chiste, aunque mostrase preocupación, siempre parecía estar leyendo algo, o recibiendo un dictado por el aparato de su oreja. Y sin embargo, cuando miraba a Max, daba la impresión de ver más allá de su rostro, hacia alguna fuente de información situada en el interior de su cráneo. Max se sentía incómodo. De alguna manera, temía ser incapaz de ocultarle sus pensamientos a ese hombre. Aunque no hubiese nada que ocultar, era una sensación fea. Como cuando uno deja abierta la caja de seguridad.

—Usted no confía en mí, Max. Pero yo confío en usted.

—De ninguna manera, señor. Yo no...

—No hace falta que se justifique. Lo comprendo. Debe pensar que soy un hipócrita. Se preguntará qué interés puedo tener en usted si la empresa le ha asignado esta ratonera, ¿verdad?

—No... no quisiera quejarme de...

—Si lo he recluido en esta covacha infecta al margen de todas las actividades de la convención...

Max se sintió desnudo, tocado en su intimidad. El rubor encendió sus mejillas, o al menos así lo creyó él. Kreutz, en cambio, no cambió de color. Carecía de colores tanto en el rostro como en la voz.

—Señor Kreutz, yo...

—Ármese de paciencia, Max. Se lo ruego. Tengo grandes planes para usted.

De todas las cosas que había dicho el presidente, de todas las que Max había visto y oído en los últimos días, ésa fue la que más lo sorprendió.

—¿Perdone? Creo que no lo he oído bien.

—Claro que lo ha hecho. Soy yo el que no debería decirlo. Pero es verdad. Usted no ha venido hasta aquí para sepultarse entre estas cuatro paredes. De hecho, aunque le parezca mentira, usted es mucho más importante que todos esos niños mimados con títulos pomposos e ínfulas de artista. No le quepa la menor duda.

Max no supo qué decir. Se sentía más descolocado que nunca.

—¿Usted cree?

—Sólo estamos esperando a que llegue el momento adecuado. Pero cuando llegue, queremos estar seguros de que se siente usted cómodo entre nosotros, de que quiere emprender este camino a nuestro lado. En fin, de que es uno de los nuestros. No sé si me entiende.

—Oh, lo entiendo perfectamente. Y será un placer y un orgullo servir a la corporación en lo que haga falta.

Por primera vez, la expresión de Kreutz se movió. Mucho. Empezó a vibrar y a sacudirse, hasta que rompió en una estridente carcajada. Sin saber por qué, Max se rió con él.

—¿De dónde saca esas frases, Max? Esto no es el ejército. Estamos hablando de negocios. Sólo son negocios.

—Sí, señor.

—Deje de tratarme como un coronel. Sólo quiero decirle que tiene usted un futuro asegurado en esta empresa.

—Nunca lo dudé, señor. Lamento que mis palabras no sean las adecuadas.

—Y deje de disculparse por todo. En fin, Max. Ya le iremos enseñando lo que haga falta. De momento, sólo tenga paciencia, ¿ok?

—Sí, señor.

—Y por supuesto, sea discreto respecto a esta conversación.

—Por supuesto, señor.

Kreutz iba a decir algo pero se detuvo. Hizo un gesto con la mano, como dando por perdido el tema de los modales militares de Max.

—Nos veremos pronto, entonces —dijo.

Se estrecharon la mano con firmeza. La de Kreutz estaba fría pero llena de energía. Se alejó dando grandes zancadas. Y antes de cerrar definitivamente la puerta, se volvió hacia Max y le dedicó un último gesto de camaradería, un guiño de esos ojos que, por primera vez, daban muestras de tener párpados.

Cuando Kreutz desapareció, Max no fue capaz de permanecer sentado. El cuerpo le pedía ponerse de pie y dar vueltas por el reducido espacio de esa habitación. En algún lugar de su memoria debía estar registrada esta emoción, una mezcla de confianza en sí mismo con ganas de comerse el mundo y fe en el futuro. Un sentimiento nuevo totalmente diferente a los que había experimentado desde su llegada a Tokio. Y sin embargo, por más que se esforzó, no fue capaz de hallarle un nombre.

X

Al terminar el día, estaba eufórico. A esa hora, cuando la entrada para los turistas ya se había cerrado, los módulos de servicio doméstico recorrían el salón de exposiciones ofreciendo café en bandejas. El papagayo revoloteaba de aro en aro. El niño cantante interpretaba música suave. Y los asistentes a la convención formaban grupos que comentaban la jornada y luego salían a cenar por la ciudad. Esta vez, en lugar de escabullirse y desaparecer, Max se quedó merodeando entre los humanos y las máquinas, único conocedor de su propio valor, exhibiendo su cara de orgullo como una imperceptible señal de superioridad.

Kreutz le había pedido —no había sido una orden sino un pedido— que mantuviese el carácter reservado de su conversación. Y Max, que era un empleado leal, cumpliría su palabra. Pero nada le impedía pavonearse ante sus colegas, estrenando la actitud confiada de quien sabe algo que los demás no. La mejor venganza contra toda esa gente que lo había menospreciado sería precisamente tratarlos con educación, con la dignidad de los caballeros, satisfecho de ser quien era pero incapaz de caer en el mal gusto de alardear.

Tomó el café que le ofrecía uno de los robots y paseó entre la gente. Hizo ademán de detenerse en varios grupos, pero después de escuchar fragmentos de su conversación optaba por apartarse. No era tonto. Por mucho que valiese, el suyo era un valor secreto, y sus méritos pertenecían a un orden inalcanzable para los demás. Eso significaba que todos continuarían ignorándolo.

Para los empleados de la corporación, él seguía sin formar parte del paisaje. Para colmo, los temas habituales

—tecnología, fútbol, autos— seguían llenos de misterios para él. A pesar de su renovado amor propio, era un hombre en blanco, sin nada que lo identificase como miembro potencial de ningún grupo en particular, sin aficiones ni tribus.

Al fin recaló en un rincón donde cuatro señores hablaban en términos que le resultaron familiares. Casi todos eran japoneses, excepto un occidental que imponía la lengua franca del inglés. Casi todos eran jóvenes, excepto uno, que mediaba los cincuenta años y debía ser el jefe, porque los demás lo miraban con una mezcla de respeto y reverencia. De todos modos, el clima entre ellos era amigable e informal.

—¿Saben quién ha comprado más módulos hasta ahora? —preguntaba el mayor. Era una pregunta retórica, y se contestó a sí mismo sin esperar respuesta—. Los africanos.

—No es posible —negó otro.

—Como lo oyen —insistió el jefe, cuya insignia lo identificaba con el nombre de Ryukichi—. Más del treinta por ciento del dinero en movimiento aquí proviene de África.

—Ya. Supongo que para el proyecto aeroespacial de Ruanda —rió el occidental, y los demás lo acompañaron.

—Para maquinaria agrícola —explicó el jefe—. Kreutz hará todo el espectáculo que quiera con sus pajaritos de plástico. Y los esnobs de los diseñadores mostrarán todas sus máquinas futuristas para impresionar a los turistas. Pero en este planeta, el porvenir de la robótica está en el cultivo intensivo de espárragos. Lo demás son tonterías.

Max confirmó que podía insertarse en ese grupo. Le preocupaba que se estuviese hablando mal de Kreutz. Su sentido de la lealtad le impedía apoyar semejante actitud con su presencia. Pero realmente quería formar parte de alguna cena. Se prometió a sí mismo que no participaría en ninguna conversación que difamase al presidente de la corporación, y lanzó el anzuelo:

—A lo mejor el papagayo sabe sembrar espárragos.

Los demás se rieron. Max supo que había llegado al lugar adecuado.

Cada uno de ellos le ofreció a Max una tarjeta de presentación, y todos examinaron cuidadosamente la suya. Formaban parte del equipo de organización de eventos a cargo de la convención. Tres de ellos eran japoneses, pero el otro era noruego y trabajaba con ellos sólo para esta ocasión. El mayor, Ryukichi, era el jefe de sección, y se ocupaba de las relaciones públicas de la corporación en Japón. Merced a un ingenio que le sorprendió a él mismo, Max se adaptó perfectamente a sus nuevos amigos, y después de una amena charla, salió con ellos a buscar un restaurante.

El jefe de sección los guió, primero al metro y luego a través del barrio de Shibuya, donde apenas era posible caminar sin tropezar con alguien. La multitud era tan apretada que algunos bares tenían sólo dos asientos. Max fantaseó con un bar para cada persona de la ciudad. Millones de lugares para estar solos todos al mismo tiempo.

Entraron en un bullicioso local de dos pisos, organizado alrededor de una cocina central. Los cocineros trabajaban a la vista de los clientes y cada vez que salía un plato, lo anunciaban con gritos que Max encontraba amenazadores, pero que a los demás les parecían divertidos. Subieron al segundo piso, se quitaron los zapatos y ocuparon un reservado. Antes de pedir, un camarero les llevó una botella de seis litros y escanció sake en sus vasos. El jefe explicó que ésa era *su* botella y ofreció un brindis:

—Por que un día todos ustedes tengan botellas como ésta.

Durante la cena, el camarero siguió llenando sus vasos periódicamente. Max comprendió que la botella era un signo de distinción. La pagaba la empresa para que los ejecutivos agasajasen a clientes y empleados. Según entendió, la importancia de un jefe era proporcional al tamaño de su botella.

Comieron brochetas, pedazos de carne blanda que se anunciaban a gritos en la cocina de abajo y subían a la mesa ensartados en espaditas. La botella se iba vaciando y la conversación se iba encendiendo, y Max cada vez seguía el hilo con mayor dificultad. Estaban hablando de las cualidades ideales de un jefe. Y de sus defectos. Y luego de las cualidades y defectos del jefe real que tenían sentado ahí. Max sintió una crítica velada en las palabras del japonés más joven, pero lo atribuyó al alcohol. La gente no anda por ahí fastidiando a sus superiores en la cena, pensó. Y sin embargo, cuando ya habían despachado un par de decenas de espaditas, el joven se encaró sin miramientos con el señor Ryukichi. Max comprendió que no era un producto de la bebida, que el joven estaba ahí frente a todo el mundo acusando al jefe de no tener méritos, y de haber escalado puestos con malas artes.

A Max le impresionó la insolencia del muchacho. Pero al mirarlo mejor dudó que fuese tan muchacho. Los japoneses siempre le parecían más jóvenes de lo que eran. Hasta donde Max había visto, no se arrugaban ni se les caía el pelo. De hecho, Max empezó a sospechar que ese hombre era mayor que él mismo. Quizá de la edad de Ryukichi. Probablemente incluso había crecido con él, porque conocía bien su carrera, y la consideraba despreciable:

—Yo tendría que haber sido jefe de sección. Pero tú estás casado con la hija del dueño. Ahora tú tienes una botella y me das órdenes. Pero yo no te respeto. Para mí eres sólo una cucaracha.

Ésas fueron las últimas palabras dichas en inglés. De ahí pasaron al japonés, y luego estuvieron a punto de agarrarse a golpes. Los demás tuvieron que separarlos y salvar la botella, que estuvo a punto de hacerse añicos contra el suelo. Allá abajo, los cocineros seguían gritando, como si azuzasen a los luchadores en un circo romano.

Minutos después, sin que Max entendiese por qué, los dos enemigos se tranquilizaron.

Como si nada hubiese ocurrido, comenzaron a hablar de mujeres. Hicieron bromas. Compararon groseramente las proporciones de algunas de las colegas de la convención. Cada uno tenía ya una favorita entre las asistentes, y expuso con lujo de detalles lo que haría con ella en la cama.

—Aquí cerca hay una calle llena de hoteles del amor —les explicó el jefe a los extranjeros—. Las habitaciones están decoradas según la fantasía de cada cliente. Hay de estilo parisino o indio o africano, y tienen juegos. Yo me llevaría a la secretaria de dirección a uno con karaoke, y le tocaría una serenata íntima. Y le tocaría algunas cosas más.

—A mí me gusta la ejecutiva de cuentas de Asia Central —opinó el otro, el que lo había insultado, que ahora actuaba como un gran amigo—. Me la llevaría a una habitación sadomaso, la encadenaría a la cama y le daría un buen par de latigazos.

Cada ocurrencia, cada fantasía, azuzaba a los demás y desataba una ráfaga de risotadas, paraditas y nuevas fantasías que oscilaban entre lo lascivo y lo simplemente ridículo. Cada uno terminó de contar las suyas, pero Max seguía en silencio.

—¿Y tú? —preguntó Ryukichi—. ¿A quién te llevarías y qué le harías?

Max trató de recordar algún momento sexual memorable de su pasado. Pero ningún recuerdo acudió a su llamada. Pensó en Anaís. Rastreó algún detalle picante de su vida de pareja. Sin éxito. Quiso imaginar alguna experiencia que satisficiese la curiosidad de sus colegas. Tuvo que admitir que no tenía imaginación.

—No lo sé —dijo.

Los demás se carcajearon con estrépito ante su respuesta. Max miró a su alrededor. En el restaurante había muy pocas parejas. Casi todas las mesas estaban ocupadas sólo por hombres o sólo por mujeres. Sobre todo por hombres.

—¡Por favor! —dijo uno de los japoneses—. ¿No hay ninguna travesura que quieras hacer realidad? No es posible. No es humano.

Daba igual. En ese momento, la humanidad no le parecía a Max una cualidad envidiable.

La conversación continuó por ese camino, un *crescendo* de cópulas y deseos insatisfechos. Alguno de los comensales propuso ir a un burdel. Los demás recibieron la idea entre burlas, pero luego parecieron considerarla con más atención. Alrededor de Max, el mundo se volvió distante, etéreo, como el sonido de una trompeta con sordina.

Quedaba poca gente en el local. Se levantaron. Al ponerse en pie, Max comprendió que había bebido demasiado. No estaba acostumbrado al licor de arroz. Las imágenes se superponían en su retina. Los gritos de los cocineros. Las mesas llenas de hombres, a esas horas tan borrachos como él mismo. La sonrisa maliciosa del jefe de sección, su mirada incitante.

A esa hora ya no pasaban metros. Tomaron un taxi. En principio eran demasiados para caber en uno, pero a lo mejor alguno se había despedido después de la cena. O a lo mejor nunca había estado ahí. Max se sentía confuso. De repente, sólo quedaban Ryukichi y su empleado. Le dieron al taxista las instrucciones en japonés, y Max temió que lo estuviesen llevando a un burdel. Pero no fue capaz de preguntarlo. Ahora sus compañeros hablaban muy fuerte. Quizá estaban peleando de nuevo. El movimiento del coche le producía náuseas. El volante a la derecha acentuaba su sensación de que el mundo estaba al revés.

Divisó con alivio el edificio de su hotel recortado contra la noche. Cuando el auto se detuvo en la puerta, Max trató de reunir la poca dignidad que le quedaba para no arrastrarse por el suelo. De todos modos, nadie lo estaba mirando a él. En ese momento, una mujer llegaba caminando por la vereda, atrayendo como un imán las miradas de sus compañeros. Era una mujer real, no como las mujeres soñadas de sus conversaciones, y los dos quisieron demostrar que sus palabras no habían sido pura ostentación de machos, que estaban dispuestos a pasar a la acción. Jefe y empleado se le acercaron con gestos burlones. Hablaban en japonés, pero a Max no le cabía duda sobre lo que decían.

La mujer trató de eludirlos sin mirarlos, la cabeza gacha, los ojos fijos en el suelo, como un avestruz, creyendo que si no los veía dejarían de existir. Pero los dos hombres, ante la pasividad del taxista y el desconcierto de Max, le cerraron el paso. El empleado fue un poco más allá. Acercó la boca a su oído para susurrarle algo. El jefe le bloqueaba la salida con el brazo frente a ella, apoyado contra la pared. Aún sin responder, ella buscó un escape. Max pensó en ayudarla, pero todo ocurría demasiado rápido. El mundo se aceleraba a su alrededor. O quizá él se volvía más lento. Le parecía que el espacio se curvaba ante sus ojos. Los hombres se cernían sobre la mujer como gallinazos sobre una presa delgada y frágil. Ella hizo un movimiento brusco para zafarse de su acoso, pero ellos recibieron su intento con risas y balbuceos.

El taxista sacó la cabeza por la ventanilla y les gritó algo a los dos hombres. A lo mejor sólo quería continuar su camino y cobrar la carrera. En todo caso, ella aprovechó la distracción y se escurrió bajo el brazo de Ryukichi. Ryukichi y su empleado estallaron en risas una vez más, y se despidieron mofándose de ella para volver al taxi. Cuando la mujer se vio a salvo, en la zona de la puerta, el coche ya se había llevado a sus acosadores. Ella volvió la vista hacia el único que quedaba en la vereda, iluminado por la luz del recibidor, y sus ojos se cruzaron brevemente con los de él.

Sólo en ese momento comprendió que eras tú, entrando en el turno de noche.

Sólo en ese momento comprendiste que era Max.

Él percibió la rabia e impotencia en tu mirada, la misma mirada que lo había guiado entre los puestos de pescado. La misma que lo había salvado de naufragar entre los rostros sin expresión de sus colegas.

Tú sentiste asco. Y humillación. Y decepción.

Él quiso decir algo. Pensó que debía hacer algo. Pero antes de que reaccionase, tú ya habías desaparecido en el interior del edificio.

XI

Soñó contigo esa noche. Por primera vez en Tokio, concilió el sueño de inmediato, sin duda debido al exceso de alcohol. Y en cuanto cerró los ojos, te vio. Al principio del sueño, llevabas el quimono de trabajo. Y hablabas, pero él no podía entenderte. De todos modos, no hablabas con él. No estabas en el mismo lugar. Ni siquiera en la misma dimensión. El sueño ocurría en la habitación del hotel. Max reconoció los botones de las cortinas, el cubrecama, y los útiles de escritorio. Él estaba tumbado en la cama, desnudo. Pero tú no estabas ahí. No exactamente.

Estabas en la pantalla del televisor. Quitándote la ropa.

Lo hiciste lentamente. Primero desenrollaste el grueso cinturón blanco que rodeaba tu talle. Luego te quitaste los zapatos, desnudando dos pies pequeños con uñas delicadamente recortadas. La piel de esos pies parecía fina como el papel y sus dedos eran delgados, incluso los pulgares, que al verse descubiertos se doblaron juguetonamente arriba y abajo. Sonreíste. Max comprendió que estabas coqueteando, pero no con él, claro, sino con alguien que estaba ahí contigo y quedaba fuera de cuadro. El hombre se te acercó, de espaldas a la cámara, y te retiró el quimono. Max trató de identificarlo según los hombros y el pelo. ¿Era él mismo? ¿O un actor porno cualquiera? Max no era capaz de especificarlo.

Te sentaste en la cama, y el hombre se arrodilló ante ti. Hundió su cabeza entre tus pechos. Tus pezones lo recibieron endurecidos. Separaste las piernas y él acarició tu vello púbico. Tu respiración se volvió más pesada.

Él introdujo un dedo en tu sexo, y luego otro, y otro. Lentamente, comenzó a frotar esos labios, que lo recibieron bañados en jugos. Acariciaste su cabeza y, con suavidad, la empujaste hacia tu vientre. Su lengua acarició tu ombligo, y luego descendió hasta detenerse entre tus piernas. Empezó a moverse rápidamente. Tú te echaste hacia atrás y presionaste su nuca, pidiéndole en susurros que no se detuviese. Sólo entonces, la cámara se acercó y mostró su rostro. Era el jefe de sección, Ryukichi.

En la realidad, Max habría encontrado la escena desagradable. Pero en su sueño, no le pareció nada anormal. En la televisión, todo se desarrollaba según el guión habitual, casi como una rutina gimnástica. Tú devolviste las caricias bucales con otras de tus labios, y los dos procedieron a la siguiente etapa. Tú te acostaste de lado y él se apostó a tus espaldas. Masajeó tus pezones entre las yemas de sus dedos. Te penetró desde atrás, primero con lentitud, luego más rápido. Pero la zona de la penetración se veía pixelada. En el lugar de sus genitales, sólo se veía un amasijo de cuadraditos color carne.

Max empezó a masturbarse. Una parte de sí se sentía extraña ante la imagen, pero otra se dejaba llevar por la libido. Se humedeció con saliva el glande y comenzó a frotarlo arriba y abajo.

En la pantalla, te acostaste boca arriba. El jefe de sección se colocó encima de ti, y la cámara los enfocó desde lo alto, desde donde sólo se veía su espalda y tu rostro, que dejaba escapar gemidos entrecortados y cada vez más intensos. Max abandonó todos sus resquemores. Aceleró sus frotamientos al compás de la imagen. No podía evitar la sensación de que algo anormal ocurría en la pantalla. Quizá eran tus jadeos. Sonaban exagerados, incluso para el nivel de una película porno. Más que gemidos de cama, parecían gritos. Y las embestidas de Ryukichi, cada vez más vehementes y furiosas. A esos sonidos se sumó un chapoteo. Y en las sábanas se fue extendiendo una mancha líquida, roja. Tus gritos se convirtieron en aullidos. Y la mancha se convirtió en un charco.

Max trató de apagar el televisor, o de cambiar de canal, pero el mando a distancia no respondía. Entre tus alaridos, el jefe de sección volvió la cabeza para mirar a la cámara. Pero su rostro ya no era el del hombre que había cenado con Max. Quien lo observaba desde la pantalla era el papagayo de la corporación Géminis. Su piel era un plumaje de colores chillones. Y sus ojos eran los dos fríos medallones que Max conocía desde el día de la inauguración. El animal te sostenía entre sus garras, y rasgaba tu piel arrancándole jirones. Empezó a graznar, y sus horribles ruidos se mezclaron con tus chillidos, en una sinfonía grotesca e hiriente...

Max abrió los ojos.

El corazón le martilleaba rabiosamente en el pecho.

Reconoció la habitación. Los botones de las cortinas, los cubrecamas, y los útiles de escritorio. Él estaba tumbado en la cama, desnudo. Quiso que esta vez fuese real.

Frente a él, el televisor estaba encendido en un canal sin señal.

Tenía en la mano el mando a distancia.

Se acercó a la ventana. La cortina estaba abierta. La ciudad bullía a sus pies. Algunos rayos de sol conseguían filtrarse entre la niebla.

Era casi la hora de empezar a trabajar. Pero Max no tenía la sensación de haber dormido. Su cuerpo estaba agotado. Se metió bajo la ducha con la vana ilusión de que el agua se llevase su dolor de cabeza. Se vistió lentamente, como acostumbrándose paso a paso a la realidad. Comprendió que debía buscarte, darte una explicación. Pero tu turno ya habría terminado. Tendría que esperar.

Antes de salir, recordó apagar el televisor. Apretó el botón correspondiente del mando a distancia. Con un chispazo, la pantalla pasó de negro a negro.

XII

En la puerta de la convención lo esperaba una mujer. O algo así.

A primera vista, pensó que era una chica. Incluso guapa. Pero al identificarse en la entrada, ella se le acercó y él pudo observarla mejor. Era una especie de maniquí femenino móvil con traje de azafata y peluca rubia. Sus movimientos eran torpes, sin duda. Las articulaciones se movían de una en una. Pero no dejaba de ser un módulo bastante logrado.

—¿Analista de logística Max?

—Soy yo.

—Por favor, tenga la amabilidad de acompañarme.

Se dispuso a guiarlo hacia las salas de juntas. Tenía una voz como las que anuncian las ofertas en los supermercados, y su cabellera rubia resplandecía. Aunque Max había contribuido a la construcción de muchas como ella, nunca se había enfrentado a una, y la observó menear las caderas con curiosidad. Luego recordó su dolor de cabeza. No tenía ganas de acompañarla a ninguna parte.

—Lo siento, pero mi oficina está del otro lado.

Ella se detuvo, procesó la respuesta y repitió:

—Por favor, tenga la amabilidad de acompañarme.

Tenía la misma sonrisa todo el tiempo. Probablemente venía con el diseño. No estaba programada para poner mala cara.

—¿De parte de quién viene usted? —preguntó Max.

—Por favor, tenga la amabilidad de acompañarme —repitió ella sin variar un ápice el tono de voz. Pero esta vez añadió—: Diga sí o no.

Max pensó que al fin y al cabo no tenía nada que perder.

—Sí.

Atravesaron las salas de juntas y entraron en un ascensor que Max no conocía. El ascensor carecía de botones, pero se puso en marcha en cuanto entraron. Max calculó que el edificio estaba equipado con ascensores auxiliares que unían exclusivamente un piso con otro cuando ingresaba el personal —o el robot— autorizado.

Mientras ascendían, la chica puso en marcha su programa de conversación de cortesía automatizada.

—¿Cómo ha amanecido hoy?

—Muy mal. Tuve una noche espantosa.

—Me alegro. Nada como un sueño reparador para empezar el día.

La verdad, el programa de conversación nunca había dado buenos resultados.

—No dormí nada —dijo Max—. Me emborraché con unos tipos que trataron de atacar a una mujer. Y luego tuve pesadillas.

—Yo también tengo una buena mañana. En la corporación Géminis, el ambiente de trabajo es muy sano y se respira cordialidad.

—Creo que mi mujer está pensando en dejarme.

—Espero que haya disfrutado de nuestro salón de exposiciones.

—Sí, me encantó.

El ascensor se detuvo y la puerta se abrió frente a una amplia sala de reuniones. Unos veinte ejecutivos se sentaban ahí alrededor de una mesa con forma de herradura. Max no los conocía, pero parecían mayores que el promedio de los asistentes a la convención, de lo que dedujo que eran directivos. Al fondo, en el centro de la herradura, presidía la mesa el propio Kreutz. Y a su derecha, su inevitable mascota, el papagayo, encaramado en un aro. Max pensó de nuevo en su sueño de la noche anterior y evitó mirar al pajarraco.

—El analista de logística Max —anunció su acompañante—. Adelante, por favor.

La atmósfera era solemne. Max pensó que le ofrecerían un asiento, pero miró a su alrededor y notó que no había sillas vacías. Tampoco se le acercó ninguno de los módulos que ofrecía café entre las mesas. Al menos de momento, ninguno de los directivos reparó en esos detalles. Parecían a la expectativa de algo importante que estaba a punto de ocurrir.

—Gracias, LUCI —saludó Kreutz.

—De nada, señor Kreutz.

Max pensó que ahora se dirigiría a él, pero Kreutz no dejó de mirar a la chica con una sonrisa socarrona.

—Qué educada eres, LUCI.

—Gracias, señor Kreutz.

—¿Verdad que es educada, Max? —preguntó Kreutz sin mirar a Max.

—Sí, señor —respondió Max.

—LUCI son las siglas de Ligera Unidad de Compañía I —anunció el presidente—. Es un módulo nuevo, pensado para el trato con el público en eventos multitudinarios. Aún está en periodo de pruebas, ¿verdad, LUCI?

—Sí, señor Kreutz.

—Y dime, querida, ¿te gusta tu trabajo?

—Hace un día muy agradable —respondió ella, o más bien su programa de respuestas pregrabadas.

—Sí —continuó Kreutz—, y tú tienes unos labios muy sensuales.

—Estoy segura de que tendrá usted una jornada productiva.

Una risita sorda se propagó por la mesa.

—Por no hablar de tus piernas —añadió Kreutz—. Me encantaría morderlas.

—Sin duda, la corporación Géminis se sitúa a la vanguardia del desarrollo en inteligencia artificial.

—No me cabe duda, cariño, de que eres muy inteligente. Y muy artificial. Puedes irte.

LUCI enfiló sus rígidos movimientos de vuelta hacia el ascensor y abandonó la sala. Max contempló la vista de la ciudad que los rodeaba. Calculó que estaban en un piso aún más alto que el comedor ejecutivo. Desde esas ventanas se dominaba incluso el cinturón industrial de la ciudad, una acumulación de chimeneas más allá de los edificios.

—¿Qué le parece LUCI, Max? —preguntó Kreutz. Tras el breve espectáculo cómico, había retomado su tono neutro.

Max sintió que todos los ojos de la mesa se posaban en él. Comprendió que nadie iba a presentarle a los directivos. Trató de decir algo correcto y respetuoso.

—Muy eficiente, señor.

—Eficiente —repitió Kreutz. Sus ojos fijos en Max parecían esperar un análisis más completo. Pasaron varios segundos. Max no construyó ninguna oración aceptable. Como todos lo estaban observando, dijo lo único que le venía a la cabeza.

—Sí, señor.

—¿A qué se refiere exactamente? —preguntó Kreutz. Ahora, mientras lo interrogaba, iba tomando notas en una libreta electrónica. Aún llevaba el aparato de escucha pegado a la oreja. Con él, su cabeza calva parecía un casco.

—A que cumple sus labores correctamente y con economía de medios, señor.

Esa respuesta sonaba razonable. Los rostros de la mesa directiva se volvieron hacia Kreutz, que estudió las palabras de Max con la mirada perdida en el horizonte. Max también miró hacia fuera. En el mundo que retrataban las ventanas no había nada que no hubiese sido hecho por el hombre. Incluso las nubes parecían un producto de las chimeneas que rodeaban la ciudad. Tras una pausa dramática, Kreutz preguntó:

—¿A qué labor se refiere, por ejemplo?

—A traerme hasta acá, señor.

—O sea, más o menos, a lo que puede hacer un perro entrenado. Gastamos doce millones de dólares en el diseño y fabricación de un módulo cuyo gran mérito es hacer lo que hace un perro. Aparte del ridículo, claro. Eso lo hace gratis.

Max percibió un regaño implícito en las palabras de Kreutz. Pero no tenía claro que lo estuviese regañando a él. No dijo nada. El presidente volvió a preguntar.

—Eficiente. ¿Es eso lo que usted diría para elogiar a una persona, Max?

—¿Cómo, señor?

—¿Diría usted: «quiero salir con esa chica, LUCI, ¡es tan eficiente!»?

—Supongo que no...

—¿Entablaría una amistad con alguien basado en su eficiencia?

Max quiso pasar revista mental a sus amigos, en busca de un patrón de conducta o una constante. Pero no pudo recordar a nadie que cumpliese los criterios de la categoría «amigos».

—Creo que no, señor.

—¿Y un amor? —ahora Kreutz volvió a atravesarlo con la mirada—. ¿Se enamoraría usted de alguien basándose en su eficiencia?

Max pensó en Anaís. Se preguntó por qué se había enamorado de ella. Por su mente pasaron recuerdos de días de campo, domingos en la playa y encuentros sexuales en un coche. Aunque dudaba si no eran imágenes de películas que había visto. En todo caso, ninguna de esas imágenes era una explicación, una causa o un motivo. El amor era un dato fuera de su sistema lógico. Un electrón libre de su experiencia.

—Sin duda, no, señor.

—Las máquinas son eficientes, Max. Las personas deben ser algo más, ¿no cree?

Max volvió a sentir la extrema atención que le dedicaban todos en esa mesa. No se atrevió a devolver ninguna de las miradas. Estaba ahí, por lo visto, para ser mirado. Y para contestar a las interrogantes que se le planteasen, aunque no tuviese ni idea de adónde llevaba todo eso. Suponía que el diálogo no era realmente con él. Que Kreutz le formulaba preguntas retóricas para demostrarle algo a la mesa. Trató de concentrarse en producir una respuesta, al menos una, y la encontró.

—Pero es que LUCI es una máquina, señor.

Kreutz acogió sus palabras con una evidente expresión de aprecio. Algo iluminó su rostro. Sus ojos grises, con el triunfo pintado en ellos, recorrieron a los miembros de la mesa.

—¡LUCI es una máquina! —proclamó, y luego, dirigiéndose a los demás, dijo—: ¿Lo ven? Max lo entiende a la perfección. LUCI es una máquina. Ése es el problema, y no hay nada que podamos hacer para solucionarlo, igual que no podemos convertir un gato en una liebre. Por mucho que aceleremos sus movimientos, incrementemos su repertorio de frases hechas o la forremos con cuero de cerdo, no conseguiremos cambiar ese hecho esencial.

Esas palabras fueron el pistoletazo de salida de una larga discusión entre los miembros de la mesa, todos menos Max, que ni siquiera estaba sentado en ella, y permaneció de pie en un extremo, como una lámpara halógena. Y sin embargo, puso toda su voluntad en seguir los argumentos que saltaban de un lado a otro. Hasta donde llegó a entender, la mesa se dividía en dos bandos. La mitad pensaba que el módulo LUCI era válido, pero le hacían falta correcciones menores. Refinar sus respuestas. Potenciar sus capacidades. La otra mitad —en la que se incluía Kreutz— sostenía que era necesario abandonar el proyecto LUCI y empezar desde cero, con otra tecnología y otros recursos. Max sintió compasión por esa rubia de movimientos rígidos que ni siquiera tenía la capacidad de comprender lo que estaba en juego. Si alguien le explicaba que corría el riesgo de ser desmantelada, o que sus creadores la consideraban un error de planteamiento, contestaría con un comentario sobre el clima.

—No es más que una Barbie gigante —atacaba Kreutz secundado por una parte de los asistentes—. Se mueve y dice tonterías. Hasta tiene el sexo sin marcar, como las muñequitas.

Max pensó en los genitales pixelados del canal para adultos. Pero le pareció un pensamiento inadecuado en una reunión de trabajo.

—Hemos invertido mucho dinero en ella —replicaba una mujer con lentes y mirada severa—. Y tenemos un equipo contratado para desarrollar el módulo LUCI durante los próximos cinco años. No podemos echarnos atrás.

—Más bien nos echaremos adelante —respondía Kreutz—. En vez de seguir tirando el dinero con ella, invertiremos en algo que dé resultados reales.

Un hombre gordo con barba intervino:

—Yo debo decir que esta discusión me parece absurda. Está gastando una fortuna en un módulo que ni siquiera tiene aplicaciones industriales definidas.

Kreutz contraatacó:

—¿Y usted? ¿Qué aplicaciones definidas tiene usted? Si a su madre se le hubiese ocurrido que cargaría durante nueve meses a un individuo sin aplicaciones definidas, usted no estaría aquí.

Un murmullo de risas corrió por la mesa. El gordo parecía ofendido pero trató de salir con elegancia:

—Producirme a mí fue más barato, señor Kreutz.

—Y por eso mismo, menos rentable —apuntó el presidente—. Lo que planeamos aquí es un módulo capaz de desarrollar sus propias aplicaciones, es decir, capaz de aprender, de adquirir todas las habilidades que le demande su entorno, de adaptarse a cualquier situación nueva y extraer de ella conclusiones para prever situaciones futuras.

—En una palabra —completó el gordo de barba—, un ser humano.

—No —terció la mujer—. Alguien con capacidad de aprender. La mayoría de humanos que conozco carecen de esa aplicación.

Ahora las risas sonaron más fuerte, y la atmósfera de la reunión se distendió un poco. Kreutz se mantuvo impasible. Tras él, el papagayo empezaba a moverse. El presidente esperó a que se hiciese el silencio y concluyó:

—Estamos hablando del mayor reto que ha asumido la corporación hasta el momento. Estamos hablando de crear vida.

El solemne silencio dio un eco dramático a sus palabras. Dejó que su público las asimilase antes de continuar:

—No estoy sometiendo esto a consulta. Les estoy informando para que cada uno en su sector adopte las medidas pertinentes. Nuestras investigaciones para construir módulos más avanzados ya han comenzado.

Un sordo rumor se extendió por la mesa. El papagayo chilló en su aro. Max, que seguía de pie, se preguntó qué tenía que ver él con todo eso.

—Por eso tenemos aquí a nuestro invitado —señaló Kreutz, como si hubiese leído sus pensamientos.

La atención general, que lo había olvidado durante toda la discusión, volvió a centrarse en ese hombre pequeño y apocado que tenía la actitud de un camarero. Max supuso que debía decir algo, pero constató con alivio que Kreutz seguía hablando. En general, Max había notado que al presidente no le interesaban los diálogos. Hablaba con sentencias. No asumía que sus palabras tuviesen que ajustarse a las opiniones de otros. Más bien, parecía creer que sus palabras inauguraban la realidad, borrando todo lo que hubiese existido antes.

—El analista de logística Max —decía Kreutz— es, según todos los registros, nuestro mejor organizador de producción. O, como diría él, el más «eficiente».

Una discreta risa pareció sobrevolar la mesa, pero se apagó con rapidez.

—Los protocolos de fabricación diseñados por Max —continuó Kreutz— han optimizado nuestros recursos y han puesto en contacto a diversas áreas de la corporación que antes estaban aisladas y hoy trabajan en red. Max, pues, no es sólo un analista de logística: es un ingeniero de las relaciones empresariales.

Max jamás había oído hablar de sí mismo en esos términos. Ni siquiera recordaba haber oído hablar de sí mismo. Siempre se había considerado solamente una pieza más del rompecabezas. Cumplía una función, claro, pero sin él, la figura total seguía siendo reconocible. Eso creía. Eso le habían hecho creer en alguna etapa de su formación en la empresa. No recordaba dónde o cuándo lo había aprendido, pero lo sabía, y sabía que lo sabía.

—Pero la cualidad más interesante de Max —prosiguió Kreutz— es su discreción. A diferencia de los miles de mediocres que tenemos en nómina y que se pasan la vida hinchando sus méritos para conseguir promociones, Max jamás ha solicitado un ascenso ni protestado por las condiciones de su trabajo. Ni hablar de sabotear la carrera de sus colegas, otra práctica común en el mundo empresarial. Max siempre se ha identificado completamente con los objetivos de la empresa, y su única competencia ha sido contra sí mismo, para superar su ya de por sí sobresaliente trabajo. Max no tiene ambiciones. Y por eso mismo, no nos produce decepciones.

Los directivos miraban a Max con interés, acaso con admiración. Max experimentó la emoción para él desconocida que produce el respeto ajeno. Kreutz proseguía, imparable:

—La discreción, queridos colegas, es una cualidad crucial para el trabajo que nos espera. La investigación que requieren los nuevos módulos presenta todo tipo de complicaciones científicas, comerciales e incluso legales. Debemos cumplir una meta que parece contradictoria: poner en contacto a departamentos de la corporación en los cinco continentes para que intercambien avances y se apoyen mutuamente. Y hacer todo eso guardando la máxima confidencialidad. La única persona con que contamos para esa delicada tarea es el hombre que está aquí, de pie ante ustedes, al que en adelante deberán dirigirse para resolver cualquier dificultad organizacional, o incluso para consultar cualquier duda sobre las implicaciones legales de nuestras actividades en cada país. Para ese hombre, que aquí nos acompaña con la sobria elegancia de siempre, quiero pedir un aplauso.

El discurso, y sobre todo el aplauso, tomaron completamente desprevenido a Max. Había escuchado al presidente con emoción, sin duda, pero esperaba saber más sobre sus nuevas funciones. Le habría gustado recibir un nombramiento oficial, tener un título que pudiese usar como los galones de un oficial. Y por cierto, conocer más detalles sobre el apartado de «complicaciones legales» que Kreutz había señalado. Pero la salva de aplausos lo distrajo de sus reflexiones puramente laborales. Y cuando, fiel a su sentido de la responsabilidad, intentó retomarlas, volvió a interrumpirlo una larga sesión de palmaditas en la espalda, manos estrechadas y felicitaciones. Durante esos momentos, no consiguió entablar ningún diálogo fluido, hasta que comprendió que la reunión había terminado.

Minutos después volvía a entrar en el ascensor, pero esta vez acompañado de un grupo de directivos. Mientras descendían, todos querían saber más sobre Max.

—¿Cuándo llegó usted a la empresa?

—¿En qué secciones ha trabajado?

—¿En qué cursos se formó?

Algunos también lo cubrían de elogios:

—¡Kreutz nos ha hablado maravillas de usted!

—No es fácil complacer a un hombre como él.

—Lo que usted ha logrado con esas redes es increíble...

Entre todas las expresiones de ánimo, en medio del inesperado y masivo entusiasmo por su persona, aún hizo un último esfuerzo por recabar la información relativa a sus nuevas funciones. Pero cuando se abrió la puerta del ascensor, y descendió rodeado de los hombres y mujeres más importantes de la corporación, de sus sonrisas, de su manifiesto apoyo, sus inquietudes quedaron acalladas por el fragor de la popularidad. Mientras atravesaba el salón de exposiciones rodeado por esa nube de jefes, Max notó las miradas de sus colegas, los ejecutivos, los diseñadores, y percibió la envidia de sus iguales zumbando a su alrededor como un enjambre de avispas. En esas circunstancias, no pudo menos que ceder a la tentación y disfrutar del momento. Al fin y al cabo, no tenía alternativa: si alguien debía resolver sus dudas, ése era Kreutz, que ya no estaba ahí.

XIII

—Hola, soy Max.

—Hola.

La imagen de Anaís lucía borrosa y desenfocada en la pantalla del asistente personal. O quizá Max la percibía así. O quizá ella era así en la realidad.

—Tengo buenas noticias.

—¿Sí?

—Me han ascendido. Bueno, eso creo.

—Es genial.

—¿Verdad que sí?

—Genial.

Callaron. Max no podía precisar qué esperaba de esta conversación, pero tenía la certeza de que no se desarrollaba según sus planes. No quiso rendirse:

—El presidente habló muy bien de mí enfrente de toda la junta directiva.

—Me alegro.

—Es un buen tipo, el presidente.

—Seguro que sí.

Él había imaginado que narraría con lujo de detalles todo lo ocurrido en la sala de juntas. Pero de repente, los detalles se negaron a acudir a sus labios. Incluso había olvidado cuáles eran. En ese momento, la verdad, sus noticias no parecían tan buenas, ni su historia se le hacía tan interesante. Ella habló:

—Espero que no hayas visto más niñas en ascensores.

—No.

—Entonces ya te sientes más cómodo.

Max quiso responder que no. Que se sentía igual de extraterrestre entre los directivos que en el comedor ejecutivo, entre colegas que apenas lo miraban. La única diferencia era ser un extraterrestre de lujo. Pero tampoco encontró las palabras para decir eso. Sin saber cómo exactamente, su buen humor se había extinguido.

—Sí..., supongo que sí. Aunque aún no estoy seguro de comunicarme con eficacia.

Omitió añadir «ni siquiera contigo». En realidad, con Anaís ni siquiera estaba seguro de tener algo que comunicar.

—Comprendo —dijo ella.

Pareció que se congelaba la imagen, pero sólo se había congelado la expresión de Anaís. Max trató de incentivarla a expresarse:

—Y tú, ¿cómo estás?

—Igual.

—Ya.

Un temblor sacudió la imagen. La conexión entre ambos era difícil. Anaís de vez en cuando miraba hacia algo fuera de cuadro. Pero ahora miró a Max y le anunció con seriedad:

—Hay algo que debería decirte.

—¿Sí?

—Es... algo que deberías saber...

En ese momento, la comunicación se cortó.

Max sospechaba que no era incompetencia de Anaís, que quizá su asistente personal fallaba. Al fin y al cabo, aún no estaba en el mercado. Era un modelo de pruebas. La imagen de Anaís desapareció dando paso a un menú de opciones de colores, pero Max sintió que todas las opciones eran la misma en realidad: la negación de la opción «casa».

Se instaló a pensar en el váter, frente al televisor que emitía chillidos incomprensibles. En la pantalla, unos niños hacían figuras de papel. Un dibujo animado se convertía en niña y luego en oso panda. Una mujer señalaba un mapa de Asia sombreado de nubes y tormentas.

Tenía la sensación de no haber hablado con nadie. De que conversar con Anaís era como ver televisión sentado en el inodoro.

Hay algo que deberías saber.

No hacía falta seguir cerrando los ojos. Anaís tenía un amante. O ganas de tenerlo. Era normal, después del accidente y todo eso.

Max examinó sus emociones al respecto. Fue como revisar un papel en blanco. La infidelidad de su mujer no le producía dolor. Sólo un gran vacío. Quizá en realidad había aceptado el viaje a Tokio precisamente por eso. Para disimular su carencia de emociones. No hace falta sentir nada por una mujer que no está presente, de la que sólo hay rastros: una foto en una pantalla táctil. Una voz lejana en una habitación de hotel. Conocía los nombres de todas las cosas que había fuera de él, por extrañas que fuesen: papagayos, asistentes personales, sistemas de distribución. Pero no conocía las palabras para describir lo que ocurría en su interior. Posiblemente existían en japonés.

Entonces, el sonido volvió a comenzar.

Al principio, lo confundió con el ruido de los chorros del inodoro, que en ese momento activaba alternadamente, un poco por el placer del masaje y otro poco por distraerse con algo. Sólo al dejar de apretar los botones, sus oídos lo distinguieron con claridad. Ahora sonaba espeso y siseante, como si las paredes jadeasen.

Max se levantó. Se subió los pantalones. Caminó lentamente a lo largo de los muros, tratando de localizar la fuente del ruido. Palpó con los dedos el papel tapiz. Se detuvo ante cada electrodoméstico, ante cada interruptor, y acercó los oídos para detectar un posible desperfecto. Sospechó de las tuberías, y anduvo a gatas por el baño, en busca de un fallo en el sistema de presión. Todo parecía estar perfectamente.

Llamó a recepción. Denunció el problema. En el teléfono, trató de sonar más indignado que temeroso.

Cinco minutos después le enviaron a un joven. Casi un niño. Ni siquiera era un empleado de mantenimiento, sino un botones. El chico lo saludó con repetidas, casi frenéticas reverencias, que siguió haciendo mientras Max hablaba.

—Hace una bulla horrible y no se detiene —explicaba—. Y no es la primera vez que ocurre. Para ser un hotel de lujo, tienen ustedes algo funcionando muy mal.

Normalmente no se dirigía a nadie en ese tono. Tal vez la reunión con los directivos había elevado su categoría y por tanto su nivel de exigencia con el mundo. Para codearse con sus superiores debía actuar y moverse con superioridad. Y eso hacía con ese jovencito, que continuaba deshaciéndose en reverencias.

—Déjese de ceremonias y arréglelo —demandó—. Lo único que quiero es que desaparezca.

El botones añadió a sus reverencias un sonido, una exclamación casi gutural, una especie de enfática afirmación de total acuerdo. Max comenzó a sospechar lo que ocurría:

—¿Me está usted entendiendo?

Reverencia.

—¿Habla usted el idioma que estoy hablando?

Larga reverencia, esta vez casi hasta el ombligo de Max.

El ruido continuaba creciendo. Ahora parecía una catarata, un rugido. Max trató de hablar en otro idioma. Al ver que no funcionaba, intentó explicarlo mediante gestos. Señaló sus oídos. El otro lo observó con gran atención. Mostraba una gran voluntad por apaciguar a Max. Pero no daba señales de entender nada.

—¡El ruido! ¿No lo oye?

El botones señaló sus propios oídos. Luego señaló los de Max. Había adoptado una posición semijorobada que le ahorraba la necesidad de agacharse continuamente. Max no podía creer que no sintiese la tortura acústica, que no se estuviese retorciendo desesperado.

Acabó por rendirse. Quizá el ruido era normal. Quizá todos los huéspedes convivían con él sin sobresaltos, como un siniestro hilo musical, y el raro era él a fin de cuentas. Abrió la puerta y le indicó la salida al botones. El chico abandonó la habitación en una reverencia continua que lo hacía caminar en ángulo recto.

El ruido no se aplacó. Por momentos parecía cobrar una forma definida, convertirse en algo casi familiar. Max no estaba seguro de dónde lo había oído, pero le sonaba vagamente humano. Más aún, le sonaba personal. Como si él lo hubiese producido. Como si parte de su vida estuviese vibrando en esa habitación. Como el zumbido de un insecto a escala humana que llegase desde el pasado.

Estoy desvariando, pensó.

A lo mejor era la conversación con Anaís, que le había dejado un mal sabor de boca.

Hay algo que deberías saber.

Papá, ¿tú me quieres?

Necesitaba relajarse. Salir. Tomar aire. Ver gente. Pensó en ti. Quizá ya habías llegado al hotel. Te explicaría lo ocurrido la noche anterior y lo comprenderías. Hasta te reirías. Y todo volvería a ser amigable.

El camino hacia el ascensor le resultó más enrevesado que de costumbre. El ruido parecía perseguirlo mientras se aventuraba por los pasillos. Varias veces dobló una esquina y se encontró de vuelta en la puerta de su cuarto, como si todos los caminos llevasen a ella. Otras veces seguía las flechas que llevaban a las habitaciones (5416-5428, 5401-5415) sólo para topar con nuevas flechas y largas filas de puertas cerradas. La luz se veía más roja que de costumbre, como si hubiese un foco de emergencia.

Después de varios minutos, que a Max le parecieron horas, dio con los ascensores. Pulsó el botón. Las puertas se separaron lentamente, como las fauces de un monstruo.

Subió al comedor ejecutivo y te buscó, moviéndose como un zombi entre las mesas de canapés, cafés y copas de champán. En las butacas, varios empleados de la convención consultaban sus computadoras y sus asistentes. Max tuvo la impresión de que en todo el hotel no había más que trabajadores de la corporación en trajes grises. Como si hubieran tomado el lugar por asalto. Peor aún, como si no hubiese nadie más en el mundo.

Al fin te vislumbró, de espaldas. Reconoció el moño lustroso de tu nuca, los dibujos de tu quimono. Hasta había soñado con todo eso. Tenía planeado relajarse al verte, pero lo que sentía era una gran urgencia, el apremio de quien necesita el antídoto para un veneno. Se acercó. Titubeó mientras decidía cómo abordarte. A lo mejor aún estabas furiosa por el episodio de los borrachos en la puerta del hotel. Quería acercarse de un modo afectuoso pero cauteloso. Quería darlo todo por olvidado. Decidió adelantarse a tus reproches. Se situó a tu espalda, impertinentemente cerca, y te tomó de la muñeca. No pensaba darte tiempo para reaccionar. Quería empezar a hablarte con dulzura, sin que pudieses recordar tu enfado.

Al sentir la punzada de sus dedos en la muñeca, la camarera se volvió.

Pero no eras tú. No tenía tu rostro redondo, ni tu cara hecha de pedacitos. No era tu piel.

De haber esperado un poco más, de haber contenido sus impulsos —lo que por lo demás era habitual en él—, se habría detenido antes de tocar a esa desconocida, al percibir su olor. Sin duda, el suyo era un aroma agradable, pero no el perfume sutil que él conocía, y que a veces creía sentir flotando sobre su almohada.

—Lo siento —dijo—. La confundí con alguien.

A través de la palidez de su maquillaje, la camarera enrojeció. Max comprendió que tocarla transgredía todos los límites aceptables. Se había producido un cortocircuito en las relaciones camarera-cliente. Con los ojos muy abiertos y sin pronunciar palabra, la camarera se apartó de Max.

Él siguió buscándote entre la turba de mujeres iguales, vestidas con la misma ropa y tocadas con el mismo peinado, que circulaban entre las mesas. Se le ocurrió que ese pequeño ejército clónico de mujeres no era muy diferente de una colección de módulos LUCI, agradables a la vista y programadas para satisfacer un nivel mínimo de necesidades. Pero entre ellas estabas tú.

Tú eras más que eficiente.

Atravesó el comedor deteniéndose en cada camarera. Percibió que lo miraban con suspicacia. Notó un rumor de alerta propagándose por el comedor. Una pequeña red de miradas se tendió a su alrededor. Miradas que iban y volvían y rebotaban entre el personal. La primera camarera habló con un hombre de traje azul que llevaba un audífono en el oído. Luego el hombre habló solo, sosteniéndose el audífono con dos dedos y sin dejar de mirar a Max. Él decidió hacer algo para justificar su extraña actitud. Entró en el servicio.

Debía tener semblante de prófugo, porque al cruzar la puerta del baño, los ocupantes se volvieron a mirarlo. El hombre del audífono entró tras él, se instaló frente al lavamanos y comenzó a lavarse cada dedo lentamente, dominando toda la habitación en el espejo. Tal vez no era nada. Tal vez sólo se estaba lavando las manos.

Max se apostó frente a un urinario. No tenía ganas de orinar. Dejó pasar un rato mirando las lustrosas losetas negras que cubrían las paredes. Al apartarse, el urinario se limpió solo. Se lavó la cara con agua automática y se secó con aire caliente automático. El lavabo era como una máquina procesadora de mugre. Para conseguir lo que quería, bastaba con ponerse de pie delante de la máquina correspondiente. Pensó en su propio trabajo. Al fin y al cabo, él no era muy diferente de un secador de manos.

Se echó colonia en el cuello. El hombre del audífono seguía ahí, lavándose cada dedo meticulosamente. Max se echó un último vistazo en el espejo. Ni siquiera se parecía al hombre que veía ahí.

Abandonó el baño y el comedor. Entró en el ascensor y se dio cuenta de que no sabía adónde iba. Le quedaba sólo una opción para encontrarte. Apretó el botón L.

El salón de té del lobby estaba particularmente bullicioso esa tarde. Un grupo de turistas rubios bebía ruidosamente, en agudo contraste con el paisaje gris de las ventanas. Una efervescencia de extranjeros en pantalón corto recorría el salón. Algunos niños correteaban entre las mesas, siempre a punto de romper algo. Max tuvo la misma sensación que frente al espejo del baño. Toda esa gente no se correspondía con su estado de ánimo.

Entonces te vio, del otro lado del salón de té. Flotabas a centímetros del suelo, o eso le pareció a él, y condescendías a detenerte aquí y allá en alguna mesa, ante algún huésped. Tus dedos largos manipulaban habilidosos las tazas y las copas. Tu olor inundaba el piso entero. A cada paso tuyo, sus sentidos se erizaban.

En su boca se formó una sonrisa blanda y acogedora. No quiso adelantarse a recibirte. Esperó en la barra. Tendrías que pasar por ahí tarde o temprano. Y no despegó sus ojos de ti, en espera de que levantases la mirada y lo descubrieses. Imaginó que al verlo le harías una cara de pez. O lo animarías con una sonrisa cómplice. O le preguntarías en gestos qué tal había dormido. Cada centímetro que avanzabas en su dirección era una cura para las heridas de las últimas horas. Y cada vez te aproximabas más.

Tras tomar la orden de una mesa, te deslizaste decididamente hacia la barra. Durante todo tu trayecto, Max sostuvo una sonrisa en la cara y esperó su recompensa, como un perro moviendo el rabo con impaciencia ante la llegada del amo.

No hacía falta. Pasaste de largo a su lado sin mirarlo, en tu camino hacia otra persona, hacia otra mesa, hacia un planeta rubio y bullicioso.

Max pensó en tomarte por la muñeca y detenerte.

Quiso pedirte perdón.

Quiso decirte que él no quería. Y no sabía. Y no hizo nada. Que habían sido cosas de borrachos. De otros borrachos.

De hecho, lo intentó. Extendió el brazo. Pero tú pasaste a través de él, como si se tratase de un holograma. Era lógico. Desde la conversación con su mujer, y a lo largo de su paso por el comedor ejecutivo, se había ido convirtiendo en un fantasma, sin argumentos, sin materia, sin voz.

XIV

—¿Qué tipo de chica está buscando?

El hombre de la cabina hablaba el idioma de Max. Incluso comprendía sus necesidades. Dadas las circunstancias, era lo más cercano a un amigo que él podía conseguir.

—No lo sé. ¿Qué tipos de chicas existen?

Esa noche, había decidido escuchar a su asistente personal. Había buscado el mensaje que ofrecía compañía femenina. Y había pedido más información. Su asistente lo había llevado hasta este lugar. Pero no le había dicho nada sobre «tipos» de chica. Para Max, las chicas no se dividían en «tipos». Las piezas hidráulicas, sí. Los sistemas operativos. Pero no las chicas.

El japonés se encogió de hombros y respondió:

—Todos. Todos los tipos.

Señaló a su alrededor. En el pequeño local de diez metros cuadrados, las paredes y el techo estaban forrados milímetro a milímetro con carteles de mujeres en distintos grados de provocación. Sin embargo, ninguna de ellas aparecía desnuda. Sólo prometían desnudarse. Al menos, eso parecía.

—¿Y dónde están?

—Por todas partes.

Max buscó algún cartel con traducción. Las mujeres aparecían anunciadas con sus precios, como en la carta de un restaurante. Las había de 2.000, 5.000 y 8.000. Al lado de sus fotos figuraban los recargos por cada servicio del local. Entrar costaba 6.000. Seleccionar a la chica antes de entrar, 2.000. Seleccionarla en sala, 3.000. Y sacarla del local, 3.500.

Max calculó mentalmente el cambio de moneda. Le parecieron precios asequibles. Señaló ese cartel. Por toda respuesta, el hombre le dio un mapa, donde marcó su ubicación actual y la del bar. Luego lo despidió con un bufido de caballo cansado.

Max echó a andar por el barrio. Estaba cerca de la estación de Shinjuku, y los anuncios luminosos cubrían los edificios de colores chillones. Había una fachada con forma de gorila. Y dos payasos bailando por la vereda. Aunque era medianoche, la calle formaba un caudaloso río de luz por donde navegaban todo tipo de transeúntes, entrando y saliendo de bares, restaurantes y tiendas de electrodomésticos. Debía haber una tienda ahí para cualquier cosa que uno quisiese comprar, incluso gente. En las esquinas, grandes carteles anunciaban damas y caballeros de compañía que lucían brillosos y engominados, como estrellas de televisión con ojos rasgados.

Max encontró el local del mapa. Carecía de carteles exteriores —al menos, de carteles que Max pudiese leer—, pero notó que en el edificio entraban y salían numerosos hombres, solos y en grupos. Desde la vereda, sólo se veía una escalera interior festoneada de luces rojas.

Tardó en animarse a entrar. Por la esquina, a diez metros del suelo, un tren atravesó la noche, como un cometa cargado de pasajeros, y a Max le pareció que lo miraban desde el interior de los vagones. Se sintió avergonzado. Pero luego recapacitó: en esas calles nadie miraba a nadie. Todos circulaban como espectros invisibles.

Subió las escaleras. En el segundo piso encontró tres puertas de clubes nocturnos diferentes. Pero en una de ellas lo recibieron con naturalidad, incluso con aprecio, como si no pudiese estar yendo a ningún otro lugar. El portero, un hombre de traje negro como el luto, le sonrió y abrió la puerta con un guiño de complicidad. Y en el interior, una señorita le cobró la entrada. Max entregó su tarjeta de crédito y marcó el código de un modo casi automático. La penumbra del local le penetraba la consciencia. Se sentía etéreo y libre, como si hubiese entrado en un sueño.

Pasó a un salón reducido donde reinaba un olor dulzón. Una luz azul y densa rebotaba en una bola de espejos en el centro del salón, bajo la cual algunas parejas bailaban desganadamente una canción. Max reconoció la melodía. Era un bolero triste y cantinero, con letra adaptada al japonés. Alrededor de la pista se sentaban otras parejas, con los rostros difuminados por la tiniebla.

Una mujer de aspecto cadavérico le ofreció a Max unos papeles forrados en plástico y lo apremió a revisarlos. Max los hojeó, primero distraídamente, luego, cuando comprendió lo que eran, con más atención. Se trataba de la carta del local. Ahí estaban fotografiadas todas las mujeres que él podía escoger. No aparecían ligeras de ropa ni ponían caras provocativas. Al contrario, vestían como princesitas de cuento, cubiertas con vaporosos tules y sedas, y peinadas con laca en forma de pastel de bodas.

La mujer cadavérica esperaba su orden con impaciencia. Max abrió el álbum en una página al azar y señaló a una modelo. La mujer asintió con una reverencia y le retiró el libro de las manos. Luego desapareció. De pie en la penumbra, Max esperó alguna señal, alguna indicación, pero, al parecer, su único deber en ese momento era quedarse donde estaba.

Pensó que al menos podría pedir una copa. Se internó en busca de la barra. Mientras atravesaba la pista de baile se le acercó una joven. No la reconoció, pero ella iba resuelta a hablarle, así que imaginó que era la que había seleccionado en la carta. En el local no había suficiente claridad para confirmarlo. Ni siquiera para estar seguro de que la chica fuese guapa. O al menos fuese chica. Pero ella hablaba su idioma. O al menos, era lo que ella creía:

—Hola, guapo. ¿Quiere a companio?

—¿Cómo, perdón?

—A companio, ¿verdad? ¿Por a mí?

—Creo que sí.

Hicieron una escala en la barra. Él pidió un whisky, y ella un líquido color violeta, que él pagó. Se sentaron en un rincón de la oscuridad, mientras empezaba a sonar *Lady in Red* en japonés.

—Tú muy guapo —afirmó ella—. Y muy sucedido.

—¿Tú crees?

—Muy sucedido. Tiene todo mujer. Deseos.

Los ojos de Max se fueron adaptando a la escasez de luz. Percibió que ella llevaba el cuello, el rostro y el pelo cubiertos por una especie de escarcha brillosa, como polvo de estrellas. Iba pesadamente cubierta de maquillaje, pero parecía bastante mayor que él, incluso siendo japonesa. De todos modos, algo en sus palabras era dulce. O más bien dulzón, como el olor del local.

—Tú tiene cuello bien. Y pelo bronceado.

—Ya.

No iba vestida como una prostituta. Su pelo rubio había sido trabajosamente esculpido, y su traje combinaba encajes espesos con modernos accesorios, la mayoría de ellos fosforescentes, como un ajuar de novia intergaláctica. El amplio escote se abría en dos copas sólidas que levantaban su busto artificiosamente, y entre los pechos agonizaban los últimos restos de su escarcha.

—¿Te gusta mi robado?

—Eh... sí. Creo que sí.

Ella sonrió complacida, satisfecha por su propia *performance*. Max recordó a LUCI, la mujer mecánica. Sin duda, su nivel lingüístico estaba mucho más desarrollado que el de esta mujer. Y no se vestía como un hada del bosque de Plutón. A su manera, resultaba bastante más humana.

—¿Te gusta mi queso?

—¿Cómo?

Ella sonrió pícaramente. Al parecer creía haber dicho algo picante. La conversación siguió por ese rumbo hasta el segundo whisky. Max empezaba a aburrirse. Quería exigir los servicios sin más demora, pero no encontraba el tono adecuado para formular su petición. Decidió intentarlo:

—¿Dónde... dónde están las habitaciones aquí?

Ella hizo una reverencia. Rió. Luego contestó:

—Tu queso muy buena.

Max le habló lentamente, marcando mucho el movimiento de los labios y gesticulando, como hacía contigo:

—Quiero que nos vayamos a un cuarto, ¿comprendes?

Ella puso una expresión de duda. Levantó la mano abierta y dobló el pulgar, dejando los demás dedos estirados.

—¿Cuatro?

—No, cuatro no. ¡Cuarto! Donde la gente duerme.

Ella hizo una reverencia. Miró hacia la luz azul, como buscando algo. Max miró también. Nada parecía haberse movido desde su llegada. La pista, la canción, las parejas. Súbitamente, todas esas parejas le parecieron un decorado, la escenografía de su fracaso, la utilería de su soledad. La propia mujer que lo acompañaba iba disfrazada de muñeca de porcelana. Pensó que debía ser más explícito con sus demandas. De todos modos, no creía que en ese lugar fuesen demasiado estrictos con los modales.

Puso una mano sobre la rodilla de la mujer. Ella reaccionó desencajada. Su mirada reflejó algo similar al susto.

—¡A companio! —trató de decir—. ¡A companio!

Max la tomó por la cintura. Sin duda, todo eso formaba parte del juego. El juego de la señorita bien vestida, la mujer que hay que cortejar. Ése era el motivo ornamental de aquel local, como un parque temático para caballeros. Envalentonado por este pensamiento, y por su tercer whisky, decidió seguir adelante. Desplazó una mano hacia la entrepierna de la chica, y otra hacia el pecho. El disfraz tenía tantas capas, y el maquillaje tantas otras, que le costó distinguir la piel de los productos sintéticos que la cubrían.

—¡A companio! —repitió ella.

—Claro que sí —respondió Max sin dejar de tocarla. En realidad, no sentía ningún deseo por ella. Sólo hacía lo que parecía adecuado. Le parecía descortés levantarse e irse. Se había convertido en un prisionero del parque temático.

Sus movimientos se hicieron forcejeos. Pero Max tenía asumido que de eso se trataba. De un golpe, la mujer hizo temblar la mesa. Su copa se estrelló contra el suelo. Esquirlas de vidrio y goterones color violeta saltaron hacia las piernas de Max. Él acercó su boca al cuello desprotegido y salpicado de brillos de su acompañante.

—Por favor, ¿podríamos dejar de jugar a esto? Yo sólo quiero que vayamos a un cuarto. Será rápido.

Ella ahora gritaba en japonés. Repetía un par de frases, que sonaban más desesperadas conforme las explicaciones de Max se aventuraban más lejos. Él estaba a punto de arrancarle la ropa ahí mismo, cuando una mano se estampó contra su hombro. No era una mano fina y delicada de muñeca de porcelana. Ni siquiera era la mano de ultratumba de la mujer de la entrada. Era una zarpa gorda y masculina, que le apretó la clavícula entre los dedos hasta que sus nervios soltaron descargas eléctricas.

Max soltó a su presa. El dolor lo obligó a retroceder y caer de rodillas ante el asiento. Esta vez, la voz que lo regañaba era gruesa y grave:

—¡A companio!

La voz repitió la frase como un mantra. Max ni siquiera llegó a ver a su dueño, aunque sospechaba que era el portero, el que lo había saludado amablemente al entrar. También debían ser sus manos las que lo levantaron, lo alzaron en vilo y lo condujeron hacia el exterior. Nadie reaccionaba en la sala. Nadie notaba lo que estaba ocurriendo. Como los muñecos de un reloj cucú, los parroquianos del bar continuaban su representación mientras el relojero desmontaba esa pieza inútil que era Max.

Al llegar a la puerta, sintió que volaba y aterrizaba en la escalera de las luces rojas. Creyó percibir que al caer él, las personas desaparecían del rellano, como moscas asustadas ante la caída de una rata o algún otro desperdicio. Tal vez lo observaban desde sus escondites, listos para saltar sobre él si no daba señales de vida. A lo mejor así se alimentan en este barrio, pensó.

Salió a la avenida. Por contraste con la oscuridad del local, los edificios le parecieron aún más luminosos que antes. Los avisos le lastimaron los ojos. El gorila de la fachada se veía más grande. Y los transeúntes, más amenazadores. Un tren cruzó la calle, pocos metros encima de su cabeza. Durante un instantáneo flash mental, Max sintió que se le echaba encima, un monstruo de metal abalanzándose sobre él mientras el terror lo paralizaba. Pero el tren se alejó como había venido, con su ruido de cadenas arrastradas.

Max avanzó sin rumbo fijo entre las luces, una mancha de sombra entre los colores. La excitación de la calle amenazaba con tragárselo.

En una esquina, una prostituta le habló en su idioma:

—¿Por qué estás tan solo? —le preguntó. La multitud de la calle pasaba al lado de ella borrándola por instantes.

Max se fijó en esa mujer. Llevaba unas botas altas y el pelo teñido de rubio, con largas raíces negras brotando de su cráneo. Su camiseta y su pantalón corto estaban tan ajustados que parecían a punto de explotar. No tenía ojos rasgados. De hecho, su acento la delataba como paisana de Max.

—Yo... llevo días así —dijo él.

Ella se le acercó. Le pasó los dedos por la mejilla. Le acarició el pelo deteniéndose en la nuca, cerca de las orejas. Max sintió ganas de llorar.

—Tú sólo necesitas un ratito de cariño, ¿verdad?

Max asintió. De repente, se sentía como un niño frente a su madre. Como un niño que se quiere acostar con su madre. La mujer lo tomó de la mano y lo llevó a un lado. Max se dejaba hacer dócilmente. Quería que alguien más dirigiese su vida. Ella lo soltó y echó a andar.

—Ven conmigo —le sugirió—. Sé de un lugar que te gustará.

Max la acompañó. La calidez de esa mujer lo envolvía como un baño de vapor. No hablaba como una prostituta. O hablaba como la mejor de ellas. Él asumió la actitud de un perrito faldero tirado por una correa.

—Fui a un lugar a buscar chicas —explicó sin saber por qué—. Pero me echaron.

—No conseguiste la chica adecuada —respondió ella.

Aunque lo guiaba por delante, de espaldas a él, su voz se escuchaba perfectamente a través del barullo de la vida nocturna. Quizá porque no había tanto barullo. Las calles eran chillonas a la vista, pero nadie gritaba ni hacía escándalos. El ruido de la noche era un murmullo constante y sordo. Dos travestis publicitaban su local bailando en una esquina, pero ni siquiera ellos alzaban la voz. Tan sólo repartían volantes y danzaban en medio de esa gran orgía muda.

—¿Y tú eres la chica adecuada? —preguntó Max.

Ella volteó. Una sonrisa atravesaba su rostro. Se detuvo frente a Max. Acercó su cuerpo al de él. Sacó la lengua y lamió lentamente su oreja, su cuello. Terminó mordisqueando su mentón con suavidad. Max sintió algo extraño. La humedad de su boca venía acompañada de un frío pinchazo, un pequeño toque de dolor. Ella se apartó traviesa y le mostró la lengua. Llevaba un pendiente puntiagudo en el centro. Sonrió.

—Soy adecuada durante unas horas. Pero puedo ofrecerte unas horas muy largas.

Max no dijo nada. Ella continuó guiándolo a través de la luz. Más allá de los avisos de colores, comenzaba otro barrio. Los edificios eran menos vistosos, en su mayoría restaurantes y puestos de curry. Las letras de los anuncios no eran iguales. Max no podía distinguir en qué idioma estaban escritos, pero no era japonés.

Al pasar frente a una de las tiendas, la mujer saludó a alguien. Max no vio a nadie devolver el saludo.

Caminaron cinco o seis calles, hasta entrar en una zona donde ya no había comercios ni carteles en absoluto. Conforme se adentraban en ella, Max descubrió que no había ni farolas. El alumbrado público se limitaba a algunos postes separados entre sí por decenas de metros. A lo lejos, como un amanecer en el horizonte, se apreciaban las luces del barrio que habían dejado atrás. Pero estaban adelante. Max comprendió que se había desorientado, y que no podría volver solo si hiciese falta.

—Deberíamos empezar por beber una copa —susurró ella—. Creo que había un bar por aquí, en algún lugar.

Max asintió en silencio. Creyó ver sombras deslizándose por las esquinas, como rápidos reptiles. Por un momento sintió que alguien los seguía. En un rapto de lucidez y cautela, propuso:

—Quizá no deberíamos alejarnos tanto.

Ella se rió. Su carcajada resonó entre las casas vacías:

—¿Alejarnos de qué?

Max no había pensado en eso. Aunque quisiese huir, no sabría adónde. El paisaje a su alrededor ni siquiera se parecía a ningún otro que hubiese visto en Tokio. Para empezar, carecía de edificios. Sólo tenía casas bajas, la mayoría de ellas silenciosas y oscuras.

—¿Cómo se llama esta calle? —preguntó.

—Aquí las calles no tienen nombre —dijo ella, sin dejar de andar. Algo voló cerca de ellos, o quizá fue una rama de árbol al caer.

—¿Y cómo saben dónde están?

—Lo saben. Lo sabemos.

—¿Cómo llegaste aquí?

—Doblando a la izquierda en el mercado.

Max sentía que caminaban cada vez más rápido, como perseguidos por alguien.

—Me refiero a esta ciudad —replicó—. A este país.

Ella se detuvo un instante. Reflexionó, quizá sobre sí misma, quizá sobre la dirección del bar que buscaba.

—Eso fue hace mucho tiempo —respondió retomando el paso.

—No te pregunté cuándo llegaste. Te pregunté cómo.

Doblaron dos esquinas más sin hablar. Ahora ni siquiera se veían las luces del barrio rojo. Max ya pensaba que ella no contestaría, cuando la oyó decir:

—Hice algo malo.

—Todos hacemos cosas malas.

—Yo hice algo muy malo. Algo terrible. Y tuve que irme.

Ahora se había detenido en una esquina. Recién entonces, Max notó que dos hombres venían tras ellos. Al verlos detenerse, los hombres vacilaron, pero luego siguieron adelante, acercándose.

—¿Y por qué viniste aquí? —quiso saber Max.

—Porque está lejos. Nada te puede perseguir hasta aquí. No hay más consecuencias, ni resentimientos. Venir aquí es como morir.

Los dos hombres siguieron acercándose. Murmuraban algo entre sí. Max se apretó contra la pared de una casa. Ellos pasaron a su lado y continuaron de largo. Se detuvieron frente a la puerta de otra vivienda. La entrada estaba a oscuras, pero había luz en las ventanas del segundo piso. Los hombres miraron hacia donde estaba Max unos instantes. Luego entraron.

—Es como morir —repitió Max.

—Esto está tan lejos que ni siquiera tus recuerdos pueden seguirte —explicó ella—. Se ahogan en el océano antes de llegar.

Se hizo el silencio. Desde la casa donde habían entrado los hombres, les llegaron ecos de fiesta. O de pelea.

—¿Adónde vamos? —preguntó Max.

Como Max temía, la mujer señaló la casa, un hermoso chalé con techos de pizarra y un porche de madera, estilo americano. Era la única vivienda iluminada de la calle. Y a la vez estaba en la zona más oscura del barrio, donde el alumbrado público raleaba hasta desaparecer. Algo se rompió en el interior de la casa. Un jarrón o algo. Se oyó el quejido de un gato, o de varios.

En el exterior de la casa, nada sugería que fuese un bar, ni ningún tipo de establecimiento público. A sus espaldas, a Max le llegó la voz de la mujer. Ahora que no la veía, su voz se parecía asombrosamente a la de Anaís. El mismo timbre. El mismo acento. La misma entonación de regaño permanente.

—¿Tú te has traído tus recuerdos contigo?

—A veces creo que no tengo —respondió Max. No quería voltear. Tampoco quería estar triste, pero se le quebraba la voz—. Trato de recordar cosas amables. Cosas felices. Pero nada me viene a la mente. Como si me hubiese vaciado por dentro.

—Has llegado al lugar indicado —la oyó decir—. Aquí todos estamos vacíos.

La casa ahora parecía emitir un extraño resplandor. La puerta de la entrada se abrió, como invitándolo a entrar. Ya no se escuchaba ningún sonido proveniente del interior. Ya ni siquiera se escuchaban las palabras de esa mujer. Un temblor recorrió la piel de Max. Sin razón aparente, pensó en una puerta cerrándose, en un foco colgando del techo desnudo, sin lámpara.

Papá...

—Creo que es mejor irnos —dijo Max—. Ya no quiero una copa. Ni nada.

Pero cuando se volvió, la mujer ya no estaba ahí. Sólo había un par de gatos merodeando por la vereda, y observándolo con desconfianza. Más allá, en la esquina, un tren atravesaba el aire, marcando una estela de luz en la noche. Y luego, la tiniebla cayó sobre él, aplastándolo.

XV

Al despertar, esperaba ver la habitación del hotel. Se había acostumbrado a ella. Las lámparas de mesa le parecían tranquilizadoramente impersonales. La cortina automática y la pantalla gigante, con su aspecto de no ser de nadie en particular, le resultaban acogedoras. Pero nada de eso estaba ahí cuando abrió los ojos. Al contrario, el mundo terminaba a treinta centímetros de sus pupilas, en una superficie color blanco hospital. Trató de mover los brazos, pero topó con límites a ambos lados. Había dormido en una caja, o en una cápsula. No quiso pensar «en un ataúd».

Examinó el lugar. Una pantalla de televisión del tamaño de un libro descendía desde el techo. Una frazada cubría su cuerpo. Todo lo demás eran paredes del mismo color blanco. Blanco nube. Blanco ausencia. A sus pies halló un cristal opaco, acaso una ventana. Se arrastró hacia él y lo abrió. Con alivio, constató que no se resistía. No estaba sepultado en vida.

Fuera de la cápsula había un salón aséptico que le recordó a los hospitales. La única decoración, si podía llamarse así, eran las paredes llenas de habitáculos como el suyo, formados en filas y columnas, como los mausoleos de los cementerios. Max pensó que no era un lugar para dormir sino para guardar cosas. Pero en cuanto puso los pies en el suelo, vio a otro hombre saliendo de otra cápsula. El hombre estaba ojeroso y despeinado, y tenía la ropa arrugada. Apestaba a alcohol. Aun así, al pasar dijo algo que parecía «buenos días».

Max supuso que tendría la misma pinta que él. De hecho, había dormido con el traje y la corbata, que ahora se veían lamentablemente maltratados. Siguió al otro hasta un baño común y se miró en el espejo. Su aspecto era desolador.

Trató de recordar cómo había llegado hasta ahí. Le dolía la cabeza furiosamente, como si hubiese bebido sin parar. Pero no conseguía recordar dónde o cuándo lo había hecho. Y menos, cómo había sabido de ese lugar, o en qué lengua había alquilado ese —¿féretro?, ¿jaula?— dormitorio. Recordaba la noche anterior por fogonazos. La mujer pastel. La prostituta de la calle. El tren.

La casa.

Su cerebro estaba sumido en un fogonazo permanente.

Se peinó, se lavó la cara y se acomodó la corbata lo mejor que pudo. Tratando de no mirar a ninguno de los rostros fantasmales con que se cruzaba, buscó la salida. Constató con alivio que nadie lo detenía ni le cobraba. Probablemente, nadie lo veía.

Salió al callejón interior de un bloque comercial. En el exterior lo recibió una bocanada de aire que no olía ni a limpio ni a contaminado. Parecía aire esterilizado. Como de costumbre, la calle estaba atestada de gente que corría de un lado a otro. Muchos de los transeúntes llevaban mascarillas médicas, como para ocultar su rostro.

Se le ocurrió que quizá le habían robado. Revolvió sus bolsillos, pero ahí estaban su billetera y su asistente personal. Respiró más tranquilo. Luego recordó haber leído en algún lugar sobre turistas secuestrados para robarles los órganos y venderlos. Se abrió la camisa en medio de la calle y buscó cicatrices. Todo parecía estar en su lugar. Sus riñones. Sus córneas. Empezó a considerar que simplemente había bebido demasiado y a solas, lo cual era un síntoma de alcoholismo.

Miró la hora. No le quedaba mucho tiempo para pensar en su salud ni para llegar a la convención. O quizá sí. No sabía dónde estaba. Activó el GPS de su asistente personal, pero el mapa que apareció en pantalla no le decía nada. Podía estar en cualquier parte.

Paró un taxi. Al principio, no sabía qué decirle. Luego buscó la página web de su hotel en su asistente personal. Se la enseñó al conductor a través del cristal que los separaba. El cristal era tan gordo que Max se sintió como en una pecera, o quizá como en la caja donde había dormido. El conductor asintió. La puerta automática se cerró. El vehículo se puso en marcha. Max contempló la ciudad, corriendo en retroceso a su lado. Por trechos le parecía igual que su ciudad de origen. Como si la misma realidad cotidiana se hubiese vuelto indescifrable para él.

En el hotel, el trayecto del ascensor le resultó más largo que nunca. Su figura demacrada se veía aún peor al reflejarse en los suntuosos espejos de las paredes. El ascensor parecía otro cajón, más grande y mejor decorado que el de su despertar, pero cajón al fin. Incluso su cuarto le dio esa impresión, más espacioso pero igual de mortuorio.

No tenía tiempo de una ducha en condiciones, pero se cambió de ropa y se perfumó con los productos de tocador del baño. Sólo dedicó unos minutos más de los necesarios a afeitarse con sus viejas navajas, cuyo tacto mentolado por la espuma refrescó su rostro y su ánimo. Aun después de todo eso, el espejo le devolvió al mismo zarrapastroso del ascensor, incorregible. Trató de no pensar en ello y bajó a la convención.

Temió estar llegando demasiado tarde. Luego pensó que, al fin y al cabo, nunca había llegado más de dos minutos tarde a ninguna parte, de modo que esta tardanza no sería tan grave. No después del día en que lo habían declarado empleado ejemplar. Al menos eso se repetía a sí mismo mientras atravesaba el salón de exposiciones. Trataba de animarse, sin mucho éxito. La posibilidad de haber cometido una infracción le hacía olvidar incluso el malestar físico.

En el salón de exposiciones, le llamó la atención una nueva imagen publicitaria que colgaba de la pared. La foto representaba un puente medieval europeo, rodeado de una frondosa arboleda sobre un río. Las aguas mansas del río reflejaban el paisaje como un espejo, sin distorsiones ni titubeos. La misma imagen píxel por píxel, pero invertida, cabeza abajo. El eslogan era el que Max ya conocía:

CORPORACIÓN GÉMINIS
TAN CERCA DE LA VIDA
COMO DOS GOTAS DE AGUA

Apretó el paso. Imaginaba que una larga cola estaría formada frente a su oficina, y en el camino desde su habitación había ensayado numerosas excusas. Sospechaba que se habría filtrado información sobre su salida nocturna, pero aún podía argumentar que lo retuvo un desayuno de trabajo. No quería arruinar la imagen de trabajador responsable que Kreutz había difundido menos de veinticuatro horas antes.

Llegó a su despacho acelerado y sudoroso. Nadie lo esperaba ahí. No supo si sentir alivio o decepción.

Entró. El pupitre de siempre le pareció más angosto que otros días, y más frío. Mientras encendía la computadora, recordó que trabajaba en una corporación tecnológica. Ya nadie iba al despacho de nadie: la gente se enviaba mensajes. Le ilusionó pensar que encontraría el buzón lleno de consultas sobre los cambios trascendentales que aguardaban a Géminis. Pero sólo encontró dos anuncios publicitarios, uno de antivirus y otro que ofrecía productos para alargar el pene. Borró el último, respondió el primero y la mañana se extendió ante él como una gran llanura desierta.

Max insistía en pensar que su presencia podía ser requerida en cualquier momento, ante cualquier emergencia. Kreutz había exhortado a los directivos a buscarlo, lo cual lo convertía en un elemento de importancia estratégica. Así que mientras las horas avanzaban tortuosamente, mantuvo el tipo y la disciplina, a pesar de la resaca. La mayor parte del tiempo, su mirada se mantuvo fija en la puerta. Tenía la mano preparada para ofrecerla a quien ingresase, y la sonrisa de cortesía lista para disparar.

Cerca de la hora de almuerzo, alguien llamó al fin. Para mostrarse atareado, Max contuvo su respuesta unos segundos. Al fin, musitó un discreto «pase», tratando de contener la emoción de la expectativa. Contempló el picaporte mientras giraba lentamente. Esperaba la aparición de alguno de los jefes, de algún miembro de la mesa directiva. O acaso de algún empleado que venía a invitarlo a una junta, o a comunicarle un cambio de despacho. Dadas sus referencias, era razonable que le asignasen un lugar de trabajo más cerca de sus iguales, de sus nuevos iguales.

En el marco de la puerta apareció un rostro que se le hacía conocido. Rápidamente, trató de recordar en qué lugar de la mesa directiva estaba sentado. Pero su recuerdo de ese hombre tenía un origen distinto, y no tan agradable. Era el jefe de sección Ryukichi, con el que Max se había emborrachado en un restaurante lleno de gritos. El mismo que había destrozado su amistad contigo al acosarte aquella noche en la puerta del hotel. Max cruzó los dedos por que ese hombre lo visitase en calidad de emisario de la junta directiva, y con esa esperanza feliz ocultó su desencanto:

—Qué sorpresa —celebró, un tanto exageradamente.

Ryukichi, que al principio lo había mirado con recelo, distendió el rostro en un gesto amable. Hizo una reverencia.

—Venía a felicitarte —dijo—. Te vi ayer con los jefes, y parecían muy interesados en ti. Todo el mundo habla de una importante promoción para ti. Seguramente te darán una botella propia, y en la próxima reunión nos invitarás tú.

Max recordó la famosa botella del restaurante, la pelea de ese hombre con su subordinado y sus comentarios de dudoso gusto sobre las mujeres. Se preguntó si ascender en la empresa implicaba convertirse en un hombre como ése.

—Espero que sí —mintió.

El visitante seguía de pie en la puerta. Unos segundos de silencio se cruzaron entre ellos, mientras Max esperaba a que se despidiese. Cuando comprendió que no se iría, lo invitó a pasar, seguro de que terminaría arrepintiéndose de hacerlo.

—Desde que te conocí supe que recibirías una promoción —recitó atropelladamente el recién llegado—. Está claro nada más verte que eres... especial.

—Todos somos especiales, amigo —respondió un amable Max. Habría preferido no llamarlo «amigo», pero no recordaba su nombre. Quizá por eso, o por otra cosa, no tenía claro por qué, añadió una frase que sonó pregrabada, como el contestador de un teléfono—: Y en la corporación Géminis, todos somos una gran familia. Lo que es bueno para uno, es bueno para los demás.

Las implicaciones de esa frase quedaron flotando en el aire del despacho. Cuando dejaron de resonar, el silencio entre los dos se volvió incómodo. El visitante lo rompió con una declaración pomposa, casi matrimonial:

—Quiero que me concedas el honor de invitarte a almorzar.

Ahora se había acercado lo suficiente para que Max pudiese leer la etiqueta de su pecho. Sin duda, lo había hecho para leer él la de Max. Max agradeció que no hubiese sillas en su despacho. Pero sin saber por qué —quizá por inercia—, aceptó su invitación.

Descubrió rápidamente que no era una invitación. Ryukichi se limitó a subir con él al comedor ejecutivo, donde la comida era gratis. Max temió encontrarse ahí contigo, acompañado de tu agresor. Por suerte, tú no estabas ahí.

Quienes sí estaban, como siempre, eran los demás empleados de la convención. Max sintió sus miradas rozándolo discretamente al entrar, conforme se acercaba al bufé. Con orgullo, pensó que Ryukichi no era el único que había tomado nota de su nuevo nivel profesional.

Max tardó más que Ryukichi en servirse, porque muchas piezas de arroz y pescado le parecían hechas de plastilina. Para cuando pudo hacer una selección de las de apariencia más comestible, Ryukichi ya había escogido un asiento en un rincón del fondo, apartado de la zona más concurrida.

Estaban al lado de la ventana y la vista era majestuosa, pero Max no pudo evitar que su primer pensamiento fuese la imagen de los dos cayendo desde ahí, precipitándose más de cincuenta pisos hacia el asfalto, sacudidos por el viento contra los edificios, hasta el golpe final. Trató de disimular ese extraño pensamiento mientras Ryukichi contaba un chiste subido de tono. Pero los palillos se le cayeron de las manos. Ryukichi se rió:

—Tienes poca experiencia con ellos, ¿verdad? Eso te pasa por comer hamburguesas toda tu vida.

Es la resaca, pensó Max. Su cabeza estaba fuera de control. Trabajaba por sí misma, independientemente de su voluntad. Tranquilidad, se dijo. Tranquilidad. Tenía que retomar la conversación.

—Nunca me he... acostumbrado a comer así.

—Son más fáciles de lo que parece —dijo Ryukichi, y comenzó a enseñarle. En sus manos, los palillos parecían tijeras. Max trató de imitarlo, pero su comida rodó por la mesa.

—Bueno —lo consoló Ryukichi—, a veces toma un tiempo aprender.

Max siguió intentándolo, y Ryukichi empezó a deshacerse en elogios a su persona y su rendimiento profesional, a pesar de que él no podía saber nada al respecto. Hablaban en voz baja, porque casi nadie más en el comedor conversaba. Algunas palabras se filtraban entre el ruido de los platos, pero en general, los comensales comían absortos en sus asistentes personales, y apenas intercambiaban monosílabos para pedirse la sal o preguntar por el baño.

—Debes sentirte honrado por la promoción —estaba diciendo Ryukichi—. No es fácil escalar puestos en la corporación. La competencia es muy dura.

Max intentó concentrarse mientras sostenía un rollo de arroz envuelto en un alga negra. Logró meterse un pedazo a la boca, pero el resto se deshizo y se desperdigó por el suelo.

—En realidad, no estoy muy seguro de que me hayan ascendido —admitió—. Kreutz me recomendó frente a los jefes, pero desde entonces no ha pasado nada en concreto.

Max se corrigió mentalmente. Habían pasado cosas. Sobre todo por la noche. Pero no el tipo de cosas que van asociadas a un ascenso. Al contrario. Ryukichi rió. Su risa sonaba desagradable, como el rugido de algún animal. Y estaba comiendo —más bien sorbiendo— unos gruesos tallarines cuyos extremos escapaban de su boca, manchando sus labios de grasa. Aún con la boca llena, dijo:

—No sólo importa conseguir un ascenso. Importa que se note. Es más importante lo que crea la gente que lo que ocurre en realidad. Y los empleados de la corporación creen que los de arriba te adoran. Ahora, todos hablan de ti. Te envidian. Y te odian, claro. Pero, si tienes influencias, también te necesitan. Eso ya es una ventaja que puedes aprovechar.

En cierto modo, ésa era una declaración honesta por parte de Ryukichi. Él mismo había buscado a Max por esas «influencias», y se ofrecía como alguien que Max podía «aprovechar». O eso era sinceridad o el más vil cinismo.

—¿Eso haces tú? —quiso saber Max—. ¿Inventarte ascensos para conseguir favores?

El otro volvió a reír. Daba a entender que le sorprendía la inocencia de Max, y que le ayudaría a superarla.

—Tú no te has inventado nada —respondió, devolviendo el rumbo de la conversación hacia Max—. Todos te vimos codearte con la mesa directiva. Ellos te dieron el espaldarazo frente al personal en pleno.

—Supongo que sí.

A Max se le cayó de los palillos un pedazo de verdura rosada. Se resignó a no probar bocado y apartó su plato. El otro continuó:

—Tu promoción es especialmente relevante en tu caso. Siendo tú... ya sabes. Siendo quien eres.

Max llevaba días —él diría que meses— tratando de saber quién era. Pero la insinuación de Ryukichi evidentemente apuntaba a un nivel menos filosófico. Quizá al hecho de que era un analista de logística, no un diseñador. Quizá a otra cosa.

—¿Y quién soy según tú?

Ryukichi rió, ahora con la boca muy abierta. Max notó que le faltaba un diente en la parte posterior de la boca. Ryukichi rebuscó en sus bolsillos hasta encontrar un paquete de Lucky Strike magullado. Extrajo de él un cigarrillo e hizo ademán de encenderlo, pero se detuvo.

—Oh, no se puede fumar aquí, ¿verdad?

Max negó con la cabeza. Tenía ganas de repetir su pregunta, pero Ryukichi estaba al volante de la conversación. Podía dirigirla, desviarla, detenerla o estrellarla a voluntad.

—Esas malditas normas contra el tabaco. Están por todas partes. Y eso que Japón ha resistido heroicamente. En muchos bares y restaurantes aún se permite fumar. Pero en los hoteles, claro...

—Es por los extranjeros, supongo.

—Claro. Los hoteles son como zoológicos de extranjeros. Los guardamos en estas torres inmensas para que no nos contaminen con sus malas costumbres.

Celebró su propia ocurrencia con una risotada exagerada. Max temió que los demás empleados volteasen a verlos. Pero apenas quedaban unos pocos en el comedor. Y casi todos estaban del otro extremo del comedor. Max trató de recuperar la iniciativa:

—Me sorprendió mucho tu pelea de la otra noche con tu empleado. Te dijo cosas horribles. Pero no pareció importarte demasiado.

Ryukichi jugueteó con el cigarrillo entre los dedos.

—Pobre hombre —respondió—. Ya sabes. Se acumula mucha tensión en este trabajo, sobre todo en eventos como éste. Es necesario descargarla. Y para eso hacen falta espacios fuera de las oficinas.

—En mi país habrían despedido a ese empleado.

—Yo no, siempre que se desahogue en el lugar adecuado, ¿comprendes? De haber dicho esas cosas durante una mañana de trabajo, ya no tendría empleo. Y como nuestra empresa le proporciona un apartamento, tampoco tendría vivienda. Aunque probablemente lo recibirían en un manicomio...

Un destello de malicia cruzó por sus ojos, pero se apagó rápidamente, como una estrella fugaz, y se convirtió en una mirada comprensiva.

—... sin embargo, él expresó su descontento en una ocasión informal. Era el lugar adecuado.

—¿Y eso es todo? ¿Hay lugares donde uno tiene autorización para insultar a sus superiores? ¿La empresa paga?

Ryukichi miró por la ventana hacia el paisaje de acero y cristal que se desplegaba ahí afuera. Tardó tanto en contestar que Max pensó que había olvidado la pregunta. Por fin, retomó el hilo:

—Las personas son como máquinas, Max. Necesitan alimento como un motor necesita combustible. Van al médico, como un automóvil al taller. Y se desgastan. Las impurezas, las abolladuras se van sumando, hasta que necesitan un afinamiento. Se revisan los niveles de aceite y los alígenos de la próstata. La presión arterial y el líquido para frenos. Se limpia el carburador. Para las personas, el alcohol es el líquido de limpieza de las emociones. Ha funcionado así durante siglos, y no hay por qué cambiarlo ni escandalizarse.

—Pero ¿qué pasa con tus emociones? Él fue muy agresivo, cuestionó tus méritos y tu capacidad. ¿No te importa?

Ryukichi hizo un gesto con la mano, como si desdeñase la gravedad de la pelea.

—A lo mejor él tenía razón.

—¿Y tú no mereces tu puesto entonces? ¿Y lo dices así de tranquilo?

Una camarera se les acercó a recoger los platos. Ryukichi inclinó la cabeza para agradecérselo y guardó silencio, sin levantarla, mientras la chica hacía su trabajo. Sobrio y al mediodía, era un hombre tímido. La cercanía de una mujer lo intimidaba, o eso parecía. Sólo cuando la camarera terminó con los platos y se alejó de la mesa, él rompió el silencio.

—Yo entiendo muy bien tus dudas y tus temores, Max. Yo también soy... diferente.

Sus palabras removieron el orgullo de Max. A pesar de los prejuicios de los diseñadores, él no se consideraba diferente en nada. Si acaso lo contrario, excesivamente igual, sin peculiaridades. Pero no tuvo tiempo de decirlo. Las palabras empezaron a saltar de la boca de Ryukichi como si hubiesen esperado agazapadas el momento de salir.

—Hace siglos, mi familia trabajaba con ganado. Mis antepasados eran carniceros y peleteros. Eso los hacía despreciables. A ellos y a sus descendientes. Incluso a mí.

—No entiendo. ¿Por qué despreciar a alguien por su oficio?

—¿Es más lógico despreciar por el color de la piel? ¿O por la religión? Todos los desprecios son ilógicos. En mi cultura escogimos éste. Supongo que en todas las sociedades hay que marginar a alguien, y ésa era una razón tan buena como cualquier otra. Mis antepasados trabajaban con sangre, arrancaban la piel de animales muertos. Sonaba lo suficientemente repugnante. Vivían fuera de las ciudades. No se les permitía acercarse al resto de la gente. Eran impuros. Estaban sucios.

Conforme hablaba, la sonrisa se iba borrando de su rostro. Afuera, un grupo de nubes negras surcaba el cielo en dirección a su mesa.

—¿Y por qué despreciarte también a ti? Eso fue hace mucho tiempo.

—Hace un rato te dije que las personas son como máquinas. No es exacto. Ojalá lo fueran. Pero las personas tenemos algo que las máquinas no tienen: un pasado. Cargamos con él los sepulcros con sus lápidas. Cuando nos miran, los demás sólo ven lo que nuestro pasado les dicta. Y así nos arrastramos por la vida, con ese peso sobre nuestras espaldas. Es una carga tan grande que ni siquiera deja que nos vean con claridad.

Max no estaba seguro de entender todo eso. Ni siquiera entendía por qué ese hombre lo había buscado en primer lugar. ¿Para contarle sus historias familiares? Ahí sentado, recortado contra el marco de la ventana, Ryukichi parecía de repente más débil, más frágil que antes, pero también más enigmático, como si no quisiese o no pudiese formular con claridad sus intenciones.

—No estoy de acuerdo —respondió Max. En cierto modo, se sentía cuestionado por las palabras del otro—. Uno no tiene por qué ser preso de su pasado. Uno es responsable de sus actos. Y puede ascender según sus méritos.

—O sus deméritos —completó Ryukichi—. A menudo son más útiles que los méritos.

—¿Fue así como lo hiciste tú? ¿Crees que tus defectos te ayudaron a ascender y que se los debes a tu familia?

Ryukichi se levantó. Su cigarrillo le bailaba entre los dedos de la mano. Era el ejercicio nervioso de un fumador compulsivo. E impaciente.

—Tú no quieres saber las cosas que he hecho, Max. Ni siquiera quieres saber las que tú has hecho. Pero debes saber que cuando me necesites, tendrás en mí un oído comprensivo. Puedes contar con ello.

Para despedirse, Ryukichi adoptó un ánimo más vivaz. Inclinó la cabeza y recuperó a medias su sonrisa. Señaló a su cigarrillo dando a entender que ya no podía esperar para encenderlo. Y se encaminó hacia la puerta.

Max se quedó sentado un rato más, contemplando las nubes negras que transitaban por el firmamento. Cuando decidió volver a su despacho, le resultó difícil levantarse. Se sentía pesado y torpe. Se preguntó si los demás empleados también sentían la pereza vespertina. Pero cuando volvió la mirada hacia el largo comedor, no quedaba nadie de la convención. Apenas se oía el murmullo de las camareras mientras terminaban de recoger las mesas.

XVI

Esa noche, Max volvió a buscarte. La conversación con Ryukichi lo había dejado desasosegado y triste. Al final de la jornada, pensó que no podría soportar la soledad de su habitación. Bajó al salón de té y se instaló en la barra con el firme propósito de quedarse ahí hasta que aparecieses. No tuvo que esperar ni un segundo. Estabas atendiendo. Tu sola presencia le hizo sentir mejor.

Llevaba un regalo para ti; una caja de música en forma de botón de flor. La había comprado en la convención. Se activaba con un botón en la base, y tocaba una canción que a Max siempre le había gustado. Y sobre todo, estaba tan bien construida, era tan bella, que no necesitaba aparentar ser natural. Era una flor orgullosamente artificial.

Examinó su regalo en la mano. Sus dedos tamborilearon nerviosamente sobre la barra, en espera del momento preciso para entregártelo. Tú pasaste frente a él sin verlo. O más bien, sí que lo viste, y evitaste pasar frente a él. Si no te quedaba más remedio que pedir una bebida en la barra, te desviabas para hacerlo por el otro lado. En esos breves instantes, ya que no podía hablarte, él se limitaba a admirarte. La estampa nocturna de la ciudad en las ventanas te otorgaba un marco negro salpicado de luces, como un aura.

En un momento dado, trató de ponerte a prueba. Se levantó y se acercó a ti entre las mesas, sin aspavientos ni escenas. Quería caminar a tu lado, en una posición en la que no pudieses ignorarlo más. Tú respondiste a su juego con la misma tranquilidad, anticipándote a sus movimientos y cambiando discretamente de rumbo antes de cruzarte con él. Si alguien se hubiese fijado en ustedes, habría advertido el curioso baile que describían por el salón, siguiéndose y evitándose. Pero nadie se fijó, claro. Ustedes jugaban un juego propio en un universo paralelo.

Max trató de forzar las reglas y ponerte nerviosa. Aceleró y se empeñó en cortarte el paso. Tú mantuviste el ritmo con exasperante naturalidad, sin sobresaltos. El juego se convirtió en una persecución demencial pero imperceptible, hecha de suaves giros y piruetas.

Max comprendió que no te alcanzaría sin moverse con violencia. Pero él sólo quería darte un regalo. Optó por la solución más sencilla de todas: se sentaría en una de las mesas a tu cargo. Te obligaría a atenderlo, como a un cliente más. Esperó hasta verte llevar la cuenta de una mesa, y cuando sus ocupantes la abandonaron, casi saltó sobre ella. Había otros clientes aguardando esa mesa, pero se asustaron ante la pasión de Max y retrocedieron. Él sacó la caja de música y la colocó en el centro del mantel. Pensaba activarla en cuanto te acercases a regañadientes. Pero una y otra vez, pasaste a su lado sin atenderlo, dejando alrededor de Max una nube con tu olor.

En alguno de tus paseos, él se sintió tentado a detenerte, tomarte por el brazo y pedirte perdón, o entregarte el regalo por la fuerza. La ley del hielo le parecía una muerte lenta, mucho peor que cualquier posible desplante. Pero no fue capaz de moverse. Con el paso de las horas, el local se fue vaciando. La flor metálica se fue marchitando. Max se fue secando por dentro, sin dejar de mirarte.

Seguía sentado en esa mesa cuando terminó tu turno. Te siguió con la mirada mientras te despedías de tus compañeros y te perdías por una puerta lateral. Pasó revista mental a la geografía del lobby. Calculó que tendrías que usar los ascensores para clientes. Hizo guardia junto a ellos. Y acertó.

Tú tardaste tanto como te fue posible, pero eso no era mucho. Al cabo de unos minutos regresaste al lobby, ya vestida con ropa de calle, y conseguiste fingir una vez más que no lo veías. Tu llegada coincidió con un grupo de clientes. Montaste en el ascensor al mismo tiempo que ellos. Mientras descendían los cuarenta y cinco pisos, los clientes formaron una barrera entre Max y tú. Él te miraba con insistencia. Tú aprovechabas los espejos para calcular por dónde iban sus ojos, y no topar con ellos. Cuando el ascensor aterrizó, conseguiste salir la primera a una velocidad que tomó por sorpresa a Max, y te confundiste con la gente que iba hacia el metro.

Max tuvo que atravesar el ascensor entre los clientes, que discutían algo en alguna lengua imposible. El forcejeo lo retrasó varios desesperantes segundos. Salió en dirección al túnel del metro. Al llegar a la puerta, tuvo que rastrear el vuelo de tu falda entre la multitud y echarse a correr, ahora sí sin disimulo, detrás de ti.

La estación del hotel comunicaba con otras dos paradas de metro a lo largo de otros tantos interminables túneles de mayólicas blancas, por donde en ese momento circulaban centenares de personas que salían de sus trabajos o comenzaban su vida nocturna. Tú te disolviste en la corriente humana más numerosa, la que descendía en cascada por unas escaleras mecánicas. Max te atisbó entre la niebla humana, y te siguió.

Igual que los volantes de los coches, los pasajeros del metro en Tokio se paraban en el lado de las escaleras contrario al que Max tenía por costumbre. Tuvo que bajar a trompicones entre ellos antes de entender qué ocurría. En general, esa ciudad estaba al revés de lo normal, como la imagen de un cuerpo en el espejo. Al llegar abajo, se halló en una encrucijada de pasillos. En el centro del todo había máquinas expendedoras de billetes, y alrededor de ellas, máquinas expendedoras de bebidas y periódicos. Detrás de una de ellas, tu espalda se le escapaba por una salida lateral.

La salida daba a un andén en obras. Los andamios cubrían casi toda la superficie, dejando sólo un pequeño saliente donde se aglomeraban los pasajeros. Max trató de pasar bruscamente. Aparte de los pasajeros, debía esquivar las columnas que sostenían el techo, saltando de una a otra por fuera, arriesgándose a caer sobre las vías férreas. Cuando aún le faltaba recorrer medio andén, escuchó el frenazo del próximo metro. Temió que fuese tu tren y apretó el paso. Al girar en una columna, dio un paso en falso y sintió que caía. Las ruedas del tren chirriaron a pocos metros de su cabeza. Pero consiguió aferrarse a la columna. A pesar de lo arriesgado de su movimiento, nadie se dio por enterado en el andén. La mayoría de los pasajeros estaban atentos a las pantallas de sus teléfonos o a sus propios pensamientos, como si se hubiesen puesto de acuerdo contigo para ignorarlo.

Las puertas de los vagones se abrieron simultáneamente y se tragaron a los pasajeros. Max se dio por derrotado. Sus hombros soportaron el oleaje de los empujones, un tsunami contra su autoestima, mientras la gente terminaba de embutirse en el tren. Sin embargo, cuando los pasajeros desaparecieron del andén, un destello de ti, de la luz negra de tu pelo, iluminó el extremo. Había otra salida ahí, rumbo a otra estación. Max continuó su camino.

Entraron en una zona comercial, un sinuoso universo subterráneo de tiendas y restaurantes. Max adivinaba tu figura por retazos, escurriéndose apresuradamente entre los mostradores y los maniquíes, hasta la última estación. De vez en cuando, podía verte en la distancia, con espacio suficiente para alcanzarte. Doblaste en una cafetería que parecía una cueva, con una incongruente barra de aspecto parisino. Max te pisaba los talones. Pero al doblar en la barra, sintió que algo muy pesado le obstruía el paso a la altura del pecho. Y luego un estrépito de cristales rotos.

Apenas detuvo su carrera para volverse a mirar. A sus espaldas, una enorme cubitera de champán regaba por el suelo el burbujeante contenido de cinco botellas. El líquido y el hielo hicieron resbalar a una señora. Max continuó su carrera. Pero ahora, tras él, dos camareros se sumaban a la persecución.

Mientras te seguía, le parecía que tú no corrías, sólo caminabas apaciblemente frente a él, y aun así no era capaz de alcanzarte. Te internaste en el último andén, el fin del camino. Ya no podías ir a ninguna otra parte sin cruzarte con él. Max comprendió que tampoco era cuestión de saltarte encima. Necesitaba reducir la velocidad, acercarse sin intimidarte, lo cual parecía imposible después de esta larga cacería subterránea. El regalo. Tenía que encontrar el regalo en alguno de sus bolsillos. Y recuperar el aire para dirigirte unas palabras.

Estabas de pie en el andén, acorralada contra las vías. Te volviste hacia él con una expresión de desafío. Aceptaste el enfrentamiento.

Max se te acercó levantando las palmas de las manos. Iba en son de paz. Dio un par de lentos pasos hacia ti, que lo esperabas inmóvil. Le pareciste más alta que otras veces y, a pesar de tu gesto altanero —o quizá debido a él—, radiante.

Estaba a punto de hablarte cuando sintió el tirón en el hombro. Era uno de los empleados de la cafetería, que lo sostenía por atrás con una especie de llave. El otro lo encaró. Le dijo cosas. Estaba muy alterado. Max se encogió de hombros. Te miró. Trató de empujar a ese inoportuno intruso. Trató de pedirle que aguardase unos segundos. Al final quiso zafarse, pero el otro camarero lo tenía inmovilizado, con el antebrazo pegado a la espalda.

Las exclamaciones de los camareros se mezclaron con el sonido del tren que entraba en la estación y se detenía. Algunos pasajeros tardaron en entrar, curiosos ante el espectáculo del extranjero que peleaba con esos camareros. Tú te mantuviste de pie frente a la puerta abierta del vagón, sin quitarle la vista de encima.

Si hubieras dicho algo en ese momento, quizá todo habría sido diferente. Si tan sólo te hubieras acercado a mediar entre los camareros y Max. De hecho, Max te lo pidió. Primero con la mirada, luego con la voz. Pero sus palabras chocaron contra el muro que era el camarero enfadado, que estaba demasiado ocupado regañándolo como para escuchar cualquier otra cosa. Max le dijo que tenía una tarjeta de crédito. Que pagaría todos los destrozos. Pero el otro continuó su lamento, con el acompañamiento ocasional de su compañero, que acotaba su monólogo con monosílabos e interjecciones.

Max te dirigió una mirada de impotencia y de súplica. Tú le devolviste una de fría indignación. Un pitido anunció que el tren se marchaba. Aburridos con el pobre número de circo que ofrecía Max, los curiosos recapacitaron y subieron al vehículo.

Los camareros amenazaron con arrastrar a Max de vuelta a la cafetería, pero él les dio a entender con gestos que los acompañaría pacíficamente. Antes de hacerlo, tuvo tiempo de verte desaparecer en el interior del vagón. Ni siquiera entonces le quitaste los ojos de encima. Ni siquiera entonces dejaste de azotarlo con el reproche de tu mirada. Y seguiste haciéndolo, hasta que el tren penetró en la negrura del túnel.

XVII

Por la mañana, al subir al ascensor, encontró a la niña. Llevaba el mismo vestidito y mascullaba algo, quizá la misma canción. Se veía tan pequeña y frágil que Max no pudo comprender cómo se había dejado asustar por ella días antes. Pensó que quizá la encontraba de mejor humor esta vez.

—Hola. ¿Aún estás por aquí?

La niña no respondió. Como en su anterior encuentro, estaba pegada a un rincón del ascensor, o a todos los rincones, cuyos espejos reproducían su imagen. Las puertas se cerraron. Max insistió:

—¿Dónde están tus padres? ¿Han venido a la convención?

Ella comenzó a mover la boca más ampliamente, pero aún en susurros, sin hacer vibrar las cuerdas vocales, sólo dejando pasar el aire por su garganta. Max trató de entender la letra de lo que cantaba. Le sonaba familiar, pero no conseguía determinar de dónde.

—¿Todavía estás jugando a los muertos? —preguntó Max.

De golpe, la niña dejó de mover los labios. No levantó la mirada.

—Eso no es un juego —respondió secamente, siempre con la mirada baja.

Max sonrió. Había roto el hielo, y eso lo hacía sentir más dueño de la situación. En el fondo, todos los niños quieren jugar y conversar. Es lo único que hacen.

—Yo te veo muy viva. Y muy bonita. ¿Cómo te llamas?

—No tengo nombre.

Max trató de no reírse. Los niños, pensó, se toman sus juegos muy en serio. De repente, se preguntó si el ascensor estaba subiendo o descendiendo. El movimiento era irreconocible.

—¿Cómo no vas a tener nombre? Todos tenemos uno. Seguramente tienes un nombre bonito como tú, pero quieres que yo lo adivine. ¿Es eso?

Ella no respondió. Max se fijó en las luces que indicaban los pisos. No estaban encendiéndose en orden lineal, sino caprichosamente: 54, 46, 43, 51... Max lo atribuyó a algún desperfecto sin importancia.

La niña se sentó y metió la cabeza entre las rodillas. Max creyó notar que tiritaba. O quizá temblaba, como tiembla la gente cuando llora.

—¿Estás bien? —le preguntó.

Ella volvió a canturrear. Él lo tomó como una señal de normalidad.

—Yo me llamo Max. Y si tú no tienes nombre, tendré que ponerte uno. Katy, por ejemplo. ¿Qué te parece? ¿O Lucy? Tienes aspecto de Lucy. Bueno, eso creo. No te he visto la cara.

Súbitamente, el ascensor dio un brusco frenazo. Las puertas se abrieron con lentitud. Ningún botón indicaba en qué piso estaban, y afuera las luces estaban apagadas. La oscuridad era cerrada, y parecía derramarse hacia el interior del ascensor con más fuerza que la luz hacia el exterior. Bajo el frío neón del techo, Max sólo alcanzaba a ver un pedazo de alfombra que se perdía en la penumbra.

—¿Dónde estamos? —trató de sonar tranquilo.

La niña empezó a hacer pucheros. A temblar. A sollozar abiertamente. Pero todo sin levantar la vista del suelo.

—Oye, oye, cálmate —dijo Max. Se sentó a su lado. Trató de acariciarle el pelo para infundirle calma, pero ella apartó la cabeza.

—No pasa nada —murmuró Max, tratando de confortarla—. El ascensor se ha averiado, pero seguramente podemos usar cualquiera de los otros.

—¡No salgas! —gimió la niña. Lágrimas y mocos corrían por su rostro.

Afuera en la oscuridad, se cerró una puerta. Max se asomó a la boca del ascensor. Sus ojos trataron de atravesar la oscuridad, pero no consiguió ver más allá de su pedazo de alfombra. Los otros ascensores estaban muy cerca, al lado o al frente, pero Max temió salir y que la puerta se cerrase a sus espaldas. Gritó:

—¿Hay alguien ahí? ¡Tenemos una emergencia!

Creyó oír un ruido de pasos en el exterior. Pero nadie respondió. Volvió a presionar el botón del piso de la convención. Sabía que no servía de nada, pero así aplacaba su ansiedad.

—Voy a buscar el botón de emergencias, ¿ok? No te asustes, no me voy a ir del ascensor. Pase lo que pase, estaré contigo. ¿Estás bien?

La niña no respondió. Max hizo movimientos lentos, procurando no alterarla, ni alterarse a sí mismo. Le parecía que había más botones que de costumbre. Buscó alguno con letras en vez de cifras, pero también había muchos con letras, y las explicaciones de cada uno estaban al lado en japonés. Apretó uno tras otro, esperando a ver qué pasaba en cada caso. Al terminar, sospechaba que no había botón de emergencias. En ese hotel, no estaba contemplada la posibilidad de un error. De todos modos, pensó, alguien en algún piso notará que el ascensor no se mueve y llamará al encargado de mantenimiento. Eso pensó.

En la penumbra exterior algo resonó fuertemente, como una viga de metal al caer al suelo. Max se descubrió a sí mismo golpeando los botones, todos a la vez, y soltando malas palabras en voz baja. Se esforzó por contenerse. Se había propuesto no alterar a la niña. Se sentó junto a ella, abrazado también a sus rodillas. Se aflojó el nudo de la corbata.

—Bueno —trató de sonar distendido, incluso alegre—, parece que vamos a tener que jugar aquí un rato.

Ella había vuelto a cantar. La letra seguía siendo ininteligible, pero Max notó que cantaba su canción más rápido que antes. O quizá cantaba otra, más animada. También su temblor se había acelerado, aunque permanecía en la misma posición, repantigada, casi arrugada, como una bolita de papel arrojada al basurero. Max propuso:

—Vamos a jugar a algo divertido, ¿ok? Por ejemplo, piedra, tijeras, papel, ¿sabes jugar a eso?

Ahora, los botones del ascensor estaban todos activados, como luces de un absurdo árbol de Navidad. Algunos parpadeaban incoherentemente. Otros se mantenían iluminados. Max escuchó el sonido del elevador de al lado al pasar, un bostezo mecánico y perezoso. La niña actuaba como si él no estuviera ahí.

—Escucha, pequeña —dijo—. Vamos a salir de aquí dentro de poco, pero hasta entonces, será mejor que levantes tu carita y me mires. Y que me digas tu nombre. ¿O quieres que lo adivine? Incluso para adivinarlo necesito ver tu cara. A lo mejor tienes cara de María, o quizá de Clara...

Con delicadeza pero con firmeza, deslizó los dedos bajo el mentón de la pequeña, y empujó ligeramente hacia arriba con el índice y el dedo medio. Para su sorpresa, ella cedió dócilmente. Su carita empezó a elevarse. Max podía sentir sus lágrimas en las yemas de los dedos, conforme ella se dejaba hacer. Con la otra mano, sacó un pañuelo de papel del bolsillo de su chaqueta, para secarle del rostro los estragos del llanto.

Pero cuando al fin lo encaró, la niña no tenía ojos. Sólo dos cuencas vacías, como dos agujeros negros en el rostro.

—¡Yo no tengo nombre! —insistió, y su voz tronó como varias voces al mismo tiempo, mientras Max sentía la oscuridad crecer, invadir el ascensor, al tiempo que la niña temblaba y se convulsionaba.

Abrió los ojos.

El corazón se le tambaleaba en el pecho, como tratando de escapar.

Con alivio, sus pupilas hicieron el recorrido que él conocía bien. La lámpara, la cortina, el televisor. No hubo sobresaltos esa vez. Todo estaba en su lugar. Incluso él estaba en su lugar.

No lo había despertado el pánico de la pesadilla, sino su asistente personal, que se sacudía rabiosamente en la mesa de noche. Estiró el brazo para cogerlo. La pantalla anunciaba una llamada de «número desconocido». La aceptó, pero sin imagen. No quería que lo viese nadie saliendo de la cama. Del otro lado, sonó una voz conocida, aunque al principio le costó identificarla:

—Buenos días. Éste es un mensaje de la presidencia de la corporación Géminis. Por favor, preséntese en la sala de juntas de la dirección a las: Nueve. Horas. Y. Treinta y cinco. Minutos.

—¿LUCI? —preguntó Max, aún medio dormido.

—Hace un día muy agradable —respondió la autómata—. La temperatura es de: Diez. Y. Ocho. Grados. Se prevé nubosidad variable.

Max recordó las burlas de Kreutz contra ese robot, ese remedo de mujer. Lo embargó una especie de compasión, quizá no la que se siente por una persona, pero al menos la que inspira un perro o un gato.

—Claro, LUCI. Dile al jefe que estaré ahí.

—Estoy segura de que tendrá usted una jornada productiva.

La voz lineal y plana de LUCI le hizo pensar a Max en su sueño. Al menos ella tiene una ventaja, pensó. Las máquinas no sufren pesadillas. Sorpresivamente, se encontró envidiando a esa mujer sencilla que no esperaba mucho de la vida. Al contrario, estuvo a punto de redirigir su compasión hacia sí mismo.

Se sintió mejor después, en compañía de LUCI, mientras atravesaba el salón de exposiciones. Confirmó que los demás empleados se fijaban en él y cuchicheaban, lo cual lo llenó de orgullo. En realidad, no podía basar su orgullo en nada concreto. Nadie se le acercaba ni lo observaba con ostentación. Pero sentía las miradas que se clavaban en su espalda y los comentarios que pronunciaban su nombre, del modo intuitivo en que uno siente que tendrá un buen día o que una persona no es de fiar. Son cosas que están en el aire, si uno las sabe ver.

Al subir al ascensor, el recuerdo de su pesadilla le produjo un escalofrío. Afortunadamente, junto a él iba LUCI, con su conversación predecible llena de frases hechas. Max admitió para sus adentros que LUCI, precisamente por lo primaria que era, lo hacía sentir seguro. A fin de cuentas, su conversación era tan enriquecedora y provechosa como la de cualquier empleado de la convención, y por cierto, mucho más agradable que la de su propia mujer.

Pensó en su mujer. Anaís.

Hay algo que deberías saber.

Ahuyentó esos pensamientos al entrar en la sala de juntas. Esta vez, LUCI no entró con él. Le dijo:

—Tenga la bondad de esperar.

Y desapareció al cerrarse el ascensor. Tampoco los miembros de la junta directiva estaban presentes esta vez. Ni los robots que llevaban café. Así, con la única población de esos muebles cromados, la sala de juntas parecía aún más grande que la vez anterior, pero no menos animada. Tan sólo ocupada por cosas diferentes.

En el fondo de la habitación, se oyó un chillido.

El papagayo colgaba de un aro, como una salpicadura de vida en esa habitación inerte. Max se preguntó cómo serían los verdaderos papagayos, los que vivían en la selva tropical, o donde fuera que vivieran. Nunca había visto uno. Tampoco había visto una selva tropical, nunca fuera de una pantalla.

Se acercó al aro. Inmóvil y encogido, al acecho, el papagayo parecía estarlo esperando, como si fuese a reunirse con él. Y no le quitaba ojo de encima. Max creyó percibir el movimiento del aire entrando y saliendo de su pecho, pero se dijo que no era posible. A fin de cuentas, era un artefacto, como una licuadora o una lámpara. Avanzó tímidamente unos pasos más. Ahora, el papagayo parecía apagado. Aun así, el plumaje rojo de su cuello daba la impresión de moverse, agitado por una inexistente brisa. Max quiso saber si esas plumas eran sintéticas, como los rellenos de las almohadas. Lentamente, con mucho cuidado, extendió la mano para tocarlas.

Cuando iba a alcanzar su cabeza, el papagayo cobró vida de nuevo. Emitió otro chillido y un furioso aleteo de protesta. Lo amenazó con el pico, que llegó a pocos centímetros de sus ojos. Durante un fugaz instante, Max vislumbró la lengua del animal, un colgajo gris y áspero que parecía sacado de otro cuerpo, atrapado entre los afilados huesos de su boca. Pero el pájaro se quedó tan quieto como antes.

—Creo que le cae usted bien —dijo a sus espaldas la voz de Kreutz.

Max se volvió. Kreutz iba vestido todo de blanco. Incluso su piel parecía más blanca que de costumbre. Incluso sus ojos.

—Es muy... vistoso —comentó Max tratando de sonar natural.

—Se llama Golem, ¿sabe usted lo que es un golem?

Max quiso decir que sí. Pero vaciló, y Kreutz dio por sentado su no.

—Es una figura de la mitología judía. Se creía que los hechiceros medievales creaban cuerpos a partir de materia inanimada y les daban vida para manipularlos a voluntad. En algunas leyendas, el golem aparece como una especie de sicario. Mata gente y difunde el miedo. Un golem tiene una gran ventaja sobre las personas: no puede ir al infierno, porque no tiene alma.

El eco de sus palabras quedó resonando en la amplia sala. Llevaba puesto el auricular de la oreja, y a veces parecía que no le hablaba a Max, sino que dictaba para alguien al otro lado de la línea.

—Mi golem no mata a nadie, claro —concluyó, y remató sus palabras con una carcajada metálica.

El papagayo Golem se había quedado en una posición extraña, aferrado a su aro con una pata y con el cuello torcido hacia arriba. Kreutz se le acercó y le acarició las plumas. Había algo de íntimo en su manera de tocarlo, algo que a Max le daba reparo interrumpir. Como era habitual en él, Kreutz continuó hablando solo:

—Por lo general, les ponemos a nuestros módulos nombres con siglas, que detallan sus funciones y su número de modelo. Tratamos de que suenen más o menos naturales, como BIBI o LUCI, para que el consumidor se sienta cómodo con ellos, como con un niño o un perrito. El objetivo de nuestro posicionamiento de producto es que formen parte de la familia. Al menos eso dice el departamento de marketing. Pero Golem no es un modelo en serie. Golem es mi mascota. Claro que cumple una función promocional. «Tan cerca de la vida» y todo eso. Pero no vendemos módulos como él. Golem es único.

—Claro.

Animado por un gesto de su jefe, Max acercó la mano al animal para acariciarlo. Una vez más, Golem batió violentamente las alas y erizó las plumas en posición de ataque. Max retrocedió asustado. Sin dejar de acariñar al bicho, Kreutz le lanzó una mirada burlona.

—¿Sabía que las plumas son auténticas? Las hemos importado casi una por una. En las primeras pruebas, simplemente tomamos un papagayo de las dimensiones de

Golem y tratamos de trasplantarle cada pluma. Pero no funcionó. No cubrían la misma superficie ni producían el mismo efecto de color. Nuestros técnicos aún no son capaces de explicar por qué.

Como si estuviese escuchando, el papagayo sacudió su plumaje. Un abanico de vivos colores azules, verdes y rojos se desplegó ante los ojos de Max, como un castillo de fuegos artificiales.

—Se ven muy naturales —opinó Max.

—Sí, pero fue necesario desplumar a cuarenta y dos bichos de éstos para conseguir un juego de plumas acorde con el volumen y el aspecto que buscábamos. Estamos dando la pelea, pero de momento, la naturaleza sigue siendo más económica que nosotros. Produce series más largas, así que sus costos de producción son más bajos. Así no se puede competir, ¿no cree usted? Si Dios tuviese un domicilio fiscal, podríamos denunciarlo por *dumping*.

Max supuso que debía reírse, pero Kreutz no lo acompañó en el buen humor. Su risa se apagó en la misma garganta y nació muerta. Los ojos del presidente y los del papagayo volvieron a parecerle hechos del mismo material.

—¿Ha estado usando su asistente personal, Max? ¿Lo disfruta?

Aunque brusco, el cambio de tema alivió a Max. Sintió que el papagayo dejaba de mirarlo. Incluso Kreutz se apartó del aro y se dirigió a su asiento, el mismo de la vez anterior, a la cabecera de la mesa.

—Mucho, señor. Es un aparato muy innovador.

—¿Ha usado la opción de ocio? ¿Le ayuda a moverse por la ciudad?

Max recordó su noche de sexo frustrado y luces de colores. Su despertar en aquel cajón blanco.

—Ha sido una herramienta muy valiosa, señor.

—Me alegra. No es fácil explorar una ciudad nueva. ¿Ha probado usted el GPS?

Max recordó el taxi que había tomado por la mañana del día anterior. Los recuerdos se sucedían en su cabeza como fotografías en una secuencia de cámara lenta.

—Funciona perfectamente. Me consta.

—Claro que sí. Ese aparatito siempre sabe dónde está usted. Lo sabe mejor que usted. Téngalo en cuenta.

—Claro que sí.

Kreutz se sentó. Tenía diez sillas vacías a cada lado de la mesa en forma de herradura. Pero no lo invitó a sentarse en ninguna de ellas.

—Bien, usted se preguntará por qué lo he llamado.

Max no se lo preguntaba. Para él, la vida era como era, simplemente, y formaban parte de ella hechos constantes, como que la noche sigue al día y los jefes llaman a los empleados cuando quieren, hechos que no necesitan ninguna razón en especial para existir. Existían, sin más.

—Estoy a su servicio, señor.

Kreutz hizo una pausa. Incluso sentado, producía el efecto de mirar a Max desde la cúspide de un pedestal.

—Max, a pesar de que me trata usted como a un mariscal de campo, mis colegas de la junta me parecieron gratamente sorprendidos con sus... habilidades.

—Gracias.

Max evitó decir «señor» esta vez.

—¿Se ha acercado alguno de ellos a su despacho a lo largo del día de ayer?

—No.

—Ajá. ¿Le han enviado algún mensaje?

—M... me temo que no.

—Ya. No hace usted mucha vida social, ¿verdad?

Max tuvo el impulso de hablar de Ryukichi, el jefe de sección. El pensamiento salió de su mente y llegó a la punta de su lengua, pero sin saber por qué, se paralizó ahí. No estaba seguro de que fuese conveniente mencionarlo.

—Me concentro en mi trabajo, señor.

Se le volvió a escapar la palabra «señor», pero a Kreutz no pareció importarle.

—Me agrada oír eso, Max. Pero no debe preocuparse. Mientras usted esté aquí, todo lo que haga, cada persona que vea, cada brizna de aire que respire, forma parte de su trabajo.

A espaldas de Max, el papagayo se meció en su aro, produciendo un sonido como de cuchillos afilándose unos contra otros.

—Me temo que no estoy seguro de entender eso.

Kreutz estaba tan inmóvil que Max se preguntó si respiraba. Temió que fuese como el papagayo, y como éste, reaccionase violentamente a cualquier intento de averiguarlo. Pero Kreutz parecía tranquilo.

—Verá usted, Max. En esta convención se juega mucho más que las ventas de este año o las redes comerciales. Lo que estamos definiendo es el futuro de la corporación, ¿comprende?

Max asintió. En realidad, no comprendía. Pero Kreutz había entrado en esa dinámica en que daba miedo interrumpirlo.

—La situación es muy complicada —explicó Kreutz—. Muchos de los directivos queremos dar grandes pasos adelante. Otros prefieren dar pasos atrás. Al principio, creí que podría controlar el conflicto, pero cada vez es más evidente que nos dirigimos hacia un conflicto entre diferentes... filosofías empresariales. Un choque de trenes, por decirlo así. Las fuerzas están muy igualadas. Y cada pequeño apoyo cuenta, ¿comprende?

Max volvió a asentir. El papagayo chilló. Max no pudo evitar un escalofrío al sentir que ese animal, ese aparato, o lo que fuera, lo observaba sin ser visto, desde atrás. Pero no podía darle la espalda a Kreutz, al menos mientras hablaba:

—Ellos van a buscarlo a usted, Max. Si no lo han hecho ya. Y van a pedirle que se ponga en mi contra. Le darán todo tipo de razones. Le dirán mentiras sobre mí. Ésta es una pelea sin cuartel. Por supuesto, Max, usted será libre de tomar sus propias decisiones.

—Gracias.

¿Gracias? Quizá debía responder alguna otra cosa.

—Pero, Max, quiero que recuerde una cosa. Una sola cosa. Enfrentarse a mí es enfrentarse contra usted mismo.

—Sin duda.

—Es importante que lo sepa.

—Claro que sí.

—¿Pensará en ello, Max?

Max no entendía bien en qué debía pensar. Por si acaso, contestó que sí. Kreutz pareció satisfecho con su respuesta. Lo miró fijamente y le dijo:

—¿Me mantendrá informado de lo que intenten, Max? ¿Me dirá quién se le acerca y qué quiere?

Volvió a recordar a Ryukichi, y volvió a olvidarlo.

—Sí, señor.

—Confío en usted, Max. Se lo dije desde el principio. Ha llegado la hora de tomar partido, y yo lo quiero a usted en mi equipo.

—Sí. Gracias, señor.

—Tengo grandes planes para usted.

—Me alegro.

El papagayo produjo un ruido, un crujido más que otra cosa. Pero Max no llegó a verlo. Kreutz lo tomó por el codo y lo acompañó hacia la puerta. No era la primera vez que lo tocaba pero aún no se acostumbraba a su textura. Tenía un tacto desprovisto de afecto, como una tenaza, o como la mirada que le clavó en los ojos. Siempre de espaldas a Golem, lo acompañó repitiéndole lo importante que lo consideraba y las esperanzas que cifraba en él. Mientras caminaban juntos, Max se sintió bien. Creyó que la corporación lo respetaba y valoraba sus ideas.

Esa sensación lo acompañó durante las horas siguientes. Pero después de almorzar, mientras vegetaba de vuelta en su cubículo, trató de poner orden en sus ideas y recordó las palabras de Kreutz nada más sentarse en su silla presidencial:

Usted se preguntará por qué lo he llamado.

Hasta el final de la jornada, Max no pudo hallar una respuesta a esa pregunta.

XVIII

Fuera del hotel había un parque, una explanada decorada con obras de arte moderno, unida al edificio principal por un largo puente. Max necesitaba aire fresco, o al menos el aire que pudiese encontrar ahí, y salió a buscar un lugar donde sentarse. Escogió un banco al lado de una escultura de bronce. Al sentarse, se fijó mejor en la escultura. Representaba un caballo triturado entre dos bloques de hormigón. La cabeza y las patas sobresalían de los bloques con gestos crispados por el dolor.

Max cambió de lugar.

Necesitaba meditar sobre su conversación con Kreutz. O más bien, sobre el monólogo de Kreutz. Trató de descifrar su sentido. Siempre que hablaba con el presidente, sentía que se le escapaban porciones de significado, que no terminaba de comprender el código. Aunque, en realidad, últimamente le pasaba eso con todas las personas. Incluso con Anaís. Especialmente con Anaís. Le faltaba información para procesar los mensajes. Había datos que no debía descodificar sino intuir, y eso escapaba a sus hábitos de razonamiento. Para Max, las cosas debían afirmarse con claridad o no afirmarse. Las palabras dichas a medias le traían dificultades, y mientras más pensaba en ellas, más oscuras le resultaban.

Caía la noche. Entre los colosales edificios que lo rodeaban, Max no podía saber por dónde se ocultaba el sol. La luz se iba disolviendo, desapareciendo por las esquinas y los resquicios, tanto en el cielo como en el interior de Max.

Una silueta familiar salió del hotel y recorrió el puente con pasos resueltos. Aun con esa luz moribunda,

Max distinguió tus pasos y el contraste entre el azabache de tu pelo y la palidez de tu piel. Al principio, atribuyó tu aparición al azar, y pensó en aprovechar esos momentos para seguirte sólo con la mirada. Ya no quería asustarte. Ya había perdido las esperanzas. Para su sorpresa, tú seguiste andando, casi precipitándote hacia él. Atravesaste el parque y pasaste entre las esculturas sin mirarlas. Hasta que Max entendió que realmente lo estabas buscando, que querías hablarle. Su primera impresión fue de alegría. Hasta que llegaste a pocos metros de él, y las farolas iluminaron tu mirada de rabia.

Al llegar a su lado lo abofeteaste. Te sorprendió que no reaccionase, pero era sólo que estaba demasiado aturdido. Su pasividad te animó a golpearlo aún más. Le diste cinco o seis cachetadas, lo empujaste. Al fin reaccionó, y detuvo tus muñecas en el aire. Entonces le escupiste.

Tal vez habías exagerado. Él soltó tus muñecas y bajó las manos. Dejó de oponer resistencia. Tú lo reprendiste con gestos de las manos y la cara. Lo señalaste, y luego te señalaste a ti misma. Con los dedos representaste la persecución del metro, que te había inspirado, más que enfado, miedo. Si alguien los hubiese estado viendo en ese momento, habría pensado que lo invitabas a jugar a los soldaditos. Pero él te entendió perfectamente.

—No te estaba persiguiendo —se defendió.

Respondiste con expresiones de incredulidad. Ya estaba oscuro. La noche había llegado contigo.

—Sólo quería hablarte —se disculpó él.

Estuvo a punto de decir «sólo quería que hablásemos», pero cayó en la cuenta de que era absurdo decirte eso precisamente a ti. De todos modos, lo que dijo no te sonó mucho mejor. Formaste dos picos con los dedos y los enfrentaste entre sí agresivamente, como en una pelea de marionetas. O de pericos.

—Quería hablar de cualquier cosa —explicó él—. Aquí no hablo con nadie. Repito frases hechas, como un perico, sí. Pero contigo... Pensaba que hablábamos. Quería seguir haciéndolo.

Lo despreciaste con un gesto de la mano. Era innecesario. Él ya había percibido tu incredulidad y tu decepción. De todos modos quisiste enfatizar, para no dejar duda. Abriste las manos. Primero te cubriste los ojos y luego las sacudiste en el aire, en un gesto definitivo. «No te quiero ver más» fue lo que él entendió. Tu odio le abrió el pecho como un cuchillo. Pero durante un rápido segundo, también sintió alivio. Era lo primero que sentía de verdad desde su llegada a Tokio. Le parecía saludable sentir cosas.

Tú diste la conversación por terminada. Le mostraste tu espalda sin dejar de hacer muecas de furia. Te preparaste para abandonarlo ahí, como a una colilla.

—Sólo quería pedirte perdón —dijo, casi murmuró él. Ya no aspiraba a retenerte, pero al menos se sentiría mejor. Las disculpas, aunque no curen el malestar ajeno, atenúan el propio. A veces.

Tú no volteaste a escucharlo, pero tampoco echaste a andar. Max interpretó eso como una señal de atención, una oportunidad. Y empezó a hablar lentamente, tardando en escoger cada palabra:

—Yo... estaba muy borracho esa noche. Y no me di cuenta de que esos hombres te molestaban a ti. Quiero decir que debería haberlos detenido aunque no se hubiese tratado de ti. Pero... es difícil de explicar... Ellos... Bueno, habíamos cenado juntos. Yo quería pensar que era uno de ellos. O no de ellos en particular, de cualquiera. Quería tener algo en común con alguien. En fin, todo esto te debe sonar bastante estúpido. Nunca he sido bueno para expresar lo que ocurre en mi interior. No lo fui esa noche, y no lo soy ahora. Lo siento.

Las palabras habían salido de su boca como activadas por otra persona. No recordaba haber sido nunca capaz de articular más de una oración para describir sus estados de ánimo. No se creía capaz de definirlos más allá de «triste» o «contento», palabras que siempre parecían describirlos insuficientemente, como fotografías desenfocadas o pinturas de un artista mediocre.

Giraste parcialmente la cabeza. Tu cuerpo seguía fijo en su lugar, pero ahora él podía ver tu mejilla, y parte de tu nariz. Y un ojo, que se veía húmedo, aunque no podía asegurarlo con tan poca luz. Por lo menos no te habías ido. Eso lo animó a continuar. O quizá sencillamente ya no podía detenerse:

—Yo tenía una hija. Tendrías que haberla visto... Era... era una preciosidad. Era coqueta, ¿sabes? Y muy cariñosa. Siempre —sintió que se le cortaba la voz, pero algo lo obligaba a seguir adelante—... siempre me preguntaba «papá, ¿tú me quieres?», y luego me pedía algo. Chocolates. Golosinas. Sabía que yo no podía negarme. No sabía negarme. Y...

Max recordó una puerta al cerrarse. Un foco balanceándose en una habitación.

La casa.

—Se ahogó —continuó Max—. Se cayó en la piscina. Y fue mi culpa. Yo estaba en la cocina sirviendo bebidas. Debí haberla vigilado. Siempre lo hacía, pero ella quería jugar afuera y también quería beber algo, y lo pidió de esa manera...

Papá, ¿tú me quieres?

—... Y era sólo un segundo. Sólo un segundo... Serví dos vasos. Eché hielo y limón. Ya había terminado, pero me paré a abrir una bolsa de cacahuates para ponerlos en un cuenquito. A ella le encantaban los frutos secos. Me tomó un rato encontrar el cuenquito, pero no fue nada. Sólo un segundo. Coloqué los frutos secos y los vasos en una bandeja. Y cuando salí al patio...

La ciudad parecía haberse silenciado a su alrededor, como si no hubiera en el mundo nadie más que ustedes dos. Quizá te preguntaste por qué te contaba todo eso.

Quizá él se lo preguntó también. Durante un minuto, pareció que se iba a quebrar. Que no diría nada más. Pero se repuso. Respiró hondo. No había llorado. Llorar era demasiado personal, y no quería ponerte triste. Sólo pretendía demostrar un punto:

—Desde entonces, temo defraudar a todo el mundo. Ni siquiera sé lo que la gente espera de mí. Trato de complacerlos, pero cometo errores. Soy como un actor que sube al escenario sin leer su guión. Los demás dicen sus líneas y luego se me quedan mirando. Entonces sé que debo decir algo. Pero nunca sé si acierto o no. La función continúa y no sé qué piensan, y yo preferiría formar parte del coro. Confundirme con el entorno y desaparecer.

Ahora te volteaste enteramente. No te moviste, pero tu cuerpo le sugirió que entendías lo que él decía, quizá incluso lo compartías.

Él metió las manos en los bolsillos, como un avestruz esconde la cabeza en la tierra. Palpó algo en el interior. Recordó qué era y lo extrajo. Te lo ofreció. Era una pelotita hecha de algún material vagamente plástico. La miraste con curiosidad, y la recibiste con la mano abierta. Tus ojos se desplazaron de ella a Max. Él te señaló un botón. Lo apretaste. De inmediato, la pelota se abrió. Sus piezas, al desplegarse, se convirtieron en pétalos, que giraron sobre su eje. Una voz masculina empezó a cantar *Only You*.

Sonreíste.

Tus ojos sonrieron contigo.

—Te compré esto —dijo él—. No me preguntes por qué, pero en cuanto lo vi, me acordé de ti.

Hiciste una reverencia. Y luego otra. Las notas de la melodía revolotearon por el parque, como los insectos en las farolas del parque. Con cada estrofa, tu rostro se hacía más dulce. Max disfrutó de ese espectáculo más que de la música. Al terminar la canción, volvió a apretar el botón. Los pétalos se cerraron hasta volver a formar la bola, que cabía en la palma de tu mano.

—Si no te gusta ésa, se puede programar otra canción. Pero no sé cómo se hace. Yo... trabajo en logística, no en diseño.

Te reíste. Tu risa era el único sonido que salía de tu boca. Y en ese momento, Max la recibió como una medicina.

—Me alegra que te guste. Es... todo lo que necesitaba.

Tú bajaste la mirada. De repente, eras tú la que se veía desprotegida. Él sintió deseos de abrazarte, pero no le pareció adecuado. Quería ser cuidadoso, y a tu lado se sentía como un elefante en una cristalería. Si ahora tenías una buena impresión de él, prefería limitarse a conservarla. Pero a la vez, se sentía pegado a ti. Intentó despedirse. Intentó irse. Pero sólo consiguió decir:

—Yo... quiero invitarte a tomar algo. Seguro que por aquí hay una cafetería, o un restaurante.

No quiso decir «bar». Le pareció demasiado atrevido.

Tú miraste hacia un lado, y luego hacia el otro. Vacilaste. Él temió haber ido demasiado rápido. Quiso borrar sus palabras:

—Lo siento. No quiero presionarte. Eeeh...

Tomó consciencia de que te tuteaba, aunque no recordaba cuándo había empezado a hacerlo, ni por qué. Se planteó disculparse por ello. Pero recapacitó: eran demasiadas disculpas para un solo día.

—En fin, me alegra que se haya aclarado el incidente de la otra noche. Me voy a mi casa. Bueno, a mi hotel.

Desde el parque, el edificio del hotel le pareció más grande que nunca, y algo en su aspecto se le antojó carcelario. Una prisión tan alta como las nubes. Esperó un gesto de despedida por tu parte, pero no te moviste. Echaste un nuevo vistazo pícaro a la caja de música, tu nuevo juguete. Llevabas zapatillas y vaqueros, y tenías un aire juvenil, incluso adolescente.

—¿Mai?

Levantaste la vista como si abandonases un profundo sueño, y la posaste en Max, como si acabases de encontrártelo. Esbozaste una sonrisa que se le hizo enigmática. Sin decir palabra, le pediste que te siguiese.

Max trató de no exteriorizar ningún gesto inapropiado de alegría, pero le costó:

—Genial, vamos a tomar algo. Eeeh... Si quieres comer algo en particular... puedo buscar un lugar con mi asistente personal. Puedo pedirle que me encuentre un lugar romántico —volvió a sentir que iba demasiado rápido y se corrigió—... o un sitio formal... o familiar...

Sacó el aparato de su bolsillo, pero tú lo devolviste, tocándole con suavidad el dorso de la mano. Él recibió el contacto de tus dedos como una caricia. Detrás de ti, la escultura del caballo seguía aplastando sus huesos de bronce.

Max te siguió como un niño a lo largo del puente y a través del centro comercial, hasta un concurrido cruce de avenidas del barrio de Roppongi. Se internaron en una zona de bares y cafés de nombres occidentales iluminados con luces rojas y amarillas. De los locales brotaba el ritmo de canciones de rock que Max no reconocía. Se sintió viejo.

A esa hora, los locales comenzaban a llenarse de hombres extranjeros y rubios acompañados con mujeres japonesas. Cuando le gustaba un local, Max sugería que entrasen. Pero tú ni siquiera te detenías a considerarlo. Seguías adelante siempre, hasta que él comprendió que ya habías decidido adónde iban. Doblaron varias esquinas, siempre rodeados del bullicio de la noche. De vez en cuando, al enfilar por una calle nueva, la mole del hotel destellaba en la distancia. Sólo cuando la vio por cuarta vez, comenzó a sospechar que no era siempre el mismo edificio.

En una esquina se cruzaron con dos parejas que seguían el patrón general: japonesas ellas, occidentales ellos, borrachos todos. Las dos parejas caminaban dando tumbos y riendo estridentemente. Uno de los chicos, un americano, se le acercó a Max:

—¿Conoces algún hotel por acá?

Max pensó en su hotel, o en cualquiera de los otros edificios gigantes del barrio. Pero se fijó bien en ese chico. Era poco más que un adolescente con acné, gorra de béisbol y un pantalón manchado de cerveza. Calculó que no estaría buscando ese tipo de hotel.

—Me temo que no —respondió en voz baja.

Trató de continuar su camino, pero el americano le cortó el paso. Su amigo parecía alerta. Los dos iban vestidos igual, aunque sus japonesas llevaban trajes de noche y tacones.

—¿Cómo no vas a conocer un hotel? ¿Y adónde están yendo ustedes?

Con un gesto reflejo de protección, Max se interpuso entre el americano y tú. Absurdamente, sintió que los hombres te acosaban cada vez que estabas con él. Pero al pensar una respuesta para el americano, tuvo que admitir:

—No lo sé.

Los dos chicos estallaron en carcajadas. Sus japonesas se rieron con mayor discreción. Tú tiraste de la manga de Max. Eso tenía aspecto de terminar mal. El americano volvió a la carga:

—¿Qué pasa? ¿Por qué no nos lo dices? ¿Quieres todo el hotel para ti solo?

Su amigo dio un paso adelante. Apestaba a alcohol. Se llevó la mano al bolsillo delantero. Llevaba algo en ese bolsillo, algo voluminoso. Lo sacó. Era sólo una petaca, quizá de whisky, que se llevó a la boca y le ofreció burlonamente a Max.

—Te cambio la información por un trago. Es un trato justo.

La ocurrencia desató una nueva oleada de risas entre sus compañeros. El primero que había hablado pidió la petaca. El otro respondió con un gesto del dedo medio. Se acercaron y se enzarzaron en una discusión. Los detalles se les escapaban a Max y a ti, pero él te cubrió con su cuerpo. Parecía que los americanos iban a pelear, pero estaban tan borrachos que apenas podían tenerse en pie. Max te tomó de la mano y tiró de ti para cruzar la calle. Los otros no llegaron a pelear. A espaldas de ustedes, sólo se oyeron más risas y gritos ebrios. De todos modos, Max sintió que te había salvado de un momento desagradable, y que con eso, de alguna manera, compensaba el bochornoso episodio de Ryukichi contigo en la puerta del hotel.

Seguiste caminando con Max durante un lapso que a él se le hizo interminable. La ciudad parecía siempre igual, un laberinto de esquinas idénticas. Tú caminabas delante de él, sin voltear a verlo. Tenías el semblante tranquilo y tus pasos eran breves. Aunque andabas con rapidez, parecías levitar sobre la vereda. Eso formaba parte de tu andar, de tu actitud. De hecho, Max se cansaba más que tú. Empezaba a arrastrar los pies. Y cuando daba muestras de agotamiento, tú lo reanimabas con una mirada cálida y acogedora.

Después de un largo rato, él empezó a sospechar que algo no iba bien. El encuentro con los americanos le había dejado un ánimo suspicaz, y tenía dudas. ¿Por qué no usaban un vehículo? ¿Porque si tomaban el metro, Max sabría regresar? ¿Porque si subían a un taxi habría un testigo de dónde estaban? Temió que lo estuvieses perdiendo deliberadamente. Después de todo, aún podías estar furiosa con él. Tu misterioso silencio podía esconder un plan de venganza por lo de la otra noche. A fin de cuentas, ¿cuál es la diferencia entre una mirada cálida y una sonrisa maliciosa?

—¿Adónde vamos, Mai?

Te llevaste un dedo a los labios y le guiñaste un ojo. Pasaron frente a una verdulería que estaba cerrando. La luz blanca del local proyectó un tono siniestro sobre tu piel.

—Quizá deberíamos tomar un taxi —propuso.

Lo miraste con extrañeza. Le palpaste un hombro. Todo en ti ocurría en cámara lenta.

Doblaron una esquina más hasta detenerse frente a un edificio. En toda la calle no había un solo local, y tampoco se veía un transeúnte aparte de ustedes. Pero el portal del edificio estaba abierto, esperando a alguien.

Empujaste la puerta. El recibidor era un desangelado salón gris de aspecto más vetusto y maltratado que la fachada. Max te siguió hasta las escaleras. Subió cinco pisos detrás de ti. Se preguntó —pero no te preguntó— por qué no tomaban el ascensor. Cuando llegaron al último piso, estaba sin aliento. En ese momento, la luz se apagó. Tu cuerpo desapareció de su vista. Su vista desapareció.

—Mai, ¿estás ahí?

Bordeó la pared en busca del interruptor. Oía tus pasos amortiguados por las zapatillas, pero no tu respiración. Ni siquiera un intento de respuesta por tu parte.

—¿Mai?

Escuchó sonar un timbre en alguno de los apartamentos. Y movimientos detrás de una puerta, o de varias. Aguzó el oído, y percibió un gemido, una mezcla de quejido y suspiro, similar al ruido que irrumpía en su habitación del hotel. Se inquietó.

En uno de los extremos del piso se abrió una puerta, no enteramente, apenas unos centímetros, dejando escapar una rendija de luz hacia el pasillo. Tu rostro apareció frente a ella. A Max le pareció que no estabas donde habías sonado, que existías en algún lugar lejos de tus propios pasos.

—Mai, ¿dónde estamos?

Ni siquiera lo miraste. Tan sólo encaraste al hombre que abría la puerta, que te recibió con malhumorados gruñidos. Soportaste sus regaños pacientemente y señalaste hacia donde estaba Max. El hombre de la puerta no había notado su presencia hasta entonces. Se asomó con desconfianza al exterior. Pero al descubrir a Max ahí, medio abandonado en el rellano, apenas salpicado por la luz de la puerta, se relajó. Le dedicó un detenido examen, se volvió a ti y te dijo algo. Ya no sonaba tan molesto, pero sí cortante, como si pidiese datos precisos, que tú le proporcionaste con gestos firmes de la cabeza y las manos.

Convencido por tus argumentos, abrió de par en par la puerta. La luz del apartamento los bañó por entero a los tres. Basándose en su voz, Max había pensado que el hombre del apartamento era un viejo cascarrabias. Pero al verlo, le encontró un aspecto infantil. No parecía tener más de treinta años. Y hablaba una lengua que Max conocía:

—Estamos cerrados —le dijo. Ahora su voz sonaba cortés y acogedora—. Pero Mai es nuestra mejor cliente, así que vamos a hacerle un favor especial. No crea que esto es normal.

Max se adelantó. Tú lo esperabas en la puerta y entraste con él. Andaba lentamente, alerta a lo que pudiera ocurrir en el interior. Tras franquear la puerta, se encontraron en un pequeño recibidor, un espacio para dejar abrigos y bolsos. Pero no veían nada más allá.

Su anfitrión encendió otra luz. Hasta donde Max podía ver ahora, el apartamento se reducía a una habitación. Había puertas que llevaban a algún lugar, pero estaban cerradas. Al lado opuesto de la puerta, una gran ventana daba a la calle. Durante todo el camino, a Max le había parecido dar vueltas en círculo por los mismos lugares. Pero al verlo ahora comprendió que ese paisaje callejero no era tan turístico como el de su hotel. Estaban en un barrio de clase media. Los edificios eran más bajos, y sólo albergaban viviendas, no tiendas.

Y sin embargo, no podía definir qué era exactamente el local donde estaba. La habitación constaba sólo de muebles bajos. Una gruesa alfombra cubría todo el suelo, y en cada pared se empotraba una especie de sofá bajo, hecho sólo de confortables cojines. En el centro de ese mullido escenario, apoyadas en atriles, se elevaban tres o cuatro cajas, como pajareras de cartón, o criaderos de serpientes. Algo se movió dentro de una de ellas, y Max esperó ver salir un ofidio, con la lengua partida y un cascabel en la cola.

En efecto, un animal negro asomó por el agujero de la madriguera. Pero cuando finalmente salió, era un gato. Un minino con manchas blancas y la nariz rosada.

De las otras cajas salieron otros gatos, algunos pelirrojos, otros de color café, algunos con el pelaje espeso y esponjoso, otros de pelo corto. Todos con sus enormes ojos adormilados apuntando a los visitantes.

—¿Qué es esto? —preguntó Max.

Por toda respuesta, te quitaste los zapatos y te arrodillaste en medio de la habitación. Rascaste la oreja de uno de los gatos, un siamés, que recibió tu caricia con un ronroneo de agradecimiento. Otro felino, un persa con un ojo negro y el otro azul, se te acercó a reclamar su ración de afecto. Lo complaciste con la otra mano, rascando bajo el mentón, y el persa se tiró al suelo a gozar de tu contacto.

—Mai viene casi todos los días —le explicó el anfitrión mientras desplegaba un periódico y se sentaba a leer—. Éste es su lugar favorito. Y los gatos la adoran.

Como para confirmar sus palabras, los animales te rodearon. Uno de ellos llevaba en la boca un hueso de juguete. Otro se enredó en un ovillo de lana, tentándote para que tirases de un extremo. Tú repartías tu atención en cantidades iguales, una rascadita por acá, un jugueteo por allá.

Max llegó a contar nueve gatos, pero intuyó que quedaban más dentro de las guaridas, o del otro lado de la puerta. Se quedó inmóvil, a la expectativa, como si se hubiese colado en un cine con todas las butacas llenas. Sin moverte, y casi sin mirarlo, lo invitaste a unirse a ti en el centro de la alfombra. Él empezaba a comprender tus deseos y tus afirmaciones sin descifrar signos exteriores, descifrándote sólo a ti. Obedeció, se quitó los zapatos y se arrodilló a tu lado. El gato negro manchado le reclamó atención. Max pasó una tímida mano por su lomo, pero al llegar al final, el felino protestó. Max fue modulando sus caricias según las reacciones del animal.

Comprendió que ese lugar era una especie de burdel de gatos, un sitio donde los clientes pagaban por la compañía, no de una persona, sino de una mascota. Al principio, la idea le chocó, pero la atmósfera relajada y apacible del lugar lo fue ganando. Antes de darse cuenta, estaba echado en el suelo. Había un gato blanco sobre su pecho y otro, que ni siquiera podía ver, frotándose contra sus piernas. Entre juguetes, maullidos y patitas que se desplazaban sin ruido por la alfombra, sintió que una oleada de paz inundaba sus sentidos.

Tú te habías tumbado a un lado, y contemplabas al siamés mientras se lamía cada rincón del cuerpo. Max sintió ganas de tocarte distraídamente, como a los gatos, pasando una mano como al descuido sobre tu piel, jugueteando con los dedos detrás de tus orejas y tu cuello. Un perezoso bienestar lo inundó. Disfrutaba sin necesidad de hacer nada, sólo por contemplarte entre esos animalitos, moviéndote con la misma elegancia que ellos, rodando por la alfombra y repartiendo a tu alrededor el tacto grácil de tus dedos.

Tú sacaste la caja de música y la pusiste en uno de los sofás. La voz melosa que cantaba *Only You* se sumó al ronroneo.

Te volviste hacia Max y sonreíste.

Sin saber por qué, él sintió que se le humedecían los párpados.

Entre los dos, se interpuso el gato persa, exigiendo mimos a un lado y otro, con los ojos bicolores entrecerrados de placer.

XIX

—No se te ve mucho en las actividades de la convención. ¿Has estado enfermo?

Ryukichi tenía una insólita habilidad para conseguir que incluso sus muestras de aprecio sonasen maliciosas. Su sonrisa y su saludo, aunque pretendían resultar gentiles, parecían muecas sarcásticas.

—He tenido mucho trabajo.

Después de la noche en el salón de los gatos, el despacho le resultaba a Max aún más solitario y desangelado que de costumbre. La aparición de Ryukichi no era un carnaval de alegría, pero al menos introducía algo de vida entre esas sosas paredes, estampaba un rostro sobre los bloques de material prefabricado.

—Qué sorpresa. La mayoría de los asistentes sólo vienen a emborracharse. Debes estar haciendo grandes progresos.

Max se preguntó si los estaba haciendo. Se respondió que sí. A lo mejor era verdad.

—Creo que la convención es una gran oportunidad profesional —explicó.

Ryukichi rió burlonamente. Su risa resonó en las paredes, multiplicada por el eco.

—Eres un tipo muy serio, ¿verdad, Max?

Max no supo discernir si lo decía en broma o no, si sus palabras tenían un sentido positivo o negativo. Se quedó en silencio. Ninguno de los dos pronunció palabra durante un rato que pareció demasiado largo.

—¿Puedo ayudarte en algo? —preguntó finalmente Max.

—En realidad, vengo a ayudarte yo a ti.

Max se sentía incómodo en presencia de ese hombre. Pero no podía concretar la razón de su fastidio. Quizá tenía que ver contigo, con esa noche horrible. O tal vez le molestaba que Ryukichi siempre parecía estar conspirando.

—¿Qué te hace pensar que necesito ayuda?

Ryukichi miró a su alrededor. El polvo se había acumulado en los rincones del despacho. Nadie había pasado una escoba por ahí desde el inicio de la convención. La luz de neón parpadeó. Max tuvo la sensación de estar guardado en un armario. Rendido ante la evidencia, bajó la cabeza.

—No aprovechas bien lo que tienes —dijo Ryukichi—. Cualquier otro estaría ahí afuera pavoneándose de su influencia entre los jefes. Ayer mismo, tuviste una reunión privada con el presidente. Todo el mundo en la convención habla de eso. Menos tú. Tienes que ostentar tu éxito.

Max se preguntó qué parte de sus actividades cotidianas se correspondía con la definición de «éxito».

—Quizá por eso cuenta conmigo Kreutz —respondió—. Porque soy discreto.

Su visitante se pasó la lengua por los dientes, como si retirase un pedazo de comida. Respondió:

—Puede ser. Pero el tío Ryukichi te va a dar algunos consejos sobre gestión de imagen personal.

—No creo que tenga tiempo. Ahora mismo estoy ocupado con...

Max revisó el buzón de su correo electrónico. Y la pantalla de su asistente personal. Todo estaba vacío. Hacía tiempo que el asistente personal ni siquiera le proponía planes de ocio.

—Es hora de almuerzo —insistió Ryukichi—. Ahora tienes que comer.

Max pensó en el comedor ejecutivo, los empleados iguales entre sí, las bolas de pescado, las miradas a sus espaldas. Aunque al principio lo había disfrutado, ahora mismo, la sensación de ser observado le producía una mezcla de repugnancia y pereza.

—No tengo muchas ganas de subir al comedor —dijo.

Ryukichi le dedicó una mirada de sorna.

—Ah, tanta humildad te honra pero no te ayudará a progresar. En fin, entonces el tío Ryukichi te llevará a hacer turismo. Sé de un lugar que te gustará.

A Max, el plan no le resultaba para nada apetecible. Pero no consiguió resistirse. Las palabras del japonés irradiaban una autoridad que lo empujaba casi físicamente, hacia la salida, y luego al metro. Ryukichi hablaba sin parar. Durante buena parte del camino, Max ni siquiera lo escuchó con atención, pero asistía a su voz en un estado de constante hipnosis.

Al salir a la superficie, Ryukichi lo guió hacia un enorme edificio plagado de avisos luminosos. Un tren pasó frente a ellos. Max recordó su noche en el barrio de los prostíbulos. La mujer con escarcha en la piel. Las manos del portero. Temió que Ryukichi lo estuviese llevando a una casa de citas. O peor, a *esa* casa de citas. No estaba de humor para escándalos ni bochornos.

—¿Adónde vamos, Ryukichi?

—Es una sorpresa.

—No me gustan las sorpresas.

Pero Ryukichi no le hizo caso. Continuó arrastrándolo con sus palabras, y Max siguió tras él, sin terminar de entender por qué. Franquearon las puertas del gigantesco local y Max se encontró en el último lugar que esperaba: un mercado de productos electrónicos.

—Es el más grande de Japón, y del mundo —celebró Ryukichi—. Bienvenido a Akihabara.

Max examinó los productos expuestos. A primera vista era un mercado normal, como los de pollos o verduras, pero los puestos ofrecían tuercas, bujías, motores eléctricos, bombillas, cables, transformadores. Miles, millones de piezas metálicas en miniatura se extendían por los pasillos sin ventanas.

En una de las tiendas, Max encontró teléfonos viejos, aparatos de disco de los años ochenta. Se veían fuera de sitio ahí, entre todas esas máquinas de otro siglo.

—Los teléfonos se venden como antigüedades —le explicó Ryukichi—, lo mismo que los walkie talkies y las radios de transistores. Son caros y difíciles de conseguir. Pero si te gustan, también puedes comprar una réplica. Ahora se fabrican teléfonos exactamente iguales a los antiguos, pero más baratos, para decorar.

Max se acercó a uno de los modelos originales, un teléfono negro con el cable en espiral. A su lado había un televisor en blanco y negro sin control remoto. Los canales se cambiaban con un disco junto a la pantalla. Max hizo girar el disco hasta el final. Sólo había espacio para diez canales. Todo le parecía recién salido de una excavación arqueológica.

—Yo tenía esos modelos cuando era chico —dijo Ryukichi desde la entrada de la tienda—. Un teléfono exactamente igual, y un televisor un poco más grande. Reinaban en el salón de casa. Eran los objetos preferidos de mi familia.

Su voz sonaba tamizada por la nostalgia. Se acercó también y pasó una mano melancólica por esos objetos, como si fueran los cachorros disecados de antiguas mascotas.

—Nuestro pasado, querido Max. Las cosas que convivían con nosotros. Ahora se exhiben como objetos de museo.

Max sintió que no debía aceptar ese punto de vista. No sabía bien por qué, pero le repugnaba la idea de añorar esos objetos.

—Ése es precisamente nuestro trabajo en la corporación, ¿no crees? Acelerar el futuro. Hacer que el tiempo pase más rápido.

Ryukichi recibió su respuesta con una mirada escéptica:

—Veo que has asimilado las lecciones del señor Kreutz —respondió.

Hizo ademán de continuar, pero se detuvo. Tras unos segundos, desvió la conversación:

—Pero no te traje aquí para filosofar. Tengo algo más divertido que enseñarte.

Se dio vuelta y continuó su camino entre cajas de computadoras desfasadas y alambres de cobre. No habló más hasta que salieron del mercado.

Afuera, las calles también estaban atestadas de tiendas de electrónica. Los dos hombres se perdieron por ajetreados callejones, llenos de cargadores y de turistas. Max pensó que toda la ciudad estaba llena de turistas fotografiando las cosas más absurdas: los pescados, los semáforos, las tuercas. En Akihabara, sus flashes hacían brillar la mercadería, como bisutería barata de 120 vatios.

En medio de todo eso, un paraguas rosado sobresalía entre las cabezas negras. Max se acercó. Llevaba el paraguas una niña, o quizá una joven disfrazada de niña, vestida con una cofia y un delantal, como la empleada doméstica de un cuento de hadas. Cuando Max llegó a su lado, la chica le entregó un volante publicitario y le dedicó una sonrisa infantil.

—¿Te gusta? —interrumpió sus pensamientos Ryukichi. Se le había acercado mucho, y tenía aliento a alcohol y nabos—. Ya lo sabía. No te preocupes. Hay más.

En efecto, unas cuatro o cinco chicas con ese aspecto circulaban por la calle. Sus vestidos eran de colores diversos, pero todas estaban adornadas con motivos de cuento para niños. Algunas llevaban las mejillas pintadas de rosa, otras se ponían orejitas de conejo. Debían formar parte del paisaje habitual, puesto que a nadie le llamaban la atención, aunque parecían dibujos animados insertos en la realidad.

Ryukichi lo guió hasta un edificio ordinario, de apariencia residencial, que se escondía entre la maraña de tiendas y aparatos. Cuando la puerta del ascensor se abrió, en el segundo piso, le cedió el paso a Max:

—La diversión comienza aquí —le dijo.

En principio, el local parecía una cafetería normal, salvo por los colores pastel de las paredes. Nueve o diez mesas blancas se repartían por la habitación. Lo llamativo, al menos para Max, eran las camareras. Tenían el mismo estilo de las chicas que había visto en la calle, con vestiditos y delantales y orejas de conejita. Todas parecían menores, aunque a Max le costaba calcular la edad de los japoneses. Las paredes estaban decoradas con dibujos manga de chicas como ellas, con ojos grandes y redondos, que cantaban y bailaban por el bosque. En un extremo del salón, una chica hacía más dibujos de ésos en una computadora. Fuera de esos detalles, en efecto, era una cafetería.

—Divertido, ¿verdad? —dijo Ryukichi palmeando a Max en el hombro.

Se sentaron en una mesa. Los atendió una chica con dos colitas y medias de encajes, que hablaba con un tono chillón, pueril.

—¿Qué quieres tomar? —preguntó Ryukichi.

—Me gustaría comer un filete de carne. Hace siglos que no pruebo uno.

Ryukichi rió. Había algo condescendiente en su mirada.

—Hay café o bebidas. Y pastel de fresa.

—¿No hay almuerzo?

Ryukichi no respondió. Le pidió a la chica una orden de algo. Ella emitió un sonsonete cantarín y se retiró.

—¿Qué son estas chicas? —quiso saber Max—. ¿De qué van disfrazadas?

—Es una fantasía. Es gracioso.

De la pared, entre las imágenes manga, colgaban dibujos de animalitos y flores hechos por niños, o eso parecían. Pero los clientes eran adultos. Aunque sobre todo eran jóvenes, también los había mayores.

La camarera volvió a la mesa trayendo una bandeja con dos cafés y dos pedazos de un pastel de nata con capas de amarillo fosforescente. Max iba a ponerse el azúcar, pero ella le quitó de las manos el azucarero, sirvió dos cucharadas en su taza y removió, canturreando y haciendo exageradas reverencias.

—¿Qué está diciendo? —preguntó Max.

—Dice «ojalá que su café esté muy rico, muy rico, muy rico, pero no demasiado caliente para que no se queme la boca».

Ella repitió la ceremonia para Ryukichi, bajo la mirada atónita de Max:

—¿Por qué hace eso?

—Qué preguntas tan extrañas haces, ¿tú no quieres que tu café esté rico pero no demasiado caliente?

—Supongo que sí.

La chica los dejó solos con sus pasteles. En la mesa de al lado, otra camarera cantaba delante de un grupo de clientes universitarios.

Max trató de no dejarse distraer por el entorno. Tenía otras preocupaciones. Carraspeó y preguntó:

—Ryukichi, el otro día, cuando dijiste que yo era... Bueno, me contaste esta historia sobre tus orígenes y sugeriste que yo tampoco era... como los demás. No entendí a qué te referías.

En ese momento, Ryukichi atacaba la nata con pasión. Cuando empezó a hablar, pedazos de crema y de la cosa amarilla aún se revolvían en su boca.

—¿No te lo ha dicho Kreutz? ¿Y de qué tanto hablan en esas reuniones que tienen?

Max habría querido contestar, pero se dio cuenta de que no tenía la menor idea. De todos modos, Ryukichi no esperaba una respuesta. Sin dejar de masticar, desvió el tema:

—¿Te cuenta sus proyectos?

Max tampoco tenía una respuesta muy clara para eso.

—Claro que sí —arriesgó, con una energía un punto exagerada.

A fin de cuentas, el mismo Ryukichi le había recomendado darse importancia en público. Aunque fuese mentira —y no estaba muy seguro de ello—, su interlocutor apreciaría que Max siguiese sus consejos.

Ryukichi dio un sorbo a su café y lo tragó con un sonido como de gárgaras.

—¿Y tienen sentido?

—¿Los proyectos? Espero que sí. Kreutz es el presidente de la corporación.

Ryukichi revolvió un poco su plato, que a esas alturas era sólo una masa cremosa y amarillenta.

—No será la primera vez que un loco llega a presidente de algo.

Dejó caer esa afirmación al descuido, como si tirase una moneda a un mendigo. Max sintió el impulso de continuar esa conversación en voz baja. Pero luego recordó que estaban fuera de la convención, en un lugar decorado con sonrisitas y corazones.

—¿Le estás diciendo loco a Kreutz?

—Yo no. Todo el mundo comenta que ha perdido un tornillo. Sin duda, sigue siendo un genio en muchos aspectos. Pero el límite entre un visionario y un alucinado es muy tenue, y según los rumores, Kreutz lo cruzó hace al menos un par de años. A lo mejor está senil. No es tan mayor pero ya se sabe, la naturaleza puede ser muy cruel.

—Ésos son rumores absurdos. Infundios.

—Bueno, es la información que circula. Si conversases con alguien más que con Kreutz, quizá se ampliaría tu perspectiva de las cosas. ¿No te vas a comer tu pastel?

Max se fijó en el enorme trozo que descansaba en su plato. Apenas lo había tocado, igual que el café. Y ahora Ryukichi lo amenazaba con una cuchara. Max empujó el plato hacia él. Ryukichi siguió comiendo como si no acabase de terminarse un trozo entero.

—La junta directiva está muy preocupada con los delirios de Kreutz. Pero en fin, eso no es asunto nuestro. Como dicen por ahí, es «lío de blancos», ¿verdad?

Max supuso que ese hombre quería sonsacarle información. A su manera, era halagador que Ryukichi lo creyese tan importante. Trató de aparentar que era verdad:

—Kreutz tiene planes ambiciosos.

—¿Planes o fantasías?

—Las buenas ideas son fantasías hasta que se hacen realidad.

Ayudándose con el café, Ryukichi tragó un trozo de pastel especialmente grande. Manchas blancas salpicaban su boca y su barbilla.

—Hoy hemos amanecido filosóficos, ¿eh?

Los universitarios de la mesa de al lado se levantaron. Antes de salir, se montó un pequeño revuelo. Las camareras se reunieron con ellos dando saltitos y haciendo gorgoritos, y una de ellas tomó polaroids de todo el grupo. Cada universitario pagó y se llevó una de las fotos, algo que parecía resultarles estremecedoramente divertido.

—¿Sabes qué es lo más absurdo que dicen? —volvió a la carga Ryukichi.

—¿Que dicen quiénes?

—Los rumores.

—¿Qué?

—Que el loro es real.

—¿Cuál loro?

—El loro ese que Kreutz lleva encima como si fuese un pirata.

—Papagayo.

—¿Qué?

—No es un loro. Es un papagayo.

—Lo que sea. Es real.

—Claro que es real. Todos lo hemos visto.

—Me refiero a que no es una máquina. Kreutz quiere hacernos creer que es la máxima expresión de la inteligencia artificial. Pero ese pájaro nació de un huevo. Es sólo un maldito pájaro.

Max imaginó al papagayo, escalofriantemente inmóvil en su aro. Recordó sus graznidos. Su mirada metálica. Y las palabras de Kreutz en su última reunión.

Van a pedirle que se ponga en mi contra.

Le dirán mentiras sobre mí.

—Tengo que regresar al trabajo —dijo Max.

Ryukichi asintió. Llamó a la camarera, pero en vez de soportar sus niñerías, le pidió la cuenta con gesto cortante. Aún tenía las manchas de nata en la cara, pero no parecía darles importancia. Max se fijó con atención en la clientela. Había dado por sentado que la cafetería ofrecía algún tipo de prestación sexual, pero nadie tocaba, ni siquiera se insinuaba, a las camareras. Ni siquiera eran todos hombres. Había chicas sentadas en las mesas, y abuelas.

Antes de salir, Ryukichi recuperó el buen humor y le insistió a Max para que se hicieran una foto. Max acabó por aceptar a regañadientes. Como activadas por un resorte, tres chicas saltaron hacia ellos y posaron con enormes sonrisas. Formaron corazones con los dedos y exigieron a Max y a Ryukichi que hicieran lo mismo. Canturrearon algo a coro. Max se sintió agobiado por toda esa felicidad, como si se ahogase en un barril de jugo de sandía.

Otra de las camareras tomó la polaroid. Y cuando la foto salió de la cámara, se afanó en decorarla con lápices de colores. Sobre los rostros de Max y Ryukichi brotaron venaditos, ardillas y besos de colores. Igual que con la cuenta, Ryukichi no hizo gesto alguno de pagar. Max sacó algo de dinero, no sabía bien cuánto, y la camarera le entregó una copia de la foto a cada uno.

Hicieron el camino en silencio. Pero en el metro, poco antes de llegar a la estación, Ryukichi se sacó la foto del bolsillo y se la mostró a Max con ánimo burlón. Entre los dibujos y las doncellas de fantasía, la falsa sonrisa de Max desentonaba, como un oso en un acuario. Pero Max comprendió que Ryukichi sólo quería crear una pequeña atmósfera de camaradería. El japonés dijo:

—Me preguntaste por qué creo que eres diferente. Basta con mirar la foto. No te pareces a nadie más.

Max se preguntó si era una broma. Como de todos modos carecía de sentido del humor, sólo pudo tomarse esas palabras en serio.

—Pensé que te referías a otra cosa.

El metro se detuvo. Casi todos los ocupantes del vagón descendieron aceleradamente, como hormigas. Pero Ryukichi no se movió.

—Me refería a otra cosa —dijo, con una expresión que podía ser una sonrisa y podía no serlo—. Al llamarte y presentarte ante la junta directiva, Kreutz sabía la reacción que causaría. Sabía que los demás estaríamos pendientes de ti.

Una nueva oleada de pasajeros irrumpió en el tren. Pero Ryukichi se mantuvo quieto. Max no supo si esperaba una respuesta. Asumió que sí, pero no tenía ninguna:

—No estoy seguro de entender.

Ryukichi lo miró fijamente a los ojos. Esta vez, estaba claro que no sonreía.

—Kreutz te hizo diferente, Max. Para bien o para mal, todo se lo debes a él.

XX

Por la noche salió contigo. Le diste el alcance en la puerta del hotel. Llevabas el pelo suelto, y unas botas negras que te hacían ver más alta. Por el centro de tu escote asomaba el canal que separaba tus pechos. Max pensó que estabas hermosa, pero con una belleza agresiva, distinta de tu acostumbrada discreción.

Esta vez, recorrieron juntos una gran avenida sembrada de luces en el mismo barrio del hotel. Los bares se anunciaban en las puertas de los edificios. La mayoría de locales nocturnos estaban situados en pisos superiores, amontonados unos sobre otros. Las veredas estaban atestadas de turistas extranjeros, y de africanos que se acercaban a ofrecerles cosas. Max no entendía exactamente qué cosas.

Escogiste un bar irlandés en un segundo piso, lleno de pelirrojos pecosos y gordos. Las paredes estaban cubiertas de propaganda del IRA, pero sobre la barra colgaban seis pantallas de televisión que transmitían videoclips de Shakira. Al fondo se adivinaba una pista de baile.

Tú guiabas. Max estaba en tus manos. Escogiste las bebidas señalándolas con el dedo en una carta sin palabras, sólo con fotos. Pediste para él una bebida verde, y para ti una azul. Y lo llevaste hasta la pista de baile. Max no bailaba. No recordaba haberlo hecho nunca, ni sentía que su cuerpo estuviese diseñado para hacerlo. Sin embargo, no quería contrariarte. Temía romper la magia. Ese lugar con música a todo volumen parecía perfecto para comunicarse contigo, que hablabas sin sonidos, usando tu cuerpo.

Cada vez que se encontraba contigo, Max aprendía nuevas señales de tu lenguaje personal. Gestos de las manos o miradas que utilizabas para designar cosas y expresar estados de ánimo. Empezaba a comprender de qué manera combinabas esos gestos, al igual que las piezas de un rompecabezas, para formar ideas más complejas. A veces lograba entenderte como si realmente estuvieses hablando. Conocerte significaba descifrarte.

Tú también lo entendías a él. Percibiste que le costaría soltarse en la pista de baile. Entre bromas, señalaste a la cantante que meneaba las caderas en la pantalla y empezaste a imitarla. Te reíste e invitaste a Max a moverse. Él se sonrojó. En la penumbra de la pista de baile, no viste el rubor de sus mejillas, pero lo intuiste.

—No sé bailar —admitió Max. No tenía escape posible.

Tú negaste con la cabeza. Seguiste moviéndote lentamente, marcando el ritmo de la canción. Max supo que le decías: «No es que no sepas, es que no lo has intentado». Pero se puso rígido. Nada más empezar, la cita pisaba un terreno cenagoso. Lo intentó de todos modos, más por cortesía que por ganas. Desplazó su cintura pesadamente a un lado y luego al otro, y esperó que eso fuese suficiente. Pero tú te reíste, y Max pensó que lo estaba haciendo mal.

Se detuvo. Trató de llevarte al otro extremo del bar, donde había un sofá. Pensó que ahí podrían hablar los dos y beber hasta aburrirse y largarse. Tú te resististe. Lo tomaste de la mano y te colocaste frente a él. Moviste un pie adelante y atrás. Luego el otro pie. Era sencillo. Uno, dos. Uno, dos.

Max se sentía incómodo, pero una mirada tuya lo animó a tranquilizarse. Era sólo un juego. Sólo hacía falta querer jugar. Él adelantó un pie. Luego lo recogió. Buscó tu aprobación con sus ojos, y encontró una sonrisa en los tuyos. Animado, repitió el movimiento con el otro pie. Se sintió como un inválido frente a la kinesióloga, en una terapia para aprender a gozar.

Dos o tres canciones después, tras un paciente ejercicio de repetición, sus pies empezaron a moverse siguiendo el tempo de la percusión. Cuando sintió que lo conseguía, intercambió contigo una mirada de complicidad. De alguna manera, no sólo estaba descubriendo sus propios pies. Estaba descubriendo la música. No recordaba ninguna afición musical en especial, ningún grupo o solista preferido, y ahora empezaba a descubrir por qué otras personas sí los tenían, y hablaban de ellos con pasión, incluso con excitación. Era posible hacer cosas con la música. Sentir cosas.

Bebieron otra copa. Esta vez, Max escogió personalmente. Tú querías otra bebida azul, pero él escogió una anaranjada decorada con sombrillitas que le parecía más acorde con su estado de ánimo. Mientras más bebía, más dueño se sentía de su cuerpo, más capaz de aceptar el desafío de tus caderas. Por tu parte, recibías sus progresos con entusiasmo y una alegría casi maternal.

Después de asegurar su movimiento de pies, empezaste a instruirlo en la cintura. Te resultaba sencillo dejar los pies en automático, como un metrónomo, y marcar el ritmo con el vientre y la cadera. Pero cuando Max intentaba hacerlo, se le descoordinaban los músculos. Se sentía como una araña, con ocho patas que organizar y sólo una cabeza para todas ellas.

Tú te reías ante su torpeza, pero él ya había entendido que no era una risa de burla sino de compañía. Trató de reír él también, pero eso implicaba coordinar una región más de su anatomía, y no se sentía con fuerzas para emprender esa aventura. Te acercaste a él y bailaste como un reflejo de su cuerpo, pero un reflejo mejor que el original. Donde él se bamboleaba torpemente, tú te cimbreabas con ligereza. Donde él tropezaba consigo mismo, tú te contoneabas, y tus hombros y tus brazos dibujaban ágiles figuras en el aire.

Bebieron más. Y más. Poco a poco fuiste domesticando su cuerpo, que se volvió dócil y maleable entre tus manos. Nadie habría admirado su gracia, pero en realidad, nadie lo estaba mirando. Tomar conciencia de ello lo hizo sentir más cercano a ti. Compartía contigo un mundo privado entre los clientes pelirrojos del bar.

Su cuerpo se fue ajustando al tuyo como un astronauta a la gravedad de la Luna. No trataba de imitarte. Sólo relajó sus músculos y se puso en tus manos. Tú entrelazaste tus dedos con los suyos y cerraste los ojos. Él no los cerró. No podía dejar de mirarte. Te veía diferente de la reservada camarera del hotel. Tenías tanta energía que a veces te olvidabas de Max y te entregabas a la música a solas. Él comprendió que nunca conseguiría bailar contigo en igualdad de condiciones. Pero no le importaba. El espectáculo de tu cuerpo en movimiento era más que suficiente.

Le propusiste cambiar de lugar. Salieron. Por la multitud de gente y la intensidad de la luz, la noche parecía un agitado mediodía. Antes de entrar en otro bar, lo hiciste pasar por una tienda, un gigantesco almacén de varios pisos de altura, con las paredes forradas de mercadería desde el techo hasta el suelo. Ya era de madrugada, pero la tienda estaba abierta de par en par. Max pensó que vendía souvenires turísticos, pero al fijarse en las paredes, fue incapaz de definir qué tipo de tienda era exactamente. Ahí había joyas de imitación, cañas de pescar, relojes, almohadas para perros, ropa para gatos, artículos de farmacia, revistas, calculadoras, como si el mundo entero estuviese concentrado en ese lugar. Era una tienda de TODO.

Lo llevaste hasta el último piso. En las escaleras, empezó a sospechar que había bebido demasiado, y tú también. Todo parecía ocurrir en otra dimensión. En cada rellano le ibas mostrando cosas que te gustaban: pantuflas, tapones para los oídos, dentífricos con sabor a frutas, y eso le producía una risa floja y alocada.

En una esquina del último piso, casi ocultos tras infinidad de estanterías, se exhibían disfraces eróticos. Te detuviste ahí. Te llevaste un dedo a la boca en actitud confidencial y abriste uno de los paquetes. Era un traje de policía sexy. Te pusiste sobre la ropa el quepis y la camisa, y sacudiste en el aire el garrote. A Max le dolieron las costillas de la risa. Tomaste otro paquete, un uniforme de porrista de fútbol americano. Te calzaste la falda y agitaste los pompones. Uno tras otro, seguiste probándote los disfraces. Te convertiste en conejita, en payasa, en sadomasoquista. Max te acompañó. Se vistió de Mickey Mouse, de cantante de hip-hop, de buscona. Por supuesto, los empleados de la tienda llegaron a detenerlos. Pero Max no hablaba japonés, y tú no hablabas nada. Medio disfrazados de pirata y mujer lobo, divertidos y ebrios, los dos trataron de explicarse ante los vendedores. Terminaron por echarlos de la tienda, y se desternillaron de risa en la vereda.

Los africanos pasaban al lado de ustedes tratando de venderles algo, Max seguía sin saber qué. Cada vez eran más, una nube de moscas a escala humana. Huyendo del acoso, ustedes abandonaron la calle principal y se internaron en los oscuros callejones del barrio. Pero los africanos los siguieron, hablando sin parar, formando un zumbido informe con sus voces. Sin saber bien cómo, Max y tú acabaron escurriéndose en el interior de un club nocturno.

Aunque pretendía ser una discoteca, el lugar no era más grande que la habitación del hotel de Max. Constaba de un solo ambiente vagamente hexagonal, con una bola de espejos que colgaba en el centro. No había más asientos que los sofás empotrados alrededor, que enmarcaban la reducida pista de baile. En la barra del rincón bebían los únicos tres clientes. Todos eran africanos, igual que el barman, y hablaban una lengua que Max no entendió pero que sonaba distinta del japonés. Salidas de algún lugar, nuevas copas se materializaron en tus manos y las de Max.

Tú volviste a bailar. Bajo la bola de espejos, todo cambiaba de color constantemente.

Mediante gestos, le diste a entender que la estabas pasando muy bien. O eso creyó entender él. Tus palabras se le confundían con recuerdos, se mezclaban con el pasado, como las luces de la pista de baile.

Tú no eres como los demás.

Él te hizo diferente.

Eres especial, ¿lo sabes?

Hay algo que deberías saber.

Me gusta que seas así.

De vez en cuando, alguno de los africanos se te acercaba y te susurraba algo al oído, o se ponía a bailar frente a ti, como si Max no estuviera. Pero tú sólo tenías ojos para tu acompañante. Max se desplazaba de un lado a otro por la reducida pista. Su cuerpo se movía como por voluntad propia. Y todo daba vueltas a su alrededor. De repente, comprendió que estaba bailando. Volteó a verte, sorprendido de sí mismo. Tú atravesaste una fila de piropos y gestos de deseo para unirte a él.

Max dio dos pasos adelante.

Tú no eres como los demás.

Y te besó en los labios.

Lo siguiente ocurrió muy rápido, pero quedó grabado en la memoria de Max nítidamente, a través de los vapores del alcohol.

Lo llevaste a un hotel. No a su hotel. Subieron a un taxi y atravesaron kilómetros de calles que parecían habitadas por fantasmas. Bajaron después de media hora en una especie de mansión decorada con motivos de la India. Por todas las paredes se veían imágenes de hombres con cabeza de elefante. Fotos del Taj Mahal. Bailarines con muchos brazos. Dioses alados. No había nadie en el recibidor. Sólo una máquina con fotos de varias habitaciones exóticas, llenas de estatuas y doseles. Pasaste una tarjeta de crédito por la ranura de la máquina, y recibiste a cambio una llave.

Recorrieron un pasillo rojo. Alfombra roja. Luces rojas. Como si nadasen en una piscina de sangre. Se besaron en una esquina del pasillo, y luego en la puerta de la habitación. Entraron.

Lo primero que llamó la atención de Max fue una catarata, una caída de agua con rocas de plástico sobre un estanque lleno de pececitos color naranja. Max atribuyó esa visión al alcohol. Cerró los ojos y los abrió, pero la catarata seguía ahí, y ni siquiera era lo más llamativo de la habitación. Por la pared había paneles con imágenes de la India que se iluminaban intermitentemente. En una esquina, un micrófono de karaoke. Y finalmente, una máquina expendedora. Max pensó que la máquina ofrecía bebidas, pero al acercarse descubrió que tenía juguetes. Juguetes eróticos. Púas. Bolas. En medio de ese paisaje exótico y masoquista, le sorprendió encontrar una cama.

Tú seguías de pie frente a la puerta, esperando a que él indicase qué dirección seguir. Repentinamente, habías vuelto a ser la tímida camarera del hotel. Max también se sentía extraño, con una mezcla de deseo y miedo. Quería complacerte por sobre todo, pero no estaba seguro de saber cómo. Durante unos instantes, los dos parecieron niños arrepentidos de haber planeado una travesura. Luego se te acercó tibiamente. Tú mirabas al suelo. Él tomó tu cara entre sus manos y la levantó. Te besó. Con los labios fue trazando el camino que llevaba de tus comisuras hasta tu barbilla, deteniéndose en cada centímetro de tu piel. Tú alzaste el mentón, y él continuó por tu cuello, hacia los lóbulos de tus orejas. Tus dedos se apretaron contra su nuca, aprobando los movimientos de su boca.

Él desabrochó los botones de tu blusa, deteniéndose a la mitad para mirar tu torso. Al caer la tela descubrió unos hombros de un blanco brillante, como dos bolas de nieve, que besó alternadamente. Un poco más abajo, tu ropa interior translúcida dejaba adivinar unos pechos respingados, coronados por unos pezones oscuros y gruesos. Max los abarcó con las manos. Los sintió endurecer contra sus palmas. Y terminó de arrancarte la camisa con un tirón inesperadamente agresivo.

Tú lo empujaste hacia la cama y lo acostaste boca arriba. Con el pelo cayendo en cascada sobre su pecho, mordisqueaste sus tetillas mientras una de tus manos se dirigía hacia su bragueta.

Del mismo modo que intuía el lenguaje de tus ideas, Max descubrió que conocía el de tu cuerpo. Era capaz de predecir tus movimientos y tus demandas, como si ese encuentro no fuese el primero. Se relajó aún más, y acarició tu pelo mientras tú maniobrabas en su cinturón. Al fin su pantalón cedió, y luego su calzoncillo. Como si pelases una fruta, los hiciste correr por sus piernas hasta quitarlos de en medio. Como resultado, la cintura de Max quedó cerca del borde de la cama, con los pies en el suelo. Te colocaste de rodillas entre sus piernas y frotaste su pene arriba y abajo, mientras con la otra mano acariciabas la cara interna de sus muslos. Max levantó la cabeza y percibió tu sonrisa, que se extendía a ambos lados de ese miembro enhiesto. Luego se echó hacia atrás y se aferró al cubrecama con los brazos abiertos. Tú sacaste la lengua y recorriste ese pene desde la base hasta la punta, primero lentamente, luego más rápido, sosteniendo el glande con un anillo formado por tus dedos.

Max estaba a punto de suplicar, pero al fin te lo metiste en la boca y repetiste con los labios los movimientos de tu lengua. A veces te detenías en esa cúspide rosada. Otras veces bajabas hasta la pelvis devorando tu presa por entero. Max estaba a punto de explotar. En la pared de al lado de la cama había un espejo, y verte en dos ángulos distintos duplicaba su placer. Te atrajo hacia arriba de la cama. Tu boca se quedó donde estaba, pero tu cuerpo rotó sobre el eje de su pelvis hasta que tu entrepierna alcanzó su cara.

Llevabas el pubis completamente depilado excepto por una pequeña franja en el centro, así que tus labios vaginales quedaban jugosamente a su merced, como dos carnosas golosinas. Max introdujo su lengua entre ellos, y succionó. A continuación, recorrió los bordes hasta el nacimiento de las nalgas, e hincó los dientes a un lado y otro.

Tú te levantaste y giraste. Te empezaste a acomodar a horcajadas sobre su bajo vientre, mientras él se arrastraba hacia el centro de la cama. Tus pechos temblaron ligeramente, treinta centímetros por encima de sus ojos. Él los atrapó entre las yemas de los dedos, y después los aplastó con las palmas de las manos. Tú te estremeciste y metiste los dedos en su boca. Él los chupó. A veces te agachabas a lamerle los labios, y luego volvías a meter los dedos. A veces hacías las dos cosas al mismo tiempo.

Al fin sintió que entraba en ti, pero tú te retiraste de inmediato, como una cobra que muerde a su víctima y vuelve a su madriguera. Repetiste ese movimiento varias veces. Cada vez que él tomaba ritmo, lo abandonabas sin piedad.

Trató de tomarte por los glúteos, por la cintura, y forzarte a quedarte ahí atornillada. Te escabulliste de todos sus intentos. Te tomó por las muñecas y las inmovilizó contra la almohada, más arriba de su cabeza. Al hacerlo, tus pechos quedaron al alcance de su boca. Se aplicó a uno, y luego al otro. El olor de tu cuerpo inundó sus aletas nasales. Aún olías a jazmín, pero ahora tu perfume tenía un matiz ácido, como de almizcle, y tu piel estaba resbalosa por el sudor.

Todavía intentaba penetrarte, y tú te seguías resistiendo. Toscamente, invirtió las posiciones, arrojándote de espaldas contra el colchón. Ofreciste resistencia, pero él te retuvo por los antebrazos y aplastó su cintura contra la tuya, anulando tus movimientos. Te mordió el cuello, los hombros y las axilas, mientras tú dejabas escapar apagados gemidos de protesta. Finalmente se clavó en ti, como un cuchillo en una herida. Tú pusiste los ojos en blanco. Él entró y salió y volvió a entrar con un sonido batiente, como el de unos aplausos cada vez más rápidos. Su pecho se pegaba y despegaba del tuyo.

En uno de esos embates, escapaste. Tu cadera se escurrió fuera de su alcance. Él ya había aflojado la presión sobre tus brazos, y todo tu cuerpo rodó hasta el límite del colchón. Él respondió con una insólita explosión de rabia. Te atrapó por la muñeca y te devolvió a la cama de un tirón. Trató de arrojarse de nuevo sobre tu cuerpo, pero tú lo contuviste, lo rechazaste con las palmas de las manos y volviste a levantarte de la cama. Trataste de ganar el baño, pero antes de llegar a la puerta, él saltó sobre ti y te aferró por la cintura. De repente, las cosas dejaban de parecer un juego.

Sin darte tiempo a reaccionar, te empotró de frente contra la catarata. Lograste alzar las manos para proteger tu rostro, pero igual quedó enterrado entre las piedras de utilería. Uno de tus pies cayó dentro del estanque, ahuyentando a los peces dorados. El chorro de agua se derramó por tu espalda. Los dedos de Max habían dejado huellas rojas sobre tu piel de plástico fino. No te movías.

Max se acercó desde atrás. Te tomó por la grupa y volvió a introducirse en ti con un sonoro desgarrón. Esta vez, no te resististe. Desde donde estaba, Max alcanzaba a ver tu mandíbula apretada y un extremo de tus párpados cerrados. Sintió que tu cuerpo cedía, resignado a recibirlo, sin protestas ni defensas. Dócil. Para asegurarse de que no había más sorpresas, cogió uno de tus brazos y lo dobló hacia atrás, listo para torcerlo si lo consideraba necesario. Dejaste escapar bocanadas de aire que podían ser tanto de placer como de sufrimiento.

Tras esa primera embestida, Max continuó dando mazazos cortos y separados entre sí, que tú recibiste tragando saliva. Un temblor recorría tu espalda, abrillantada por el agua. Tus jadeos se habían vuelto inexpresivos. Tus labios no se movían. Tus manos no hacían gestos. Pero Max, como siempre, interpretaba tu mudo lenguaje, tu expresión silenciosa pero inequívoca.

Te quiero.

Tú no eres como los demás.

XXI

—¿Está usted bien?

Una voz. Y luego otra:

—No sé si nos está escuchando.

De nuevo la primera voz, atravesando la oscuridad:

—Yo lo he dicho desde el principio. Este tipo no es de fiar. Hay mucha gente en la corporación que haría su trabajo mejor que él. Por lo menos, no se dormirían.

Un flash atravesó las tinieblas. Un ramalazo de luz. Y luego otro más largo. Como una antigua antena casera, la vista de Max fue sintonizando a dos figuras masculinas sin formas ni límites definidos.

—Creo que está reaccionando —dijo la segunda voz. La otra replicó:

—O se está desplomando.

—No. Mueve los ojos.

Pausa. Max sintió dedos en la cara. Manos.

—¿Crees que nos haya oído?

La imagen se fue estabilizando hasta cobrar forma nítida. Eran dos rostros familiares. Los había visto en algún lugar. A juzgar por sus trajes grises y su aspecto general, probablemente había sido en la convención. Sí. Eso era seguro. Al estabilizarse el fondo de la escena, reconoció su propio despacho. Los bloques blancos de material prefabricado. La ausencia de vida. Max trató de hablar. Sus labios se movían lentamente:

—Creo... que me he quedado dormido.

—Ya lo notamos —dijo el primer hombre—. ¿Le pagan también por eso o lo hace gratis?

El otro le dio un codazo a su compañero, como para callarlo. Ambos rostros se encontraban demasiado cerca del de Max, como los de un par de dentistas u oculistas. Incluso alcanzaba a oler el dentífrico en sus alientos.

El segundo hombre le preguntó:

—¿Necesita una aspirina? ¿Un vaso de agua?

Max sentía la lengua pastosa, y la cabeza sumergida en la resaca. Chispazos de la noche anterior se materializaron en su memoria. Fragmentos de instantes, como luces intermitentes. La catarata. El Taj Mahal. Tu espalda mojada. El hombre con cabeza de elefante. Tu olor, atacando insistentemente su nariz.

—No lo sé...

Sin embargo, estaba limpio. Y su traje, perfectamente planchado. Sin duda había pasado por su habitación para tomar un baño y cambiarse. Trató de recordarlo, pero su mente se volvió a los dos hombres que lo observaban en silencio.

—¿Puedo ayudarlos en algo?

El primero hizo un gesto sarcástico:

—Ojalá pudiera —refunfuñó.

El segundo fue más amable. Eran como el policía bueno y el policía malo de las películas.

—Sólo... sólo veníamos a conocerle. Como se habla tanto de usted.

—¿Ah, sí? —preguntó Max—. ¿Y por qué?

—Bueno...

El hombre se interrumpió y sonrió nerviosamente. Intercambió miradas con el otro, que sonrió con más malicia. Sus sonrisas se alimentaron mutuamente y se fueron transformando en sonoras carcajadas. Sin saber por qué, Max rió también.

—Usted sabe cómo es la gente —dijo el segundo hombre, y Max asintió sin saber cómo era la gente.

Sintió una vibración en el bolsillo del pantalón. Su asistente personal anunciaba una llamada. Al contestar, se encontró con el rostro sin emociones de LUCI:

—Buenos días. Éste es un mensaje de la presidencia de la corporación Géminis. Por favor, preséntese en la conserjería del primer piso a las: Once. Horas. Cuarenta. Minutos.

Max consultó la hora en la pantalla. Faltaban tres minutos.

—Voy para allá —dijo al teléfono. LUCI respondió:

—Estoy segura de que tendrá una jornada productiva.

Max cortó. Los dos hombres seguían ahí, observándolo, como si él fuese un animal de zoológico. Él carraspeó y se excusó:

—Lo siento, caballeros, me tengo que ir.

No le hicieron caso. El segundo hombre dijo, con cierto retintín que Max no entendió:

—Uno de esos mensajes automáticos, ¿verdad? Ahora todos son así. Yo era amigo del telefonista de nuestra sucursal. Eso, claro, cuando había un telefonista. Es más difícil ser amigo de una grabación.

—Claro —asintió Max. Sólo podía pensar en irse, pero esos dos le bloqueaban el paso. Pensó en explicarles la importancia de la situación:

—Perdonen, pero tengo una llamada del presidente de la corporación.

Lo dijo para darse importancia, como Ryukichi le había enseñado a hacer. Pero el primer hombre, el que estaba de peor humor, pareció tomarse sus palabras como una afrenta personal:

—¿Ah, sí? ¿Y de qué van a hablar?

—¿Usted perdone? —preguntó Max.

—Cálmate —sugirió el segundo, el más diplomático, pero su amigo estaba incontrolable. Gritó:

—¿A cuánta gente van a despedir esta mañana mientras se toman un café?

Se había puesto rojo y su tono de voz era amenazador.

—Me temo que no le estoy entendiendo —respondió un lento Max.

El segundo hombre trató de calmar los ánimos y explicar la situación con más claridad. Movía las manos arriba y abajo, como si quisiese reducir la velocidad de su amigo, y decía:

—Se dice que la convención es un balance global encubierto de la corporación. Cuando termine, despedirán a más de la mitad del personal y los reemplazarán con máquinas, ¿es verdad?

—¿Nos van a mandar a todos a la calle? —enfatizó el primero, exaltado.

Max miró a uno y luego al otro. Esperaban ansiosamente una respuesta, como si él la tuviera. Recordó las palabras de Ryukichi.

Kreutz sabía que los demás estaríamos pendientes de ti.

—No lo sé. Yo sólo soy un analista de logística.

El asistente personal vibró en su bolsillo. Debía ser el mensaje del coche que esperaba en la puerta. Ya estaba llegando tarde. Pero los otros dos no se movían.

—Si me disculpan, caballeros... —dijo con esforzada dignidad.

El primer hombre, el agresivo, se le acercó más de lo normal. Su rostro estaba tan cerca del de Max que casi le tocaba la punta de la nariz:

—Escucha, analista de logística. Y escúchame bien. Yo necesito este trabajo. Mi familia necesita este trabajo. Y no vamos a permitir que alguien como tú aparezca de la nada, se vaya a tomar pastitas con el jefe y nos lo quite.

—Yo no...

—Me da igual —cortó el hombre, y esta vez su voz no sonó alterada sino contenida, seca, apenas audible, quizá porque seguía a centímetros del propio Max—. Sabes lo que están haciendo. Formas parte de ello.

—Creo que deberíamos sostener esta conversación...

—Formas parte de ello. Y somos miles de trabajadores. ¿Captas el mensaje?

—Sí —respondió Max.

—Cuéntaselo al presidente también.

—Sí.

Max quiso saber qué debía contarle exactamente al presidente, pero antes de que pudiese formular una pregunta, sus visitantes se habían marchado.

Bajó. Una limusina llevaba esperándolo varios minutos. Pero el conductor no dejó ver ningún enfado. Mientras se acomodaba entre el frigobar con champán y los asientos de cuero lustroso, trató de digerir con calma lo que acababa de ocurrir. No lo tenía fácil, debido a la resaca. Las imágenes de esos dos hombres se le cruzaban en la mente con las de la noche anterior, como piezas de un rompecabezas sin solución. Tampoco le esperaba un trayecto largo. Después de tres o cuatro calles, que Max habría hecho más rápido a pie, la limusina se detuvo frente a un edificio similar al del hotel.

Por la pared del edificio corrían números digitales de varios metros de altura, como luces proyectadas desde un reflector. Max no consiguió entender qué significaban esos números, si la hora, la fecha o la temperatura. Quizá eran sólo números. Esa mañana, nada parecía encajar. LUCI lo recibió y lo guió por el ascensor con su habitual cháchara insustancial. Max se preguntó si siempre era la misma LUCI, o si había varias como ella, intercambiables, con la misma ausencia de personalidad.

Finalmente, ella lo depositó en un amplio despacho. Kreutz estaba ahí, con su habitual auricular en el oído, y entre las manos, un accesorio nuevo: un palo de golf.

Max ya se había acostumbrado a las imponentes vistas de la ciudad. Le impresionó más la inmensa pantalla que cubría la pared opuesta a la ventana. Representaba un campo de golf en tres dimensiones. Cada vez que Kreutz golpeaba, la imagen de la pantalla seguía el vuelo virtual de la pelota a través de lagunas, arboledas y prados verdes, muy realistas, pero hechos de dibujos animados. El papagayo Golem estaba en un rincón, paralizado. Max pensó que sólo cobraba vida cuando Kreutz le prestaba atención.

—Está usted demacrado, Max. ¿Mala noche?

«Mala» no era el término que Max habría usado.

—Larga, señor. Una noche larga.

Sólo entonces, Kreutz se distrajo de su palo y levantó la mirada hacia él. Max tomó consciencia de que le había señalado su mala cara antes de verlo. Kreutz continuó:

—Esos amiguitos que ha hecho usted lo van a llevar por el mal camino.

Max pensó en Ryukichi. Evidentemente, él y Kreutz no se entendían. No era alguien que conviniese mencionar en esa oficina. Trató de hacerse el tonto.

—¿Perdón, señor?

—¿Cómo está su esposa? —cambió de tema el presidente.

—Bien, señor. Muy bien.

Max pensó en Anaís. No lo había hecho en un buen tiempo. Pero Kreutz siempre se la recordaba.

El presidente se concentró, tomó vuelo y dio un gran golpe a la pelota que tenía en el suelo. La pelota no se movió, pero en la pantalla, el paisaje se desplazó a gran velocidad, visto a vuelo de pájaro. Max se fijó en la trampa de arena, pintada con un suave dorado, y en el verde intenso de los montículos de césped. Se veían mejores que los reales. La bola virtual cayó en un prado, entre unos pinos muy altos, y Kreutz frunció el ceño. Rebuscó entre los palos de una cesta que descansaba a su lado. Mientras lo hacía, pareció recordar que Max aún estaba ahí:

—Quizá no tenga usted la cabeza como para trabajar hoy —sonrió sin mirarlo, concentrado en los palos.

—No se preocupe por mí. Siempre estoy listo para trabajar. Además...

Se interrumpió. No creía que lo que pensaba decir fuese relevante para el presidente. Precisamente entonces, Kreutz desvió su mirada hacia él. Sólo un rabillo del ojo. Como si Max fuese un vegetal inadecuado para su campo de golf.

—¿Además? —quiso saber.

—Bueno... Mi cabeza no está muy bien... en general. No es sólo hoy.

No entendió cómo se habían escapado esas palabras de su boca. Era un error decirle eso al jefe. Pero Kreutz lo escrutaba como un padre riguroso, sin dejar margen para los secretos. De todos modos, Max creyó necesario especificar la naturaleza de su malestar.

—No es nada que afecte mi rendimiento laboral, señor. Pero es que padezco lagunas.

—Lagunas.

—Algunos momentos... simplemente desaparecen de mi memoria.

—¿Qué momentos?

—Especialmente las noches.

Por primera vez, Kreutz mostró genuino interés por él. Contra su costumbre, esta mañana iba todo vestido de negro, y cuando dio unos pasos hacia Max, su sombra se proyectó sobre él, como un eclipse.

—¿Las noches? Resulta muy conveniente, ¿verdad? ¿Quién no quisiera olvidar algunas aventurillas nocturnas al volver el día?

La mención de sus aventuras nocturnas hizo saltar algún resorte en los recuerdos de Max. Tus pies hundidos en el estanque, entre los peces. El perfume de tus ingles. Shakira. Max se preguntó si Kreutz estaba bromeando o se olía algo de su relación contigo. Por si acaso, aclaró:

—Soy un hombre casado, señor.

—Lo sé. Yo lo sé todo sobre mis empleados. ¿Lo ha olvidado?

Max pensó que a lo mejor sabía más que él mismo. Sospechó que debía justificarse. Pensó admitir que sus dos grandes lagunas se habían producido tras consumos anormales de alcohol. Pero prefirió callárselo. Más que una excusa, podría ser un agravante. Se prometió beber en adelante de forma responsable y mesurada.

Papá, ¿tú me quieres?

Trató de controlar las divagaciones de su cabeza. Kreutz había vuelto a su lugar frente a la pantalla, y ahora daba un golpe a la pelota. De nuevo gozaron de la vista aérea del campo, hasta caer en un llano de césped. Al fondo de la imagen se divisaba una bandera roja rodeada de arbolitos rosados. De repente, Max se dio cuenta de que Kreutz le estaba hablando. Había perdido la pista de la realidad.

—He enviado a su buzón varios documentos, Max, todos con carácter reservado. Se trata de diversas... existencias que debemos reubicar, sobre todo insumos para la investigación. Es necesario desplazar mucho material de unos países a otros. Pero hay legislaciones diferentes en cada país y yo estoy rodeado de inútiles. Hará falta reconfigurar toda la red comercial para que nuestros insumos circulen con fluidez, tomando en cuenta las diversas regulaciones.

Max se mareó de sólo escucharlo.

—Es un trabajo monumental, señor.

—Claro, Max. Por eso se lo confío a usted. Dispone de todos los recursos de la corporación que hagan falta. Ponga a su cargo el personal que considere necesario y actúe a discreción. Eso tiene prioridad.

—Sí, señor. ¿Estoy autorizado a preguntar cuáles son los objetivos generales del nuevo diseño?

Kreutz sacó un palo nuevo del cesto. Se puso un guante que dejaba los dedos al aire.

—Digamos que estamos creando una cinta de montaje global. Nuestros módulos llegan a un punto y se les añaden piezas. Continúan hasta otro y se les afinan algunos circuitos. En el siguiente escalón, se activan algunas funciones. Para optimizar los recursos de la corporación y sortear las dificultades legales de cada país, necesitamos que la cinta tenga el tamaño del planeta.

—Entiendo —mintió Max.

—Pero ya sabe usted cómo es esto. Los ejecutivos, incluso los directivos, piensan en pequeño. Cada uno tiene su pequeño feudo y está preocupado por que nada cambie en él. Carecen de visión de conjunto.

—Claro.

—Usted es diferente.

Él te hizo diferente.

Max pensó en Ryukichi. En los teléfonos viejos del mercado de electrónica. En un foco colgando del techo de una habitación.

—No se arrepentirá, señor.

Visiblemente relajado, como si se hubiese quitado un peso de encima, Kreutz volvió a su juego de golf. Ahora golpeaba más suavemente, para acercar la bola hacia el hoyo señalado con la bandera roja. La imagen corría a ras del suelo, mostrando los arbolitos rosados del paisaje. Eran unos árboles muy peculiares, cuyas ramas se contorsionaban formando largas serpientes.

—Son cerezos, Max. ¿Le gustan?

Max recordó tus muslos y el tacto de tus axilas. Tu boca sobre la suya, y sobre su vientre.

—Son muy bonitos, señor.

El presidente dio un golpe, y la bola virtual entró en el hoyo de la pantalla. Varias cifras aparecieron en ella, celebrando su buen juego. Kreutz no le dio importancia. Dejó su palo en la cesta y se quitó el guante.

—En la pantalla, los cerezos están siempre en flor. Viven en una primavera permanente. Pero en el mundo real, las cosas son más lentas. Pasan mucho tiempo sin flores, como todos los árboles. Sin embargo, la naturaleza posee sistemas de producción bien organizados. Los cerezos florecen todos los años el mismo día.

Max no halló un interés específico para esa información, así que no dijo nada. Kreutz amplió los datos:

—Aquí en Japón, no importa qué clima haga, la primavera comienza el día en que se abren los pétalos de los cerezos. En estos mismos días están a punto de abrirse, ya lo verá. El clima está loco, el globo se calienta, pero aun así, los cerezos llegarán puntualmente a su cita. Precisamente el último día de nuestra convención, nos despedirán con el anuncio de una nueva estación. Nos pareció un detalle simbólico, ¿no lo cree?

—Sin duda, señor.

—Claro que sí. Todos los años lo hacen el mismo día. Como si lo tuviesen marcado en la agenda. Nunca lo olvidan.

De algún lugar llegó LUCI, o la LUCI de esa mañana, para acompañar a Max de regreso a la salida. Kreutz estrechó la mano de Max y se despidió diciendo:

—No olvide su trabajo, Max. No olvide sus prioridades. De ser posible, no olvide nada. Hasta los cerezos tienen memoria. No pierda usted la suya.

XXII

En la pequeña pantalla del asistente personal, el ícono «casa» tenía el mismo tamaño que la consulta meteorológica o la lista de restaurantes de la ciudad. Era sólo un elemento más al cual acudir en caso de necesidad. Hasta la foto de Anaís parecía el retrato cualquiera de una chica cualquiera. Podría ser una publicidad de agencias de viaje o préstamos bancarios. Pero aun así, en la atmósfera de soledad que la noche le había dejado a Max, esa foto era su única ancla a la vida, la única huella de una existencia compartida. Una huella débil.

—Hola. ¿Estás ahí?

—Sí, claro.

La voz de Anaís se oía, pero su imagen no aparecía en la pantalla. Se había convertido en una voz en off.

—No puedo verte —dijo Max—. ¿Has activado la cámara?

—Lo estoy intentando.

Su tono era desganado. No debía estar intentándolo con demasiado entusiasmo. De hecho, nada se oía del otro lado de la línea. En el silencio, los pensamientos de Max vagaron sin rumbo. Te recordó a ti montada sobre él. Rápida, culpablemente, trató de ahuyentar tu recuerdo.

—¿Necesitas ayuda? —ofreció.

—No, ya sabes lo mala que soy para estas cosas. La tecnología no se me da bien.

—Ya.

Max calculó la diferencia horaria con Anaís. Probablemente la había despertado. Vivían en tiempos diferentes. Ella sólo veía salir el sol mucho después que él.

—Kreutz me ha vuelto a llamar —dijo él—. Me ha hecho un gran encargo.

—Qué bien.

—Sí. Soy una pieza clave en la corporación. Hasta tendré personal bajo mi cargo.

—¿Sí?

—Y los demás empleados vienen a buscarme y todo.

Se preguntó si eso era mentira. Pero concluyó que en términos estrictos, era correcto. Esa mañana habían ido a buscarlo.

—Bueno, no me extraña —dijo ella.

—¿En serio? Nunca me lo habías dicho.

Le respondió un nuevo silencio. Anaís parecía consultar algo. Quizá estaba pendiente del horno o el lavavajillas. Aunque por la hora, Max descartó esa opción. Tras una larga pausa, ella retomó la conversación:

—¿Cómo está tu malestar? ¿Sigues viendo cosas raras?

—Qué curioso. Acabo de hablar de eso con Kreutz. Más o menos.

—¿Y qué le has dicho?

—No mucho. Es que ahora tengo lagunas. Además...

Max se interrumpió. Había escuchado un sonido humano del otro lado de la línea. Alguien más estaba en la habitación con ella, alguien que él conocía. Podía sentir algo familiar en ese murmullo.

—¿Estás sola?

—... Claro que sí. Aquí es de madrugada.

Max trató de calcular la diferencia horaria. No recordaba si era la madrugada siguiente o la anterior. Pensó en ti arrodillada entre sus piernas, adorándolo.

—¿Decías? —preguntó Anaís.

—Ah, sí. Sufro unos flashes de memoria. De repente me asaltan recuerdos que no he buscado, y se mezclan con los demás, o los reemplazan. Al principio lo atribuía al *jet lag,* pero hoy he recaído. Es muy raro.

—Es normal —dijo Anaís, con repentino interés en lo que él decía—. Es una reacción postraumática producida por el accidente. Tu mente se niega a aceptar lo que pasó. Puede ocurrir después de meses. Nos lo dijo el psicólogo.

En efecto, Max tuvo la sensación de haber oído eso en algún lugar. A lo mejor en el mismo lugar que ella, y al mismo tiempo. O a lo mejor ése era también uno de sus recuerdos impostados.

—¿Y tú cómo estás? —preguntó.

—Bien.

Max recordó las marcas rojas sobre tu piel. El batir de tus nalgas contra su pelvis. No conseguía sacarte de su cabeza. Pensó que era mejor colgar.

—Bueno...

—Sí, bueno...

—Al final no se ha arreglado la imagen. Es igual...

—Sí.

—Gracias —dijo Max, aunque de inmediato se preguntó por qué estaba agradecido.

—Me alegra lo de...

—Gracias —repitió él.

Antes de colgar, Max volvió a escuchar el susurro en la habitación de Anaís. Sin duda, esa voz le sonaba conocida. Anaís no sólo tenía un amante, sino que además era alguien cercano, un amigo de Max, si Max tenía alguno.

—¿Aún estás ahí, Max? —preguntó ella de repente. Parecía ansiosa—. Hay algo que...

—¿Sí?

—En fin, ya hablaremos cuando vuelvas, ¿ok?

—Claro.

La comunicación se cortó. Max quiso llorar, pero tenía los ojos secos. Aun así, lo intentó. Dejó escapar un gemido y arrugó la frente. Hizo un ruido, como un estornudo de gato. Pensó que si imitaba las manifestaciones exteriores de llanto, las lágrimas terminarían por alcanzarlo y salir de su escondite. Después de varios esfuerzos se sintió ridículo. Intentó recordar la última vez que había llorado pero no lo consiguió. Buscó en su mente algún momento de llanto tras la muerte de su hija, y no lo encontró. A lo mejor no sabía llorar. No estaba entrenado para eso.

Incoherente, erráticamente, volviste a colarte en sus pensamientos, desnuda, metiéndole los dedos en la boca.

XXIII

Previendo que sostendrían una conversación seria, Ryukichi lo llevó a cenar al barrio de Ginza. Al salir del metro, Max se encontró rodeado de enormes centros comerciales, cada uno de ellos con pantallas gigantes decorando sus muros. Una de las pantallas reproducía precisamente un anuncio de la corporación Géminis: era la foto de una mariposa sobre un espejo, reflejada en él milímetro a milímetro, con el eslogan de siempre:

TAN CERCA DE LA VIDA
COMO DOS GOTAS DE AGUA

Max reflexionó: en cierto sentido, aunque Ryukichi fuese impresentable, iban en misión oficial para la corporación. Por primera vez en mucho tiempo, recobró la agradable sensación de orgullo que ya conocía. Era una lástima que no tuviese a quién contárselo.

Ryukichi lo llevó entre los edificios más variados. Uno de ellos estaba pintado de rosado y tenía ventanas irregulares salpicadas por la fachada, como las manchas de un leopardo. Otro tenía todo el frontis cubierto de cristales opacos. Max reconoció los nombres de los diseñadores expuestos en esos edificios. Hermès, Dior, Gucci. Entre los escaparates relucían cafeterías de aspecto francés, con el infaltable champán reinando en las cubetas. Max consideró solicitar para estos casos una línea de crédito a cargo de la corporación.

—Seguro que crees que este almuerzo saldrá carísimo —adivinó sus pensamientos Ryukichi.

—No pensaba en eso —mintió Max. En realidad, conocedor de la tacañería y las mañas de su invitado, empezaba a preguntarse si ese almuerzo de negocios era realmente necesario.

Ryukichi se rió. Fumaba mientras caminaba y le arrojaba a Max el humo del tabaco. Al doblar una esquina, señaló hacia un lujoso restaurante del que en ese momento salían varios hombres de negocios. El lugar tenía un toldo rojo sobre la puerta y su nombre estaba escrito en letras doradas. De sólo ver su aspecto, a Max le dio un vuelco al corazón y a la billetera. Pensó en ser sincero y cancelarlo todo, lo cual sería humillante pero sensato. Afortunadamente, unos metros antes de la puerta, Ryukichi dobló en un callejón, que parecía una entrada de carga y descarga.

—Relájate, Max. Es por aquí.

Las toscas paredes de ladrillo desnudo serpenteaban entre los inmuebles exclusivos como un gusano en un jardín botánico, y daban a parar en un patio con una casita de madera. En ese barrio, la casita se veía totalmente fuera de lugar. Parecía una construcción antigua que hubiese sobrevivido heroicamente mientras las moles de hormigón se elevaban a su alrededor. Ryukichi abrió la puerta. Ante ellos se descubrió el mundo subterráneo del barrio, un ruidoso comedor atestado de empleados y transeúntes sentados frente a humantes tazones de sopa. Ningún cliente se veía demasiado ejecutivo. De las paredes colgaban letreros con lo que debía ser el menú del día.

Ryukichi y Max subieron por unas escaleras laterales y dejaron sus zapatos en una estantería. Pasaron a un salón de mesas bajas sin sillas, con cojines para sentarse. Ryukichi se instaló en uno de ellos con las piernas cruzadas. Max no encontraba una posición cómoda. Probó con varias, y al final apoyó la espalda en la pared y estiró las piernas. No dijo nada, pero respiró tranquilo al comprobar que era un restaurante popular. Ryukichi percibió su alivio, y le ofreció una pequeña clase de historia japonesa:

—En la guerra mundial, los americanos bombardearon Tokio hasta reducirla a escombros. Nada del pasado sobrevivió al ataque. Pero no se pueden volar las ideas, ni los sentimientos. Ahora la ciudad está llena de lugares como éste: modernidad en el exterior, tradición en el interior. La fachada sugiere una cosa, pero por dentro es exactamente lo contrario. Como una reina de belleza preñada de un monstruo.

Ryukichi se detuvo, recapacitó y se rió para quitarle importancia a sus palabras:

—Bueno, este lugar no es un feto monstruoso, claro. Se come muy bien. Pero tú me entiendes.

—Quieres decir que no debo quedarme con la primera impresión.

—Exactamente —rió Ryukichi—. Y que si tú invitas, yo no me aprovecharé.

Una mujer subió llevándoles té y sopa. Era tan vieja que Max se sorprendió de que no se le hubiese caído la bandeja en las escaleras. Mientras servía, la anciana le gritó algo a Ryukichi. Parecía estarlo riñendo, pero a juzgar por las reverencias y el tono de Ryukichi, tan sólo era una consulta referente al menú. A lo mejor gritaba por tradición, como en el restaurante de las brochetas. O a lo mejor estaba sorda. Max nunca lo sabría. La mayoría de las cosas que ocurrían a su alrededor le resultaban impenetrables.

—¿Y entonces? —preguntó Ryukichi. Se había llevado el tazón a la boca y sorbía ruidosamente los tallarines—. ¿A qué se debe el milagro de tu invitación? Yo ya no pensaba buscarte, porque siempre me ponías mala cara.

Max trató de hablar con frialdad profesional. Quería sonar como un superior, aunque no estaba seguro de saber cómo se hacía eso:

—Quiero proponerte que colabores conmigo en mi nueva... posición.

Max comprendió que no sabía cómo llamar a lo que era. Nadie le había dado un nuevo puesto, o un despacho con un título en la puerta. Tan sólo habían empezado a tratarlo de facto como alguien importante. A veces tenía la sensación de que lo confundían con otra persona. Había decidido que si Ryukichi le preguntaba cuál era exactamente su nueva posición, respondería que era «asesor». Y si el contexto de la pregunta lo permitía, añadiría «hombre de confianza» o «brazo derecho» de Kreutz. Esas palabras sonaban adecuadas. Pero Ryukichi era un hombre práctico. Dejó de sorber para mirarlo y se limitó a comentar:

—¿En serio? Suena interesante. ¿Y qué haces en tu nueva... posición?

Era una pregunta más difícil de lo que aparentaba. Ni siquiera Max estaba seguro de la respuesta. Después de su conversación con Anaís, había pasado dos horas revisando el volumen descomunal de información que le había transmitido Kreutz. Y seguía sin tener claras muchas cosas. Prácticamente, Kreutz le había arrojado a la cabeza cajas llenas de papeles sin relación entre sí: órdenes de compra, órdenes de venta, burofaxes, memorandos provenientes de filiales remotas, hojas de ruta para operaciones comerciales y un caos infinito de acciones, pedidos, recibos y albaranes. Con mucho esfuerzo, Max había logrado establecer cierto método de trabajo. Aun así, quedaba una gran zona oscura en la documentación, un callejón sin salida de informes y análisis.

—En realidad, la pregunta es qué puedes hacer tú. Mi trabajo implica acceso a información clasificada de la corporación. Para empezar, necesitaría hacerte algunas preguntas y evaluar el grado de confianza que mereces.

Eso suena bien, pensó Max: «información clasificada», «grado de confianza», eran frases que imponían autoridad. Mientras hablaba, procuraba asumir el tono de un riguroso examinador, no el de un ingenuo recién llegado. A pesar de todo, la mirada de Ryukichi sugería que no tomaba a Max demasiado en serio. Y lo mismo indicaba su tono de voz:

—No sabía que esto sería un cuestionario formal. Bueno, aquí me tienes. Empieza cuando quieras.

—Básicamente, necesito conocer tu experiencia en la corporación. Cuándo llegaste y cómo ascendiste a jefe de sección.

Por primera vez, Ryukichi pareció desconcertado. Sacó un cigarrillo y golpeó el filtro contra la mesa, dando la sopa por definitivamente olvidada.

—Creí que por eso habías pensado en mí. ¿No te lo han dicho?

—¿Quién debería haberme dicho algo?

Max estaba en guardia. Ryukichi trataría de invertir las posiciones, pero debía dejar claro que las preguntas las haría él.

La anciana de la comida subió otra bandeja con tazones de arroz y pescado. Al entrar volvió a gritar, pero esta vez Ryukichi no fue amable. Le respondió con un grito aún más fuerte, una interjección corta, un monosílabo. Aun sin comprender las frases, Max fue capaz de percibir que ese exabrupto no formaba parte del ritual del almuerzo. Los demás comensales detuvieron sus conversaciones y se volvieron hacia ellos. La mujer refunfuñó algo y dejó la bandeja en el suelo, junto a los pies de Max. En cuanto se fue, el salón recuperó la normalidad. Todos menos Ryukichi, que había perdido su picardía habitual para ponerse tieso.

—Bien —accedió suavemente, midiendo las palabras—. Supongo que si no te lo han dicho, es hora de que lo sepas. Uno debe saber todo de la gente con quien trabaja, ¿verdad? Para evitar... sorpresas.

—Eso supongo.

Ryukichi encendió el cigarrillo. El humo se sumó al del té y la sopa, envolviéndolo en una niebla blanca. Sonrió y dijo:

—No siempre fui un ejecutivo. De hecho, no estaba previsto que lo fuese. Aparte de mis orígenes, de los que te hablé una vez, otro problema era que no estudié Administración, ni ninguna otra carrera. En realidad, entré en la corporación como mensajero. Aunque en ese tiempo, hace más de treinta años, la corporación no existía. Yo entré en una empresa que fabricaba maquinaria industrial, y que con el tiempo sería absorbida por Géminis. Géminis lo absorbe todo. Es como una bestia hambrienta que se come a los animales más pequeños. Pero eso, claro, tú ya lo sabes.

—Por favor, no te desvíes del tema —Max bebió un sorbo de té. No tenía hambre, y quería concentrarse. Ryukichi era escurridizo, y frecuentemente lo embaucaba con sus divagaciones.

—No, claro. Tú quieres saber mi pasado, no el de la corporación. Es normal. Ahora tú haces de jefe. Está bien. No se me caen los anillos por eso. Como te digo, yo empecé desde abajo. El mío era un trabajo rutinario y aburrido. Recibía cartas y paquetes, los clasificaba, y los repartía por las oficinas en un carrito. También recogía los paquetes para el exterior, que llevaba al correo o entregaba personalmente si no había que alejarse demasiado de la oficina. Paquetes aquí, paquetes allá. No suena como nada envidiable, ¿verdad? Hablo de una época en que no había Internet, y menos esos aparatos con pantallas como el tuyo. Todo había que meterlo en un sobre y dármelo a mí. Todo pasaba por mis manos.

Ryukichi dejó que sus palabras se mezclaran con el humo del cigarrillo y continuó:

—Para un joven ambicioso y trabajador como yo, ese empleo anodino también tenía un lado fascinante. Al fin y al cabo, yo transmitía las grandes decisiones de toda la gente importante de la empresa. Llevaba de aquí allá comunicaciones de máximo interés, aunque no pudiese leerlas. Así que por un lado era un simple empleado, pero por otro era el hombre más poderoso de la empresa. Estaba muy cerca de mensajes que movían mucho dinero y que marcaban la existencia de centenares de trabajadores. Ahora bien, si trataba de leer alguno de esos mensajes, y si el destinatario llegaba a descubrirlo, el siguiente sobre llevaría mi carta de despido. Violar la correspondencia habría sido, más que una simple falta, una traición a la empresa y a mí mismo.

—Me hago una idea —respondió Max. En realidad, al preguntar por la historia laboral de Ryukichi, esperaba recibir sólo un recuento sumario de sus especialidades laborales. Pero como solía ocurrir con el jefe de sección, su relato intrigaba a Max lo suficiente para no interrumpirlo. Consciente de ello, Ryukichi saboreó su atención con una larga pausa antes de continuar:

—Para entretenerme, desarrollé un pequeño... juego. Era un juego muy sencillo, además. Verás: parte de mi trabajo consistía en llevar un registro de los mensajes, sus remitentes y sus destinatarios, que yo anotaba cuidadosamente. Así, si algún paquete se perdía —cosa que nunca ocurrió, debo señalar—, yo podía certificar que había pasado por mis manos hasta llegar a su destino final.

—Eso no es ningún juego. Formaba parte de tu rutina.

—Ésa era una de las piezas del juego. Fui descubriendo que, por sí mismo, ese registro constituía una apasionante fuente de información. Consignaba cada mensaje emitido o recibido dentro de la empresa, y por lo tanto, graficaba toda la red de contactos que operaban a través de ella. Yo sabía quiénes recibían más cartas y de quién las recibían. Podía especificar con quién se comunicaba el director de cada sección y con quién lo hacían sus empleados. Y más o menos, cada paquete traía consigo señales que indicaban su valor. Los sobres llevan tanta información en el exterior como en el interior, si uno sabe leerla. La calidad del papel indica la importancia de la empresa. La frecuencia de correspondencia de un empleado me informaba si se trataba de un rutinario intercambio de saludos o una negociación larga y compleja. Pero lo más prometedor en un sobre era la ausencia de membretes.

Disimuladamente, Max miró su reloj. Ryukichi seguía hablando, envuelto en el humo, como una presencia diabólica:

—Si no llevaban impreso el nombre de ninguna compañía, los sobres eran cartas personales. Ahora bien, la gente escribe cartas personales a las casas, no a los despachos de las personas. ¿Qué clase de personas escriben cartas personales a las oficinas? Las relaciones ilícitas. Las amantes, los hijos ilegítimos, las malas compañías. Si un empleado recibía sobre sin membrete de la misma persona con mucha frecuencia, yo sabía que llevaban información interesante sobre su vida privada.

—¿Y te ponías a leer todas esas cartas?

Ryukichi hizo un gesto de desdén.

—De ninguna manera. Ya he dicho que abrir las cartas podía acarrearme un despido fulminante. Yo me limitaba a vigilar el tráfico de secretos. Cada vez que pasaba por mis manos un sobre sin membrete, yo sabía que ahí yacía un secreto. En esos casos, marcaba el nombre del empleado con un aspa en mi lista, y añadía los datos del remitente. Durante los meses siguientes, consignaba el intercambio de correspondencia y cruzaba esa información con datos internos de la empresa. Al final del año, con un rápido vistazo a mis listas, yo estaba en condiciones de saber cuáles de nuestros empleados tenían aventuras amorosas en sus viajes de trabajo, cuáles sostenían sospechosas amistades con ejecutivos de la competencia. Y por supuesto, quiénes se acostaban con las esposas de sus compañeros de oficina, muchas de las cuales mantenían la costumbre romántica pero francamente imprudente de escribir cartas de amor. Ya sabes, eran otros tiempos.

—Y todo eso ocurría ante tus ojos.

—No de un modo directo, por supuesto. Hacía falta atar muchos cabos sueltos. Nombres, situaciones, frecuencia de las cartas. No me atrevía a abrir los sobres, así que en esa primera etapa de mi juego, mis conclusiones eran una mezcla de estadística, sospechas y pura adivinación. El margen de error era muy alto.

—Has dicho «en esa primera etapa». ¿Y en la segunda empezaste a violar la correspondencia directamente?

Ryukichi recibió la pregunta con una sonrisa entre traviesa y maliciosa. La comida llevaba rato fría.

—Todo a su tiempo —respondió—. Como comprenderás, los cambios en las reglas del juego obedecerían a poderosas razones.

—Tan poderosas como la curiosidad. O déjame adivinar: ¿el chantaje?

Ryukichi encendió un cigarrillo con la colilla del otro y levantó la cabeza para echar una bocanada al aire. El humo salió de sus labios en forma de columna solitaria y gris. Cada gesto de Ryukichi, cada palabra, convencían más a Max de encontrarse ante un hombre repugnante. Pero quizá, dado que aún no terminaba de conocer los alcances de sus nuevas funciones, era eso lo que Max necesitaba. Ryukichi terminó de expulsar el humo y contestó a su pregunta con la respuesta más inesperada:

—El amor —y tras una pequeña pausa, añadió—: O algo así.

—Es una broma.

—¿No me crees capaz? ¿Te crees más sentimental que yo?

—No estamos hablando de mí.

—Claro. Entonces sigo con mi historia. La verdad, más allá de su valor de entretenimiento, yo no era consciente de las posibilidades prácticas de mi pasatiempo. Lo consideraba sólo una forma de matar el rato, de llenar las interminables horas muertas que forman la jornada de un mensajero.

Matar el rato. Horas muertas. Max sintió cierto nerviosismo ante la asociación de ideas entre el tiempo y la muerte. Aunque posiblemente era sólo que ese hombre lo ponía nervioso.

—Hasta que apareció Midori —remató Ryukichi, ahora con expresión nostálgica—. Tendrías que haber visto a esa mujer. Llegó a la mensajería una tarde de verano. Gotas de sudor perlaban su frente y resbalaban por los lados de sus ojos almendrados, haciéndolos brillar. Estaba despeinada y agitada, pero el desorden de su pelo resaltaba la armonía de su rostro. Era perfecta.

Ryukichi hizo lo último que Max habría previsto: se ruborizó. Sorprendido por la intimidad de sus confidencias, Max se ruborizó también, y eso pareció infundirle al japonés el valor necesario para continuar su relato:

—En fin —carraspeó—, supongo que ahora idealizo ese momento. La memoria conserva las experiencias mejor de lo que fueron, ¿verdad? Ojalá no tuviésemos que vivir experiencias reales. Ojalá pudiéramos vivir sólo recuerdos. Ya sé que es una idea absurda, pero no deja de asaltarme a veces.

—No te ofendas, Ryukichi —Max trató de sonar delicado. Fuese lo que fuese lo que el otro le estaba contando, empezaba a parecer demasiado personal—. Pero creo que divagas. No entiendo qué tiene que ver todo esto con...

—Lo verás pronto. Pero necesito ponerte en antecedentes. Sabrás perdonarme si a veces pierdo el hilo. El caso es que esta joven se presentó ante mí una tarde y me entregó un sobre dirigido al director gerente, un hombre insoportable, dicho sea de paso. A juzgar por su aspecto y su manera de hablar, ella provenía de una familia acomodada. Y evidentemente, no era la mensajera de ninguna empresa. De hecho, lo que más me interesó de ella fue constatar que su sobre carecía de membrete.

—Sería su amante —adivinó Max—. Una amante despechada y furiosa dispuesta a presentarse en la oficina del jefe para ponerlo nervioso.

—Eso es exactamente lo que yo pensé. Calculando la gravedad de la situación, me atreví a pedirle que esperase unos minutos, por si el jefe quería verla. Pero ella se negó. Sólo quería dejar el sobre y salir de ahí. Parecía llevar mucha prisa y miraba a todos lados al andar. Ese detalle sugería que temía que la reconociesen.

—O temía topar con un mensajero indiscreto.

Ryukichi ignoró el comentario y abrió mucho los ojos, como para expresar un momento de clímax en su historia:

—Entonces pude intuir claramente, como si se abriese una puerta ante mis ojos, la aparición de una oportunidad. Aún no podía establecer con precisión qué tipo de posibilidades me brindaba la situación. Pero todos los secretos dan poder a quien los conoce. Y esto olía a secreto por todas partes.

Por el marco de la puerta asomaron las mejillas arrugadas de la anciana que atendía el establecimiento. Tenía cara de mal humor. O quizá simplemente así era su cara. En todo caso, frunció el ceño aún más al ver que los clientes no habían tocado la comida. Ryukichi se volvió y la fulminó con la mirada, y ella regresó por donde se había ido. Ryukichi no tardó en recuperar el hilo de la narración, sin pausas, como si leyese directamente de un papel:

—Cuando la chica abandonó el edificio, decidí seguirla. Era la hora de repartir la correspondencia por la ciudad, así que podía salir sin despertar sospechas. Y como ya he dicho, esto parecía interesante. Además, claro, ella era muy atractiva. Seguirla por la ciudad parecía una ocupación agradable.

—Así que salías a perseguir mujeres cuando se te ocurría. No tenías un trabajo muy estresante que digamos.

—Ella era un asunto de trabajo. En ese momento, era sobre todo un asunto de trabajo. Además, la distracción no fue tan larga. Midori vivía cerca de la oficina, y era perezosa. Tomó un taxi para desplazarse apenas unas calles, hasta su apartamento. Si hubiese ido andando, yo no habría podido ir tras ella en mi motocicleta. Pero seguir a un taxi es fácil.

—Quizá, pero un taxi la dejaría en la puerta del edificio, y luego tendrías que averiguar en qué piso vivía.

—Nada más fácil si consideras que yo llevaba un sobre con su nombre. Fue sólo cuestión de tocar los timbres preguntando por ella hasta que contestó.

—¿Y qué le dijiste?

—Que estaba haciendo una encuesta. Que quería saber qué programas de televisión veía ella.

—¿Y te lo dijo?

—Colgó el telefonillo. Pero yo ya sabía en qué piso vivía. Mi misión había concluido con éxito.

—¿Y luego?

—Luego pasé la tarde entregando mis paquetes.

—Me refiero a ella. ¿Qué pasó con ella?

Una leve sonrisa afloró a los labios de Ryukichi. Max comprendió que demostrar demasiada ansiedad era ponerse en sus manos. Se prometió guardar la calma el resto de la conversación.

—Leí su carta —respondió el japonés—. En cuanto volví a mi puesto, abrí el sobre con el vapor del té y desplegué la hoja cuidadosamente, para no dejar arrugas ni señales de mi paso por ella. Era la primera vez que violaba la correspondencia y estaba muy nervioso, pero era un nerviosismo emocionante. Me sentía como un niño ante un juguete nuevo. Leí la carta varias veces. La memoricé.

—¿Era una carta de amor?

La mirada de Ryukichi se entristeció. La cantidad de matices que podían atravesar ese semblante sarcástico y frío superaba ese día las expectativas de Max.

—Era una carta de despedida —respondió—. Y no de una amante. De una hija. Midori le decía al director gerente, su padre, que le llevaba esa carta a la oficina porque era el único sitio donde él vivía en realidad. Y lo acusaba de pasar por el domicilio familiar sólo para castigarla y reprimirla como el amargado que era, con el fin de amargarla a ella también. Al final, le anunciaba que se iba de casa, le juraba que nunca volvería a verlo y le pedía que no la siguiese.

—Debe haberte decepcionado. No se puede chantajear a alguien por pelear con su hija.

—En cierto sentido, mi concepto de ella mejoró. Debo admitir que, aunque la encontrara muy hermosa, la idea de que fuese amante de un hombre tan repulsivo como el director gerente la degradaba ante mis ojos. En cambio, saber que era su hija la revaloraba. Podía sentir su dolor al leerla, y acompañarla en el sufrimiento. No obstante, como dices, esa información carecía de utilidad para mí. Un lío con una amante es un secreto. Una pelea con una hija es sólo una pelea con una hija. Así que doblé de nuevo el papel, lo guardé en su sobre y lo entregué esa misma tarde, como correspondía a mis obligaciones.

—Fin de la historia.

—Me temo que, en realidad, la historia comienza aquí. Al día siguiente, a primera hora, el director gerente me llamó personalmente a su despacho. En el teléfono, su voz sonaba seca, como de costumbre, pero tenía un matiz de furia añadido que resultaba nuevo para mí. Aun así, yo albergaba la esperanza de que fuesen buenas noticias. El director gerente de una empresa no se molesta en llamar al mensajero ni siquiera para despedirlo. Pero a lo mejor, sí para promoverlo. Me ilusionó imaginar que él había reparado en mi silenciosa pero eficiente labor, y quería premiarla. Lamentablemente, todos esos pensamientos se desvanecieron al llegar al último piso, donde él tenía su despacho. Su secretaria me hizo pasar cabizbaja y silenciosa, como se lleva al condenado al cadalso, y yo comprendí que no sacaría nada bueno de esa reunión.

—Pero ¿qué podía tener él en tu contra? ¿Cómo podía saber lo que habías hecho?

Ryukichi lo miró con piedad, como si Max fuese un niño pequeño sin experiencia de la vida.

—El director gerente era paranoico, supongo. Se sentía perseguido por espías industriales o incluso por oscuras fuerzas indeterminadas. Pensaba que le intervenían el teléfono y le grababan las conversaciones. Y por supuesto, abría sus sobres en persona. Era capaz de saber si habían sido abiertos, especialmente cuando venían de su propia casa.

—Eso es una tontería. Podía haberlo abierto la propia Midori. A lo mejor se arrepintió de la primera versión de la carta y la sacó para luego reemplazarla por la carta definitiva. O la cerró mal y tuvo que hacerlo de nuevo en el camino.

—Le dije todo eso al director gerente. Se lo dije de rodillas, con las lágrimas corriendo por mis mejillas, mientras él vociferaba y aullaba. Me llamaba traidor. Me llamaba espía. Decía que en la guerra me habrían decapitado por eso, y que él estaba dispuesto a hacerlo ahí mismo.

—¿Y no atendía a razones?

—Bueno, es que yo no tenía razones. Estaba mintiendo. Y él me tenía calado. La tarde anterior, al recibir el sobre y sospechar de mí, el director había mandado revisar mi gabinete. Supongo que esperaba encontrar cartas o dinero robado. En lugar de eso, encontró mi minucioso registro de comunicaciones de la empresa. Un archivo con nombres propios, frecuencia de correspondencia e indicaciones sobre la vida personal de decenas de empleados, incluyéndolo a él. En suma, una gigantesca confesión de culpa con mi firma y todo, por cosas mucho más graves de las que él sospechaba. Así que, al llamarme a su oficina, él esperaba una confesión. Pero yo negué todos los cargos, incluso fingí indignarme por sus sospechas. Él me dejó hablar, y después me enrostró la abrumadora evidencia de mi traición, para humillarme.

Max trató de imaginar a Ryukichi humillándose, pero no pudo. A lo mejor el Ryukichi de treinta años atrás era diferente, pero el hombre que Max tenía delante sólo lo haría para conseguir algo a cambio, y riéndose por dentro. Al menos eso pensaba Max:

—¿Cómo es que sigues en la empresa después de eso? —quiso saber, tratando de volver al tema que los reunía, aunque sin muchas esperanzas de lograrlo.

—Yo diría que seguí en la empresa precisamente por eso.

El estupor de Max se reflejó en su rostro. Ryukichi se explicó:

—El día de nuestro encuentro, el director no sólo estaba furioso conmigo. Estaba furioso con su hija, a la que culpaba de la situación. Toda la escena que yo sufría era en el fondo la que él no podía montarle a ella. Y toda la rabia que canalizaba hacia mí era la que no podía escupir contra sí mismo. El trabajo es así. Los jefes desfogan contra los empleados sus miserias personales, en especial si, como era el caso, se lo merecen. Después de un rato de insultarme, la verdadera razón de su frustración empezó a sugerirse en sus palabras. Decía cosas como «Todos me engañan, desde el mensajero hasta mi hija». O «¿Cómo puede uno educar a una hija en un mundo poblado de alimañas como tú?». Yo comprendí lo que pasaba, la verdadera causa de su ira, y de nuevo, vi la puerta de la oportunidad abrirse ante mí. Sólo necesitaba encontrar las palabras correctas y pronunciarlas en el momento indicado.

—Ya. ¿Y cuáles eran esas palabras?

—Eran seis: «Yo sé dónde está su hija».

—¿Le dijiste eso? ¿Y cómo reaccionó?

—Se quedó rígido, como una estatua de sal. Su expresión de rencor desapareció. La mandíbula le caía hasta el pecho. Tenía gracia. Aunque yo no me reí, por supuesto. Esperé a que dijese algo. Contemplé cómo trataba de encajar de nuevo su rostro, y de recomponer su ánimo. Cómo se tambaleaba de vuelta hacia su silla y se dejaba caer sobre ella, como si hubiese recibido una bala en el pecho. Pero no perdió el aplomo. Por muy mal que se estuviese sintiendo, no desnudaría sus emociones ante un empleado. En cuanto se sintió repuesto, preguntó: «¿Qué pretende usted? ¿Qué es lo que quiere de mí?». Era tan paranoico. A lo mejor se figuraba que yo la tenía secuestrada. Dejé que se cociese en su propio jugo de temores un rato y finalmente, cuando calculé que lo tenía en el bolsillo, respondí: «Quiero ayudarlo. No tema. No le pediré nada a cambio. Aunque no tengo hijos, comprendo los sentimientos de un padre, y créame, no hay nada más sagrado para mí».

—Eres un hipócrita, Ryukichi.

—No, Max. Sólo soy un hombre atento. Decir cualquier otra cosa habría sido descortés.

Max reparó en que todos los clientes se habían marchado ya. En el salón sólo quedaban cojines vacíos, platos sucios y ellos dos. Ryukichi iba ya por el cuarto o quinto cigarrillo, y a falta de un cenicero, ahogaba las colillas en la sopa fría.

—A partir de entonces, me dediqué a investigar a Midori —siguió—. Ése fue mi trato con el director gerente. Yo seguiría a la hija y mantendría informado al padre de sus movimientos y amistades. Y a cambio él... él no haría nada. Sólo constataría mi inquebrantable lealtad. Mi conocimiento de la ciudad fue muy útil para este trabajo, porque me permitió anticiparme a los movimientos de

Midori y observarla sin ser visto, noche tras noche. Anotaba en una libreta cada minuto de su vida: qué locales prefería, cuántas copas bebía, y por supuesto, de quién se estaba enamorando o encaprichando o lo que fuese. Y cada mañana, al recibir mis sobres y paquetes, me detenía en el despacho del director y le rendía mi informe.

—Ahora me dirás que también te entrometías en la vida sexual de la chica.

—No *también*. Me entrometía *exclusivamente* en su vida sexual. Por favor, ¿qué puede importarle a un buen padre más que con quién se acueste su hija? Midori era hija única, de modo que de ella dependía el futuro y descendencia del director gerente. Visto desde ese punto de vista, la chica tenía entre las piernas la posesión más preciada de su padre. Por consiguiente, el sentido de todas mis actividades era mantenerlo informado de sus amoríos y aventuras.

—Eso es monstruoso.

—¿Tú crees? Entonces te aliviará saber que ella no tenía ninguna vida sexual. No había mucho de que informar, porque yo me ocupaba de que ningún novio potencial prosperase.

—¿Cómo podías ocuparte de eso?

—Bueno, a fin de cuentas, la chica era decente. Eran otros tiempos, y ella nunca se iba a la cama con alguien en la primera cita. Y claro, yo siempre era testigo de sus primeras citas. Desde la barra del bar o desde una butaca cercana del cine, yo estudiaba su comportamiento: su lenguaje corporal, la frecuencia de sus sonrisas, y en suma, si la compañía del caballero de turno la complacía o no. Así podía prever si se avecinaba un encuentro más... comprometedor.

—Y si así era, ¿cómo podías evitarlo?

Ryukichi recuperó su sonrisa maliciosa y humeante. Durante el resto de la historia, Max sentiría que ese hombre le estaba contando su propio nacimiento, no su alumbramiento biológico, sino el origen del adulto que estaba sentado ahí en ese momento, un individuo que había surgido, como todos los adultos, de la muerte de un joven distinto de él.

—Cuando sentía que la cita de Midori había ido mal —dijo Ryukichi—, me limitaba a tomar nota e informar. Pero si la noche transcurría entre risas y copas, en un clima de sintonía mutua, me preocupaba. A veces, antes de dejarla en su casa, los dos permanecían en el coche de él durante un buen rato, incluso horas. Para mí, ésa era la señal de alerta roja. Si la cita había tenido éxito, llegaban a besarse apasionadamente en el asiento. Y varias veces temí que el joven acabaría subiendo al apartamento a pasar la noche. Afortunadamente, ella siempre lo dejaba para la siguiente ocasión. Mi trabajo era cancelar la posibilidad de una siguiente ocasión.

Max palideció. No sabía si quería seguir escuchando:

—Oye, Ryukichi, si tienes una historia criminal, será mejor que te la ahorres.

Ryukichi lo miró con una mezcla de extrañeza y diversión:

—¿Sabes, Max? Creo que tú me sobrestimas. Las cosas suelen ser más simples y prosaicas de lo que crees. En general, a los extranjeros les ocurre eso aquí en Tokio. Creen que la ciudad guarda algún gran misterio, un secreto oscuro que se afanan en encontrar. Pero en realidad, no hay nada que buscar. Aunque debo decir que tú tienes… ¿cómo llamarlo? Un notable exceso de imaginación. Nunca había visto una fantasía tan desarrollada.

Dijo eso y se quedó en silencio, esperando a que Max le pidiese continuar. Las cenizas de sus cigarrillos habían convertido la sopa en una poción negra y pestilente. Max sentía que las palabras de Ryukichi lo involucraban en algo igual de sucio, y lo convertían en cómplice de una historia que prefería no conocer. Pero fuese lo que fuese, ya no podía dar marcha atrás. Tendría que llegar hasta el final, y luego, quizá demasiado tarde, sopesar las consecuencias.

—Adelante, Ryukichi. No te detengas.

Ryukichi paladeó su expectativa y retomó la historia.

—Para ahuyentar a los potenciales novios de Midori, recurrí a un pequeño truco. Te parecerá una tontería, pero funcionaba con increíble eficiencia. Después de cada cita exitosa, seguía al candidato hasta su casa. Pero ahora, le hacía sentir mi presencia. Aceleraba la moto haciendo mucho ruido, lo acosaba en las curvas, y cuando se detenía ante un semáforo, yo me detenía a su lado, observándolo fijamente desde el anonimato de mi casco de motorista.

—Nada de eso basta para romper una relación.

—Es verdad. Y algunos iban tan borrachos que ni siquiera se daban cuenta de eso. Hasta hubo un tarado que me saludó y me desafió a una carrera. Pero la mayoría se ponían muy nerviosos. El factor moral es muy importante en estas cosas. Primero reducían la velocidad, pensando que yo seguiría de largo. Al ver que no se libraban de mí, trataban de escabullirse en el tráfico o perderse en algún desvío. Cuando también eso fallaba y ya no se les ocurría nada más, aceleraban como locos hasta sus casas. Una vez que confirmaba que estaban aterrorizados, yo desaparecía. Tomaba una calle paralela y dejaba que se sintiesen a salvo un rato. Ellos llegaban a sus casas, aparcaban sus coches, y cuando estaban a pocos metros de sus puertas, yo los interceptaba con la moto. Casi los atropellaba. Tendrías que ver las caras que ponían.

Ryukichi se rió, como si hubiese contado algo muy divertido. Encendió otro cigarrillo. Max no sabía qué decir.

—No me mires así —se defendió el japonés—. No les pegaba. No toqué a uno solo de esos papanatas.

—¿Y entonces qué hacías?

Ryukichi contuvo la risa como deferencia a la preocupación de Max, pero sus ojos no paraban de sonreír.

—Los asustaba. Les decía: «Si vuelves a ver, o a llamar, o tan siquiera a pensar en Midori, voy a venir, te voy a arrancar los intestinos y me los voy a comer. ¿Está claro?».

—¿Y ninguno te plantó cara?

—¿Bromeas? Me pedían perdón de rodillas. Más de uno se hizo pis encima. Ya sé que ahora no impongo mucho respeto, pero entonces era joven y tenía una gran moto y un gran casco. Además, siempre era de noche, y esos idiotas estaban borrachos. Los más valientes, antes de echarse a llorar, me preguntaban por qué les hacía eso. Suponían que yo era el novio de Midori. Yo les respondía: «Tú no quieres saber quién soy, niño. No te lo imaginas. Y no quieres averiguarlo». Luego arrancaba y me largaba de ahí. Antes de desaparecer, les dirigía una seña con el dedo en el cuello, advirtiéndoles que la próxima vez les rebanaría el pescuezo.

—¿Y si alguno no hacía caso de la advertencia?

—Entonces mi vida se habría complicado mucho. Pero eso nunca ocurrió. El mundo está lleno de cobardes, Max. A lo mejor, esos hombres se la habrían jugado por Midori de haber tenido una relación estable con ella, pero no pensaban arriesgarse por una chica con la que apenas habían cenado. Hay muchas chicas en el mundo. Y la vida es demasiado corta. Nadie quiere acortarla más.

—Hay una cosa que no entiendo, Ryukichi. ¿Te tomabas todas esas molestias por orden del director gerente?

—¡Claro que no! Él sólo quería la información. Espantar a esos jóvenes era un aporte creativo de mi cosecha personal.

—Hacías el trabajo con entusiasmo exagerado, ¿no crees?

—No. Lo hacía con amor. Ya te he dicho que Midori me parecía excepcionalmente atractiva. Pero al seguirla por las noches, nuevos sentimientos despertaron en mí. Sentimientos que nunca había albergado por nadie. Me volví capaz de distinguir su manera de estornudar o el movimiento de sus muñecas al girar la llave de la puerta, y esas pequeñas cosas se me aparecían revestidas de una belleza especial, de una luz que mis ojos no conocían. No quería compartir esas cosas con nadie más. Me disgustaba que otros chicos saliesen con ella o pretendiesen tocarla. Mi odio por cada uno de ellos era genuino y mis amenazas eran proferidas con auténtica rabia. El hecho de que esas cosas facilitasen mi trabajo era puramente circunstancial. El territorio que yo reclamaba y protegía no era el del director gerente, sino el mío.

—Estás enfermo, Ryukichi. ¿No tienes ningún sentimiento que no sea perverso?

—¿Perverso según quién? ¿Según tú? ¿Tú crees que eres normal y que la gente como yo debería imitarte? Eso sí que tiene gracia. ¿Tú nunca has sentido impulsos destructivos? ¿Nunca has sido infiel, por ejemplo?

Max pensó en ti, en la textura de tu piel contra la suya. Luego recordó a su esposa. También pensó en sus extraños sueños, y sus lagunas. Aunque esas cosas no eran voluntarias, se sentía en cierto modo culpable por ellas. No quiso seguir la conversación por el camino que llevaba. Dijo:

—Supongo que tu jefe se sentía muy satisfecho con esos servicios.

Los ojos de Ryukichi habían cambiado su expresión divertida por una de desafío. Pero ahora brillaron con un resplandor de orgullo.

—¿Satisfecho? Estaba eufórico. Y no sólo por tener controlada a su hija. También por las aplicaciones laborales de mi talento. Éramos como dos niños descubriendo un nuevo parque de juegos. Ante nosotros surgían miles de excitantes posibilidades, que al principio ensayamos con prudencia y luego con fervor.

—¿Posibilidades?

—Oh, sí —murmuró complacido el japonés—. Todo lo que estábamos haciendo con Midori era aplicable en nuestra vida profesional.

—¿Te refieres a seguir y acosar a la gente?

Ryukichi levantó las palmas de las manos, como para detener las palabras de Max antes de que llegasen a sus oídos. Chasqueó la lengua.

—Qué manera tan horrible de decirlo. Nosotros lo llamábamos «gestión de la información». Bueno, así lo llamaba el director gerente. Debo admitir modestamente que potenciar esas actividades fue idea de él. Yo me limitaba a cumplir sus órdenes sin tener claro el uso que se les daba a mis hallazgos.

—Ya. ¿Y cuáles eran esos... hallazgos?

Ryukichi se dio aires de importancia, como un veterano catedrático a punto de dirigirse a una clase llena de adolescentes con acné. Max pensó que ahora sí hablaría de su experiencia en la empresa, aunque en ese momento ni siquiera él era capaz de recordar para qué quería esa información. La conversación —o más bien, el relato de Ryukichi— había cobrado vida propia:

—Seguí haciendo las mismas cosas que había hecho hasta entonces —explicó—. Sólo que ahora, en vez de hacerlas a hurtadillas, elevaba informes sobre ellas. Y en vez de constituir una parte marginal de mis horas de trabajo, esas actividades se convirtieron en su columna vertebral. Nuestro acuerdo funcionaba del siguiente modo: aparte de mi seguimiento diario a su hija, cada dos o tres semanas el director me encargaba a algún ejecutivo de la empresa. Por lo general, el elegido pertenecía a la élite, era más joven que el director gerente y tenía posibilidades de ocupar su puesto algún día. Pero las razones de cada selección en concreto eran un misterio para mí. Simplemente, el director gerente señalaba a alguien y me encargaba una supervisión. Así lo llamábamos. La supervisión consistía en revisar mis archivos y trazar un plano de las relaciones personales y profesionales del supervisado. Además, debía abrir su correspondencia y esculcar todos los detalles de su vida, de los cuales rendía informe al director gerente. Si mi jefe lo consideraba necesario, lo cual ocurría casi siempre, empezaba a seguirlo, como hacía con Midori, anotando todos sus movimientos.

—¿También amenazabas a los amigos de tus supervisados, como a los de Midori?

—Jamás.

—¿Y entonces?

Ryukichi respiró hondo. Se notaba que iba a decir algo que no le gustaba.

—No lo sé.

—¿Cómo que...?

—No sé qué hacía mi jefe con esa información. Yo sólo la pasaba. Eso era todo. No creas que era poco trabajo. El director gerente se obsesionaba con detalles que yo encontraba inservibles: qué películas veía el supervisado, dónde comía, a qué colegio llevaba a sus hijos, adónde iba los fines de semana. Evidentemente, yo no estaba autorizado a preguntar qué sentido tenían esos datos. Me limitaba a tomar nota y entregar mi informe sin sacar conclusiones ni hacer comentarios. El director gerente escuchaba con atención, pero no tengo ni idea de qué hacía con esos datos, o a quién se los transmitía.

—Algo debía ocurrir. Los supervisados debían sufrir algún tipo de consecuencias. Si tu jefe quería espiarlos a todos, no sería para entretenerse.

—Supongo que sí. Pero preguntar eso quedaba fuera de mis obligaciones. Yo me hacía ideas, claro. Especulaba. Hasta donde llegué a ver, a la gran mayoría de mis supervisados no les pasó nada. A otros sí les ocurrieron cosas.

—¿Qué cosas?

—Bueno, a lo largo de los dos primeros años, vi a cinco o seis de ellos meter sus objetos personales en una caja y abandonar el edificio de la empresa con la cara compungida. No podría decir si había una relación directa entre mis informes y sus despidos, pero en todos los casos se trataba de personas que yo había seguido. Por supuesto, eso no quiere decir nada. Yo sólo seguía a los ejecutivos importantes, y da la casualidad de que ellos eran los más propensos a cambiar de empresa. Tenían mucha demanda. De hecho, hubo uno al que yo nunca había seguido que pasó un día frente a la mensajería con su caja, para nunca volver. Sólo fue uno, pero bastaba para demostrar que ni todos los investigados abandonaban la empresa ni todos los que se iban eran mis investigados. Eso al menos... hasta que ocurrió lo del señor Tanaka.

—¿Quién?

Ryukichi se mostró incómodo. Claramente, esta parte de la narración no era su favorita, pero había quedado atrapado en su propio relato y ahora resbalaba por él como por una pendiente, hasta terminar en este molesto rincón de la historia:

—El señor Tanaka era el jefe de personal. Toda la empresa sabía de su eficacia y su buen trato con los trabajadores. Yo mismo había comparecido varias veces a su despacho para pedirle adelantos de sueldo que él siempre me concedía con una sonrisa y una actitud comprensiva. En esas ocasiones, él me decía: «El director gerente dice maravillas de usted», porque le gustaba reconocer los méritos de los trabajadores. Un buen tipo. Un gran tipo. Quizá toda esta historia habría sido diferente si yo hubiese trabajado para él, y no para el director gerente. Pero bueno, no se puede cambiar el pasado, ¿verdad?

Una nube de melancolía cruzó el rostro de Ryukichi, pero se recompuso y siguió narrando:

—El caso es que mi jefe me pidió seguir a Tanaka, y esta vez quería todos los datos. Y «todos» quiere decir «todos», de verdad. La duración de sus encuentros con amigos, las horas que pasaba visitando a su madre enferma, la dirección de su restaurante favorito, la cuenta de la lavandería. Yo, como siempre, obedecía sin preguntar y sin rechistar. Seguía a Tanaka donde fuese, y por única vez, incluso descuidé la vigilancia de Midori. Vivía pegado a Tanaka cada minuto del día. Eso no había ocurrido nunca antes ni volvería a ocurrir nunca después. Con Tanaka, el director gerente alcanzó niveles de obsesión anormales, incluso para él.

—¿Y encontraste algo de interés en la supervisión?

Ryukichi se acomodó en su cojín. Tenía la mirada inexpresiva, los hombros encogidos y la boca estirada en un rictus de impotencia.

—A mí no me correspondía evaluar el interés de lo que veía. Yo sólo recopilaba información. Pero si me preguntas si hallé algo inusual o sospechoso, la respuesta es no. De hecho, Tanaka llevaba la vida más anodina que uno pudiera imaginar. De su casa al trabajo, del trabajo a su casa. Frecuentaba sólo a dos amigos con hijos de la edad de sus hijos, y sólo los domingos. No iba al cine ni al teatro. Entre semana, sus ventanas traslucían el parpadeo de un televisor hasta altas horas de la noche. Su vida era tan ordinaria que bordeaba lo extraordinario. Excepto por, bueno, por... una noche rara.

—¿Qué quiere decir «rara»? ¿Se vistió de mujer? ¿Practicó el vandalismo? ¿Se paró de manos en mitad de la calle?

Ryukichi negó con la cabeza, y meditó largamente lo que iba a decir, como si después de hablar sin parar, ahora le costase encontrar las palabras. Al fin continuó:

—Ese día lo había pasado encerrado en su oficina, sin ver a nadie. Tratándose de un hombre tan atento y tan sociable, su actitud llamó la atención en la empresa, pero todo el mundo tiene un mal día. A lo mejor sólo estaba concentrado en alguna operación complicada. El caso es que no habló con ningún empleado durante toda la jornada, y al salir, en vez de ir a casa, entró en un bar, algo completamente inusual en él.

—Todo el mundo se toma una copa de vez en cuando.

—Él no. Y menos con la actitud que tenía esa noche. No es que bebiese mucho. Apenas un par de vasos. Lo que era distinto en él era su mirada, ¿comprendes?

—No.

—Supongo que esas cosas sólo se comprenden cuando se presencian. Esa noche, me atreví a acercarme más de lo que era prudente. Pero considerando que el jefe de personal me conocía, pensaba forzar un encuentro casual, y quizá, al calor del alcohol, averiguar lo que le ocurría. No lo hacía sólo por trabajo. Realmente me preocupaba porque era una buena persona. Así que me senté frente a él. La barra del bar tenía forma de herradura, de modo que nos separaban la madera de la mesa y el barman. Pero él podía verme. Así que, para no delatar que lo estaba siguiendo, esperé a que él me reconociese y me saludase.

—¿Y te contó la razón de su tristeza?

—Ni siquiera me vio. Estaba tan absorto en sus pensamientos que sus ojos me atravesaban. No era capaz de distinguirme de la decoración del bar. Es difícil explicar de un modo razonable la impresión que me dio, pero yo diría que miraba hacia adentro, no hacia afuera. Observaba el interior de sí mismo, y lo que veía le producía una profunda melancolía, una pena que se impregnaba en la barra e inundaba el espacio del bar.

—A lo mejor le habían comunicado su despido.

—No. No era ese tipo de tristeza. Además, en un empleado tan popular como él, la noticia se habría difundido, como se había difundido con los otros. No lo habían despedido. De hecho, no hubo ocasión de hacerlo. Porque después de esa noche, Tanaka desapareció.

—Quieres decir...

—No sé qué quiero decir. Yo lo dejé en la barra para ir a vigilar a Midori, que tenía una cita esa noche. Y al día siguiente, Tanaka no volvió a trabajar. Su despacho siguió igual. Todas las cosas quedaron en su sitio, incluso las fotos de su familia: una mujer y dos niños. Nadie las metió en una caja, no hubo ningún anuncio oficial de renuncia o despido. Simplemente, un día estaba ahí, y al día siguiente, ya no. Sin rastros.

—Quizá no fue nada. Quizá renunció. O se mudó de ciudad.

—Quizá. Como te he dicho, yo no hacía preguntas.

El silencio se apoderó del salón, como si velasen a Tanaka varios minutos. Tampoco subían ruidos del piso de abajo. Parecían estar solos en el mundo. Max trató de romper ese momento tétrico:

—Me gustaría que te ciñeses a tu historial en la empresa.

—Eso es mi historial en la empresa. Eso y lo que vino después.

—¿Aún hubo más?

—Bueno, digamos que viene la parte bonita: la historia de amor.

La palabra «amor» sonaba extraña dicha por Ryukichi, como si se le derritiese en los labios.

—¿Una historia de amor? ¿Entre el director gerente y tú?

Max nunca le había hablado así a nadie, y se sorprendió de su propia impertinencia. Pero después de lo que ese hombre le había contado, no le parecía merecedor de un trato más amable. Aunque Ryukichi había pronunciado las últimas palabras con un dejo de nostalgia y pesar, en general exudaba cierta autosuficiencia, y un evidente orgullo por lo que parecía considerar su habilidad profesional. Un orgullo que pareció aumentar cuando respondió:

—Entre Midori y yo.

Max no pudo reprimir la risa:

—¡Imposible! Según lo que dices, tú no tenías nada que ver con su mundo ni con ella. No eras más que el mensajero de la empresa, y ni siquiera debías parecerle especialmente atractivo.

—No, sin duda. Pero eso no es lo que ella vio de mí. ¿Sabes qué es lo mejor de ser mensajero, Max? Que nadie te ve. ¿Recuerdas el rostro de algún cartero, o el de un conserje al que hayas dejado un paquete, o el del recepcionista del hotel? No. Somos transparentes, invisibles. Durante el breve espacio de tiempo en que ella me había visto la cara, casi un año antes, mientras me entregaba el sobre para el director gerente, Midori había estado pensando en su padre, en la reacción de ese hombre ante su despedida, en su más que probable ataque de rabia. Yo sólo había sido un ínfimo peldaño hacia él, una casilla postal numerada, y como tal, había caído en el olvido. En cambio, el Ryukichi que ella conoció en un bar era muy diferente. Con ese chico, Midori tenía mucho en común. Ese Ryukichi frecuentaba los mismos lugares que ella, compraba su ropa en las mismas tiendas. Hasta bebía las mismas copas que ella y escuchaba las mismas canciones. Como si llevase meses ensayando para ser el hombre de sus sueños.

—No fuiste capaz...

—Y todo eso —siguió Ryukichi con la sorna estampada en el rostro—, todo eso llegó en su momento de mayor soledad. Porque yo no era sólo un hombre hecho a medida. Era el primero que volvía a llamarla para una segunda cita. Y para una tercera. Qué ilusión, ¿verdad? Cuando el amor llama a la puerta.

—¿Y su padre permitió eso? ¿Después de preocuparse por los otros jóvenes, que probablemente estaban mucho mejor situados que tú?

—Bueno, eso él no lo sabía. La descripción de aquellos caballeros le llegaba al director gerente ligeramente... filtrada. Supongo que esos chicos en realidad no eran, como yo daba a entender en mis informes, unos hippies drogadictos y comunistas. Pero ya sabes, el 68 no estaba demasiado lejos, y el director gerente tenía pesadillas en que veía a su hija abriéndole las piernas a una turba de mugrosos muertos de hambre. Comparado con ellos, cualquiera con un trabajo estable se veía como un príncipe azul.

—¿Aunque fuese un vulgar mensajero?

—Oh, yo ya no era un vulgar mensajero. ¿No te conté ese detalle? El director gerente estaba muy satisfecho con mi rendimiento, y sobre todo con mi total entrega a los objetivos de la empresa. Así que cuando el jefe de personal Tanaka desapareció de esa manera intempestiva y desconsiderada, yo ocupé su lugar. El mío fue un ascenso fulgurante pero imprescindible. Mi nueva posición puso a mi disposición nuevos recursos para conocer las idas y venidas de mis colegas. Además, para asegurarnos de que le sacaría el máximo provecho, hubo una pequeña reestructuración en el área, y el departamento de mensajería quedó también bajo mi cargo. El Ryukichi que entró una mañana al despacho del director gerente para pedirle la mano de su hija ya no era un mensajero. Era un ejecutivo. El mismo ejecutivo que está hoy sentado en tu mesa.

Max guardó silencio. La sopa era una ciénaga de cenizas y alquitrán. Los rodeaba un silencio opresivo. Pocas luces quedaban encendidas, acaso sólo las de su lado del salón, que al caer sobre Ryukichi salpicaban su rostro de sombras y penumbras.

—Así que tú dirás —concluyó— si soy la persona que necesitas para el trabajo de manejar información confidencial. No tengo títulos ni estudios pero, créeme, puedo ser muy útil.

Para sus adentros, Max tuvo que admitir que eso era verdad. Y añadió: «Y no conozco a nadie más». Lentamente, extendió su mano y se la ofreció a su interlocutor.

Sin dejar de sonreír, Ryukichi la estrechó, y la apretó, como si fuese a arrancársela.

XXIV

Esa noche, Max durmió un sueño intermitente e incómodo, poblado de gatos. Uno de esos sueños tan entrecortados que lo soñado se confunde con lo pensado. La realidad y la irrealidad se vuelven continuas.

En el sueño, Max caminaba por una calle oscura, similar a la que había recorrido noches antes con la prostituta. Iba tranquilo, aunque no reconocía los alrededores. Nunca había estado ahí antes. Y las calles de Tokio no llevaban nombres. Aun así, sin entender cómo ni por qué, sus pasos lo guiaban hacia un lugar en concreto, un destino inevitable, grabado en su mente por alguna razón.

La casa.

Sé de un lugar que te gustará.

A su alrededor empezaron a multiplicarse los gatos. Uno tras otro, circulaban suavemente a su lado, sus patitas rebotando en silencio sobre el suelo. Al principio, apenas se le acercaban. Lo miraban con desconfianza, y si él trataba de aproximarse a ellos, se escapaban corriendo. En una esquina, al fin, pudo tocar a un valiente, un gato callejero con el pelaje entre marrón y rojo. Parecía herido, porque cojeaba y buscaba lastimeramente la protección de Max. El minino no huyó cuando él le acercó la mano y le acarició la cabeza, primero las orejas temblorosas, luego el mentón. Al contrario, relajó el cuerpo y recibió sus mimos en actitud dócil.

Animados por ese primer contacto, otros felinos se aproximaron a través de la espesa bruma que invadía la calle. Formaron un círculo de ojos luminosos a su alrededor y se frotaron contra sus pantorrillas ronroneando.

Uno de ellos se elevó sobre sus cuartos traseros y apoyó las patas delanteras sobre las piernas de Max, compitiendo con los demás por su atención. A pesar de la oscuridad, o gracias a ella, los ojos del animal brillaron, y Max descubrió que los tenía de colores diferentes, uno negro, el otro azul.

En momentos como ése, Max volvía a la realidad. O a lo que acostumbraba llamar realidad. La habitación del hotel. El televisor. Las lámparas. El asistente personal. En un momento de vigilia, le pareció que otro cuerpo se deslizaba entre las sábanas, una presencia cálida y velluda como un muñeco de peluche. Pero al recorrer el colchón con la mano sólo encontró la textura cálida del cubrecama. Había cerrado la persiana, pero podía sentir el latido de la ciudad allá afuera, como un animal vivo. O quizá era el viejo ruido del cuarto, que volvía intermitentemente, mezclado con el sopor.

Volvió a resbalar hacia el sueño. Ahora vio a la prostituta de la noche aquella. Ella caminaba delante de él, dándole la espalda, agachándose aquí y allá para pasar la mano por el lomo de algún gato. Max estiró la mano en un intento de tocarle el hombro, pero no la alcanzó. Ella se mantenía constantemente justo unos centímetros fuera de su alcance. Él no aceleró. Se limitó a contemplar sus propios dedos suspendidos en el aire, con extrañeza, como si fueran ajenos. Ella siguió su marcha, difuminándose en la bruma. Cruzó una calle y se detuvo frente a una puerta.

La casa.

Las casas vecinas no tenían luces y estaban apartadas, o quizá no había casas vecinas. La noche y la niebla no dejaban ver gran cosa. Incluso los contornos de este inmueble aparecían borrosos.

En el segundo piso, se encendió una luz.

La mujer se adelantó hacia la puerta. Los gatos se quedaron en la vereda, sin atreverse a seguirla. La mujer no tocó el timbre. Tan sólo empujó levemente la hoja, que se abrió ante ella. Max se había quedado rezagado unos metros. Una luz blanquecina emanó de la puerta, pero él no consiguió ver a nadie en el interior. Sin voltear, como si aún no fuese consciente de su presencia, la mujer dio un paso adelante y desapareció en el umbral.

Max sintió que algo lo empujaba. Uno de los gatos se estaba frotando contra sus tobillos. Sin hacerle caso, se acercó a la puerta.

Hay algo que deberías saber.

La encontró entreabierta, la hoja apenas apoyada contra el marco. Él también podía empujarla y entrar. Un calor húmedo se expandía por el aire, irradiado por la casa, como si fuera un enorme cuerpo caliente. Por la rendija inferior se escapaba una delgada línea de luz.

Max extendió la mano.

El ruido aumentó de volumen. Ahora estaba claro que eran los jadeos de cama de una pareja, el sonido animal del amor. Sonaban tan altos que debían estar ahí mismo, detrás de la puerta.

Y entonces sonaron los golpes. Uno tras otro, como si machacasen el interior de su cráneo.

Max abrió los ojos. La realidad había vuelto. Los objetos de su habitación aparecían bañados en una tenue luz diurna. Del otro lado de la persiana había salido el sol. Los golpes siguieron sonando, pero no eran violentos. Más bien quedos y discretos, unos respetuosos nudillos tocando la puerta. Max se levantó. Al llegar al espejo del baño, descubrió que había dormido desnudo. Se puso una bata, se lavó la cara y abrió la puerta.

Y ahí estabas tú.

Max se alegró de estar despierto. Se alegró incluso de estar vivo.

Se apartó de la puerta para dejarte pasar, y te metiste a husmear por esa habitación, ya no como una trabajadora del hotel, ahora como una visitante. Llevabas vaqueros y zapatillas deportivas, y tenías el pelo recogido en una trenza suelta. Caminaste por la alfombra como una turista en un museo, echándole vistazos burlones a Max cada vez que algo llamaba tu atención. Te detuviste en sus efectos personales. El cepillo de dientes en el vaso. Las navajas de afeitar de estilo antiguo. La ropa usada colgando de la silla. Los zapatos tirados por el suelo. La presencia de Max había dejado huellas de vida en la habitación, un rastro de detalles que alteraban la absoluta impersonalidad del espacio.

Con confianza, casi con impertinencia, abriste los cajones de la cómoda. Camisas blancas, medias grises. Ropa interior hecha en serie y marcada con una M siempre en el mismo punto del elástico. Desdoblaste los calzoncillos y los colocaste uno sobre otro, formando un montículo, mofándote. Max se avergonzó:

—Ya sé. No soy un hombre de gustos muy excéntricos, ¿verdad?

Dibujaste en el aire un cuadrado con los dedos. Él encajó la crítica. Tu risa sonó como el agua de un arroyo. Seguiste rebuscando entre los cajones, mientras el propio Max se sorprendía de la uniformidad de sus colores, como si los viese por primera vez. Pero al final, tus ojos constataron aliviados que tenía una camiseta y unos vaqueros. Nada muy atrevido, pero al menos informal. Con un gesto de ilusión, se los alcanzaste y le ordenaste vestirse. Sin embargo, él estaba comprobando con preocupación la hora en su asistente personal:

—Tengo que ir a trabajar —se excusó. Y realmente le dolió decirlo.

Por toda respuesta, le arrebataste el aparato de las manos. Al verse despojado de él, Max adquirió un aspecto frágil, como un bandolero desarmado.

—No juegues con eso, Mai. Por favor. Es importante.

Encima del escritorio había una jarra de agua. Pícaramente, levantaste el aparato por encima de ella, amenazando con dejarlo caer.

—No vas a hacer eso —trató de aparentar calma Max—. No se te ocurriría.

Bajaste lentamente el asistente personal hacia la boca de la jarra, mientras mirabas a Max con ojos traviesos.

—No voy a jugar a esto —se rebeló él—. No sólo es peligroso para mi asistente personal. También se puede mojar la alfombra.

Seguiste bajando hasta detenerte un par de centímetros por encima de la superficie del agua. Ya no sonreías. Tu boca sólo dibujaba un gesto desafiante. Fingiendo indiferencia, Max se dio vuelta como para regresar al baño, y tú hiciste topar el aparato contra el borde de la jarra. Sonó como cuando alguien pide la palabra para un brindis, golpeando las copas con los cubiertos.

Durante unos instantes, Max no dio señales de reaccionar. Luego, en un movimiento sorpresivo, se dio vuelta y saltó hacia ti. Tú lo esquivaste y corriste hacia el baño. Trataste de encerrarte, pero Max llegó a tiempo de interponerse en el marco de la puerta. Forcejearon en el umbral hasta que él consiguió entrar. Pero resbaló y el meñique de su pie chocó contra la bañera. Soltó un quejido. Y tú huiste del baño.

A pesar del dolor, corrió atrás de ti. A la altura de la cama se abalanzó sobre tu cuerpo, y los dos rodaron por el colchón. Tú mantenías el brazo estirado, con el asistente personal en la mano, fuera de su alcance. Él trató de arrebatártelo, pero tú lo mordiste. Le tomó un buen rato inmovilizarte. Tuvo que sentarse sobre tu torso y paralizar tu brazo con una de sus rodillas. Al fin, consiguió llegar a tu mano libre y recuperar su aparato. Pero para entonces, ya reía. Como un niño:

—Lo siento, señorita. Pero ésta es una herramienta de trabajo, y yo tengo trabajo.

Trataste de liberarte. Boqueabas como un pez recién sacado del agua, pero estabas de buen humor. Lograste soltar una mano y acercarla al aparato. Max lo alejó de ti, pero le diste a entender que no se lo robarías. Estiraste el dedo índice. Sólo querías señalarle algo. Algo que no había visto. Tocarías la pantalla un instante y lo dejarías en paz. No podrías hacer otra cosa aunque quisieras, ahí en la cama, anulada por su peso. Max decidió seguirte el juego. Acercó el aparato a tu mano apretándolo fuertemente en la suya. Tú señalaste un rincón de la pantalla, el punto que indicaba la fecha y la hora. Pusiste mucho énfasis en que él lo viera, pero él sólo te miraba a ti. Después de mucho insistir, conseguiste transmitirle el mensaje.

Era domingo. La convención no abría.

Por primera vez desde su llegada —quizá por primera vez en su vida—, Max no tenía que trabajar.

—Podrías haberlo dicho desde el principio. ¿Qué quieres hacer? Yo invito.

Lo llevaste de paseo. Le hiciste saber que irían a un lugar bonito, pero no especificaste cuál. Querías que fuese una sorpresa. En el metro, picado por la curiosidad, Max trató de adivinar hacia dónde se dirigían siguiendo los nombres de cada estación. Pero eso tampoco le decía nada. Era como vagar entre las nubes, sin puntos de referencia.

Salieron a la superficie. En la boca del metro los recibió un monstruo repugnante con máscara de cuero y remaches de metal. A los lados de su máscara asomaban unas trompas venosas, como órganos atrofiados. A su lado gruñía una especie de yeti peludo. El primer monstruo emitió berridos que Max encontró amenazantes, pero cuando se volvió a verte, tú sonreías y te encogías de hombros.

Contagiado por tu calma, Max miró a su alrededor. Estaban en la esquina de un gran parque muy concurrido. A lo lejos se escuchaban los acordes de un grupo de rock tocando al aire libre. Más allá de eso, Max sintió que habían viajado a otro planeta. A primera vista, todos los transeúntes parecían monstruos, o por lo menos fenómenos. Seres distorsionados o inconclusos, masivamente fotografiados por los turistas, como un circo *freak* callejero.

Al observar con más atención, Max reconoció que eran simplemente adolescentes. Por alguna razón, en ese barrio se congregaba un muestrario de extravagancias pubescentes: chicas vestidas como personajes de cuentos para niños, chicos con trajes del espacio, una Mary Poppins, un E.T. Gente, sin duda, con ganas de ser especial. Max comparó a esos jóvenes con sus colegas de la corporación. Se preguntó si ellos eran normales. Se preguntó si quería ser normal.

Lo llevaste donde una chica que no parecía tener nada de particular. Iba vestida con un jersey de punto y mocasines, y nada en su apariencia llamaba la atención, excepto un cartel en caracteres japoneses que apoyaba contra su pecho. La chica te abrazó largamente, y luego, sin preguntar, abrazó a Max. Apretado contra ese cuerpo delgado, Max se sintió incómodo. Temía enredarse en un malentendido, como el de la casa de citas noches antes. No sabía qué estaba haciendo exactamente. En ese momento, pasó a su lado un grupo de turistas que hablaban su idioma, y los señalaron. El guía japonés le preguntó algo a la chica, que respondió aún aferrada a Max. Luego Max escuchó la traducción del guía a sus clientes:

—Esa chica regala abrazos. Si quieres un abrazo, te acercas y te lo da.

—¿Por qué? —preguntó una turista.

El guía volvió a preguntar, y la chica le respondió. De repente, Max estaba abrazado a una mujer en el centro de un grupo de mirones.

—Para hacer del mundo un lugar mejor —tradujo el guía.

Una ráfaga de cámaras fotográficas se disparó alrededor de Max. Comprendió que, al menos para esos turistas, él formaba parte involuntaria de esa exhibición de rarezas y exotismos. Se sintió extraño. Consiguió zafarse de la chica sin tosquedad pero con firmeza.

Tú lo observabas con un rostro entre suspicaz y divertido. Lo señalaste y te agarraste los hombros, como si te abrazases a ti misma, pero poniendo cara de asco.

—Sí me gustan los abrazos —se defendió Max—. Pero creo que son actos íntimos, no cosas que uno pueda repartir por calles y plazas, como los volantes publicitarios.

Tú volviste a dibujar un cuadrado en el aire.

—¡No soy cuadriculado! ¿Acaso tú vas por ahí repartiendo abrazos? Pues yo tampoco.

Tomaste sus palabras como un reto. Pusiste los brazos en jarras, levantaste la cara y te llevaste un dedo al ojo, exigiendo atención para lo que estabas a punto de hacer. A continuación, te acercaste a un grupo de chicas vestidas como lolitas, con muchos colorinches rosados, sombrillas de colores y corazones pintados en las mejillas. Tenían un equipo de música con la banda sonora de *Sonrisas y lágrimas,* y bailaban de un modo entre infantil y provocador. Cuando te acercaste, empezaba a sonar la canción de las notas musicales, posiblemente la más infantil de la película. Una tras otra, las chicas levantaban las sombrillas y enseñaban las piernas con coquetería. Te colocaste al final de su fila y, de improviso, te sumaste a su baile. No llevabas una sombrilla, claro, pero tus movimientos tenían ritmo, y una vez que te adaptaste a la coreografía, parecías haber ensayado con ellas para hacer la parte humorística del número. Levantabas las piernas a uno y otro lado, como un cancán surrealista, y las demás se las arreglaban para hacerte un lugar en su baile. Incluso añadiste tus propios toques, marchando con paso de ganso en las notas sol y la, un detalle que las demás aceptaron, e incluso imitaron en la última estrofa. Te veías tan cómoda y dueña de ti misma que los turistas te arrojaron una pequeña fortuna de monedas asumiendo que eras la líder. Y al final del número, entre los aplausos del público y de tus compañeras de baile, Max tuvo que admitir que había sido una demostración de espontaneidad notable.

—¿Y tú crees que yo no puedo hacer algo así? —preguntó.

Tú negaste con la cabeza.

—Que no lo haya hecho nunca no significa que no pueda.

Tú te encogiste de hombros. No le creías. Él se sintió obligado a demostrarlo.

Siguieron rodeando el parque hasta topar con un grupo de hombres, todos disfrazados de Elvis Presley. Eran cinco, con trajes de lentejuelas y un penacho de pelo domesticado con gomina. Igual que las chicas de antes, montaban coreografías, pero su banda sonora eran los clásicos del rey del rock. Formaban un baile de clones de Elvis. Sorpresivamente animado, y con la sensación de cometer la gran locura de su vida, Max se sumó a ellos. Se colocó en un extremo de la fila, como habías hecho tú antes, y repitió los pasos de sus anfitriones chasqueando los dedos. Tú te reíste, lo aplaudiste, mientras los Elvis continuaban la rutina sin darse por enterados de su existencia.

Su *performance* fue muy distinta de la tuya, sin duda. En ese momento estaban bailando *Suspicious Minds,* y conforme la canción avanzaba, las estrofas aumentaban de tensión, cargándose de energía para explotar en el estribillo. En correspondencia, los movimientos de los Elvis, que habían comenzado contenidos, se iban transformando. Cada vez que Max conseguía repetirlos ya habían cambiado, dejándolo abandonado y perdido en la melodía, como el advenedizo que era en realidad. Quizá debido a la certeza de que no volvería a ver a esas personas en su vida, o quizá animado por tu risa espumosa, no se avergonzó. Al contrario, intensificó sus ridículos movimientos, y cuando llegó el estribillo, saltó al centro del grupo y reprodujo mímicamente la letra con gestos épicos, que estimularon aún más tus carcajadas. Cuando el estribillo llegó a su momento culminante, coronado por una sección de vientos, Max ya era la anómala estrella del grupo, contoneándose fuera de compás mientras los demás le hacían la comparsa con los rostros profundamente serios. Tú te agarrabas los costados, que te dolían de tanta risa. Al final, la canción se apagó gradualmente mientras los bailarines sacudían las palmas abiertas y los brazos extendidos. Max se hincó en el suelo, con las manos en el corazón, para recibir la ovación de una imaginaria platea. Alzó la cabeza y te dijo:

—No soy cuadriculado.

Tú inclinaste la cabeza en señal de que admitías su argumento. Y cuando él abandonó el «escenario», le estrechaste la mano en una muestra burlona pero sincera de respeto y valoración.

Era la primera vez que lo tocabas desde que habían rodado por la cama del hotel. De hecho, incluso ese gesto le había parecido a Max una muestra de camaradería, no una expresión de sensualidad. Y ahora, mientras estrechaba tu mano, se preguntaba si se trataba de una insinuación sexual o de una travesura equivalente a la de dos hermanitos. Tampoco tu mirada revelaba tus expectativas. Max no conseguía leer en ella si lo considerabas un buen amigo, un turista entretenido o un amante. A lo mejor tú esperabas que él diese el primer paso. En realidad, no sabía bien cómo interpretarte. Buscó en su memoria algún episodio equivalente que hubiese vivido antes, algún encuentro amoroso furtivo. Pero no se le ocurrió ningún referente. Ni siquiera recordaba cómo fueron sus primeros momentos con Anaís, aunque en realidad prefería no pensar en ella. En última instancia, ni siquiera estaba seguro de cuáles eran sus propios sentimientos. ¿Qué esperaba de esa cita?

¿Quería prolongar una relación carnal o prefería profundizar en una amistad inocente? Por más que buscaba una respuesta en su interior, su corazón parecía la carta de ajuste de un antiguo canal de televisión. Su registro de emociones estaba sin señal, haciendo pruebas de colores.

Tú tenías hambre. Lo llevaste a uno de los carritos callejeros de comida basura que se amontonaban en la esquina del parque. Max esperaba ver hamburguesas o salchichas, pero sobre la parrilla cayó una mezcla de verduras y trozos de pulpo. Tú te besaste las yemas de los dedos para dar a entender que era una comida muy sabrosa. Max disfrutó de la imagen de tus labios frunciéndose en un beso. Tú te llevaste a la boca un trozo demasiado pronto, y te quemaste el paladar. Te abanicaste la lengua y dejaste los labios abiertos para no quemarte más. Te reíste. Cada uno de tus movimientos, hasta el más tonto, le parecía a Max dotado de una sutil elegancia, como los de un gato. Quiso tocarte, pero antes prefirió confirmar que querías ser tocada.

Mientras comían, echaron a andar por una larga calle llena de jóvenes, tiendas de ropa y puestos de comida al paso. Se cruzaban a cada momento con lolitas vestidas de rosa y góticos vestidos —más bien decorados— de negro mortuorio. O con combinaciones de ambos estilos. Max y tú entraron en un centro comercial donde vendían esa ropa. Le pediste que esperase, y desapareciste entre los puestos de venta. Durante unos diez minutos, él se entretuvo fisgoneando entre colmillos de vampiro, lentes de contacto rojas y sombras de párpados negras. Por los altavoces sonaba un grupo de rock que no reconoció, pero que hacía una especie de música religiosa distorsionada y estruendosa. Max sintió que estaba en la tienda de souvenires del infierno.

Alguien le tocó el hombro desde atrás. Max se volvió y encontró a una chica vestida como las criadas de fantasía de la cafetería que había visitado una vez con Ryukichi. La chica llevaba un delantal de servicio doméstico con minifalda y unas medias rojas que subían hasta sus muslos. Sus mangas estaban bordadas y decoradas con encajes. Sus zapatos tenían lacitos de colores. Max tuvo que volver a mirar para asimilar que eras tú.

—¿Qué te has hecho? —preguntó, entre divertido y aterrado.

Por toda respuesta, cerraste los ojos. En cada párpado te habías tatuado figuras de Hello Kitty.

Max lo tomó como un nuevo reto. Te pidió a ti que esperases y se internó en el centro comercial, seleccionando los accesorios más necrófilos que encontró y probándoselos ante los espejos. Volvió quince minutos después llevando una capa negra, un bastón y un sombrero de copa. Pero lo más novedoso era su maquillaje. Se había pintado la cara de blanco, y sobre ella, sus labios y sus pestañas brillaban con un reluciente color azabache.

Aplaudiste su nuevo aspecto. El propio Max se sintió protegido bajo esa máscara, como si hubiese dejado de ser él mismo, y todo lo que hiciese en adelante fuese responsabilidad de otro, de un extraño con sombrero y pinturas en la cara.

Max y tú salieron de la tienda así vestidos: la muerte y el amor paseando por Tokio. Se sumaron a los chicos que se exhibían en el parque. Escucharon tocar a un grupo de country japonés. Bebieron té de máquinas expendedoras. Bailaron con los monstruos.

A media tarde, mientras se sentaban a descansar en un parque, tomaste su mano. Sin decir nada, sin mirarte siquiera, él se concentró en el tacto sedoso de tu palma.

Lo llevaste al mismo hotel hindú de la vez anterior. Max notó que pagabas menos en la máquina. Al principio pensó que habías escogido un cuarto más barato, pero al cruzar la puerta reconoció el mismo espacio que ya conocía: la máquina de juguetes, el karaoke y, por supuesto, la cascada artificial en el rincón. Quizá cambiaba de precio según la hora. O tal vez era un precio de cliente fijo. De todos modos, no pensó demasiado en esas tonterías. No tuvo tiempo.

Desnudarte fue como quitarle la ropa a una muñeca. Empezó por tus zapatitos de juguete y siguió con las medias, que hizo correr con los dientes desde la calidez entre tus muslos hasta la suavidad de tus pies. Se detuvo en ellos para chupar cada uno de los dedos, gestos que agradeciste acariciándole la cabeza. Te habías sentado entre las almohadas con las piernas recogidas, abrazando tus rodillas, de modo que al levantar ligeramente la cabeza, él podía apreciar tu ropa interior palpitando bajo el delantal. Estuvo a punto de desviar la lengua en esa dirección, pero tú te adelantaste, atrayéndolo sobre tu cuerpo y encajándolo sobre él. Se acostaron. Te besó. Entre los pliegues del delantal asomaron tus pezones. Después de quitarte lo que quedaba de ropa, la lengua de Max se entregó a ellos. Primero lamió en círculos las aureolas, y luego, con ayuda de los dedos, se detuvo en la punta, masajeándola y estimulándola, calculando el efecto de sus movimientos según tu respiración.

Se dieron vuelta. O quizá tú te diste la vuelta, hasta quedar sobre él. Sus voluntades se habían mezclado, como si formasen un solo cuerpo, y resultaba difícil distinguir una de otra. Boca arriba sobre el colchón, Max apenas sintió el roce de su ropa al abandonarlo, su capa negra, su atuendo funerario, como serpientes de tela correteando por su cuerpo. Se concentró en la presión de tus manos, que revoloteaban por sus testículos, y se aferraban a su pene. Retiraste el prepucio, como la envoltura de una golosina, y metiste en tu boca ese miembro venoso y erecto.

Esta vez, acompañaste tu succión con los dientes. Rematabas cada bombeo de tus labios cerrando ligeramente las mandíbulas, lo que producía a Max un leve dolor en la base del glande, como la caricia de una piraña. Max, sin embargo, recibió el dolor con agrado. Apretó tu nuca para pedirte más. Le diste lo que querías, y tus dientes lo lastimaron con más fuerza.

Max abrió los ojos. Le devolviste la mirada mientras seguías mordiendo. Le sonreías con la misma cara que le habías puesto después de su baile en el parque, o cuando apareció con la ropa nueva en el centro comercial. Esa sonrisa era una felicitación, pero también una invitación. O más bien un reto. Max te dejó hacer cuatro o cinco veces. En cada una de ellas, tus dientes se cerraban con más fuerza.

Cuando el dolor llegó al límite de su resistencia, él te subió hasta su altura. El contacto de tus pechos arrastrándose sobre su torso aumentó su excitación. Trató de morderlos, del mismo modo que habías hecho tú con él, pero te zafaste de su abrazo y rodaste sobre la cama. Esta vez, Max no estaba dispuesto a dejarte escapar. Con un rápido movimiento, te retuvo por el cuello y te atrajo de vuelta hacia sí. Tu nuca chocó ruidosamente contra un borde de la cama. Temió estar aplicando demasiada fuerza, pero tú seguías sonriendo, así que se sintió confiado. Se acostó sobre ti. Lo recibiste con las piernas cerradas a cal y canto. Trató de introducir una rodilla como cuña entre ellas, pero una vez más lo empujaste, y él cayó de la cama estrepitosamente, acompañado por el eco sordo de tu risa.

Permaneció unos segundos acostado en el suelo, dejando fermentar en su pecho una extraña mezcla de excitación y furia. Y cuando asomaste por el borde de la cama, te arrastró hacia abajo. Consciente de lo que se venía, te resististe a su abrazo con uñas y dientes. Pero él, cada vez más airado, te empotró contra la pared con más violencia de la que parecía normal.

Se puso de pie y recogió su pantalón. Sacó unas monedas y se dirigió a la máquina expendedora. Desde tu rincón, donde esperabas petrificada, lo viste extraer un juego de esposas, abrir el paquete y acercarse a ti con un extraño brillo en la mirada. Sonrió. Todo tenía que ser parte del juego, nada más. Pero no le devolviste la sonrisa. Te tomó de los brazos, te arrastró hacia la cama y te arrojó ahí, golpeando tu cabeza contra la cabecera. Trataste de soltarte, pero él te abofeteó en cada intento.

En cuestión de segundos, los aros metálicos se cerraron sobre tus muñecas y quedaste atada a las barras, que sonaron como latigazos metálicos. Respiraste muy fuerte, en lo que podía ser un ruego para que Max se detuviese o justo lo contrario. En todo caso, él interpretó lo segundo. Vencida la resistencia de tus brazos, pudo separar tus piernas con las manos, y luego con todo su cuerpo. Te sacudiste rabiosamente. Max sintió el olor punzante de tus axilas, que tus muñecas encadenadas dejaban expuestas, y entró en ti, y volvió a entrar, como una estaca clavándose en la tierra.

Le bastaron cuatro o cinco minutos para terminar, y sintió su eyaculación como la erupción de un volcán, con lava caliente emergiendo de su interior y arrasando el suelo a su paso. Después de eso, quedó tumbado sobre ti, con la piel correosa por el sudor, dejando los minutos arrastrarse entre ustedes.

Una extraña sensación le remordía la conciencia. Quiso saber cómo te sentías. Pero tú seguías tumbada, con los ojos cerrados y los brazos estirados hacia atrás. Max se incorporó. Abrió las esposas y liberó tus muñecas, que estaban rodeadas por marcas rojas como cinturones. Se arrodilló a tu lado. Tú te volteaste dándole la espalda. Sintió el escozor de la culpa en su interior. Por fin, abriste los ojos. Una gota cayó de uno de ellos. Pero Max no podía saber si era una lágrima o sólo tu transpiración.

—¿Estás bien? —preguntó—. ¿Te he hecho daño?

Tú lo miraste como si acabases de despertar de un sueño. Luego estiraste la mano hacia su mejilla. Max sintió tus dedos deslizándose alrededor de su rostro, como si tratases de reconocerlo por el tacto. Luego te diste vuelta y lo atrajiste lentamente hacia ti, hacia tu pecho sudoroso y desnudo, como una madre protegiendo a su pequeño.

Él se dejó hacer. Recostó la cabeza entre tus brazos, escuchando los latidos de tu corazón. Tu pulso había vuelto a relajarse, igual que tus manos, que paseaban por sus hombros.

Igual que tus labios, que sonreían débilmente.

Igual que tus ojos, de nuevo cerrados, pero ahora con expresión de apacible dulzura.

XXV

Sobre un escaparate, más bien un pedestal, el módulo niño cantaba *Always on My Mind*. A diferencia del primer día de la convención, ahora todo su cuerpo estaba cubierto con tejido orgánico, pelo y ropa. Hacía falta mirarlo con mucha atención para percibir que era una máquina.

Max se fijó en la expresividad de sus ojos, que parecían seguir la música con genuina emoción. En las notas altas, cerraba los párpados para saborear la melodía con más intensidad. Al llegar al estribillo, enarcaba las cejas en una expresión de súplica y despedida. Al propio Max se le puso la carne de gallina al verlo.

Al terminar de cantar, el niño habló con una voz aguda y femenina:

—Buenos días, me llamo MILI: Módulo Interactivo Lúdico I. Vengo equipado con una colección de cinco mil clásicos de la música popular. Puedes adquirirme para amenizar tus reuniones de amigos o tus ambientes de trabajo, y descargarme nuevas canciones en www.mili-greatesthits.com. Bienvenido a un mundo de nostalgia y amor.

Mientras hablaba, sus ojos permanecían fijos, y su mandíbula sólo se movía verticalmente, arriba y abajo, como un muñeco de ventrílocuo. El aparato se volvía humano cuando cantaba, pero al hablar recuperaba su naturaleza mecánica, inanimada. Al menos eso pensó Max.

Esa mañana se sentía renovado y fresco. Al atravesar el salón de exposiciones y detenerse frente al módulo cantante, había sentido las miradas de sus colegas culebreando por su espalda. Pero esta vez, pensó que las merecía. Tenía razones para ser envidiado, y estaba orgulloso de esas razones.

Se acercó al pedestal y seleccionó en el repertorio de MILI *Only You*. El niño cantó, deteniéndose largamente en las vocales finales de cada verso. Max cerró los ojos para concentrarse en la música, que entraba en su cuerpo como un vapor de menta.

—Perdone, usted es Max, ¿verdad?

La voz rompió el hechizo de la canción, pero Max no pensaba dejar que nadie arruinase su buen humor. Se volvió. Frente a él estaba un colega de la corporación, un chico tan joven que parecía no haberse afeitado nunca. La etiqueta de su pecho decía Oggie.

—Sí, soy yo —Max procuró sonar antipático, pero el chico le tendió una mano emocionada y sudorosa. A oídos de Max, la melodía de *Only You* comenzó a sonar gris, opaca.

—Me alegro de conocerlo —se afanó Oggie sin soltarle la mano—. Ya sabe, con todo lo que se dice de usted...

—¿Qué se dice? —preguntó Max sin denotar ningún estado de ánimo en especial. No lo preguntaba para incomodar. Realmente quería saberlo. Pero el chico palideció. Miró hacia ambos lados. Trató de soltarse, pero Max se aferró a su mano cortándole la huida.

—Bueno... —balbuceó el chico—. Son sólo rumores. No hace falta...

—Sí hace falta —sentenció Max. El módulo empezó a cantar *Please Mr. Postman*. El sudor del chico se había extendido de sus manos a su frente, y parecía gotearle por todo el cuerpo.

—Ya sabe... —dijo con un hilo de voz—. Lo de usted y esa chica..., la camarera...

La respuesta desilusionó a Max. Los mejores especialistas del mundo en inteligencia artificial no eran más que un callejón de vecinas chismosas. Pero antes de que Oggie continuase, otra voz los interrumpió:

—Buenos días, Max. ¿Haciendo amigos?

Era Ryukichi. Max ni siquiera lo miró al contestar. Miró a Oggie:

—Este chico estaba explicándome las cosas que se dicen sobre mí.

Ryukichi no pareció escucharlo siquiera:

—Ya. Me temo que no tienes tiempo para eso. Tenemos que hablar.

El chico miró a Ryukichi como a un salvavidas en medio del mar. Pero Max no soltó esa mano, que a esas alturas estaba empapada, ni apartó la mirada de sus ojos.

—Que sea más tarde —masculló.

—Tiene que ser ahora —insistió Ryukichi.

Aprovechando que su piel estaba resbalosa, el chico se escapó de su apretón de manos. Y en cuestión de segundos, tras una rápida despedida con la cabeza, se confundió con los demás participantes del congreso. El módulo MILI canturreaba «*Wait a minute, wait a minute*» y sacudía el esqueleto, presa de un frenesí de baile preprogramado.

Ryukichi se veía estresado, y su habitual sonrisa socarrona había desaparecido de su rostro. Apresuradamente, llevó a Max a un almacén de la sala de exposiciones, un lugar lleno de cajas y anaqueles con números y códigos de barras. No había sillas, pero Ryukichi no las echaba de menos, porque no paraba de dar vueltas por la habitación. Era la primera vez que se veía fuera de control, o que proyectaba una imagen de debilidad. Y esa desprotección le daba un aspecto enteramente nuevo, como el cambio de piel de una serpiente:

—Tienes que salirte de esto —empezó diciendo—. Las cosas están muy feas.

—No tengo ni idea de lo que me estás diciendo, Ryukichi.

Ryukichi refunfuñó:

—Sí que la tienes. Y me parece una traición por tu parte. Yo fui sincero contigo, Max. Te conté todo lo que debía contarte, aunque me perjudicase. Habría podido mentirte u ocultarte información, pero te lo dije todo porque confiaba en ti.

—Y yo te he dicho lo que sé —respondió Max.

—¡No te hagas el idiota! Si quieres que coopere contigo, tienes que jugar con las cartas sobre la mesa.

Max ya conocía las triquiñuelas de Ryukichi. Pensó que trataba de sacarle información. Y como ya le había transferido todos los archivos de la empresa, no se le ocurría qué otra información podía proporcionarle. De todos modos, creyó necesario restablecer el principio de autoridad:

—En primer lugar, no me puedes hablar así. En segundo lugar, yo no te he llamado para «cooperar» conmigo. Tú trabajas para mí. Y por lo tanto, no estoy obligado a decirte nada que no quiera.

Las palabras de Max resonaron entre los anaqueles, devolviendo las cosas a su lugar. Max no sabía dónde había aprendido a actuar como un jefe, pero juzgaba para sus adentros que lo estaba haciendo bien. Sin embargo, Ryukichi estaba dispuesto a aumentar la apuesta:

—Entonces renuncio. Creo que necesitas a otra persona. Borraré toda la documentación que me enviaste. Borraré este episodio de mi memoria. No tienes que preocuparte. Mi discreción está garantizada. Pero en estas condiciones, no puedo seguir adelante.

Ryukichi se encaminó hacia la puerta del almacén. Había tomado por sorpresa a Max, que sólo podía recurrir a dos palabras para ganar tiempo:

—Espera, Ryukichi.

Y esas palabras dejaban a Max en el bando de los perdedores. Ryukichi se detuvo pero no volteó a verlo. Max tuvo que insistir:

—¿Qué pasa?

Ryukichi se tomó su tiempo para contestar. Ahora era él quien tenía el control. O quizá siempre había sido él.

—Yo no soy demasiado ortodoxo en mis métodos —admitió—. No me preocupa qué tenga que hacer para cumplir mis metas. Pero esto es demasiado, Max. No me importa lo que ustedes hagan. Pero para mí es un riesgo demasiado alto. No quiero que me metan en esto y luego pagar yo los platos rotos. De hecho, no sé si es una trampa de Kreutz. Como ya habrás notado, él y yo no estamos en el mismo equipo, y todo esto me huele a encerrona.

Max no quería dejar en evidencia su ignorancia, pero se le acumulaban las preguntas no formuladas. ¿Qué clase de «encerrona» podía ser? ¿Cuál era el «riesgo»? ¿Exactamente de qué estaban hablando?

—No creo que debas preocuparte —dijo para tantearlo—. Yo asumiré toda la responsabilidad.

—¿Firmarías eso? ¿Me lo darías por escrito?

Ryukichi parecía tener todas las preguntas preparadas. A esas alturas, Max sólo quería ganar tiempo:

—¿Qué te da tanto miedo, Ryukichi?

El japonés se apoyó en una estantería y encendió un cigarrillo, justo debajo del cartel de no fumar. Pero a Max no le pareció momento para consideraciones sanitarias. Al contrario, quería que Ryukichi se relajase. Él aspiró el humo lentamente antes de preguntar:

—No lo sabes, ¿verdad? No te estás haciendo el tonto. En realidad no lo sabes.

—No creo que estemos corriendo ningún riesgo en particular, o no más que cualquier corporación de nuestra envergadura. Riesgos son ganancias.

Ryukichi rió. El humo le salía por la boca y la nariz.

—Riesgos son ganancias. Pero no este tipo de riesgos. En algunos países, esto es ilegal. No en todos. Lo he averiguado. Pero sí en muchos.

—¿Te refieres a pasar material por las fronteras sin pagar aranceles? Tenemos un departamento legal, ¿no? Que se ocupen ellos. Deben haberlo revisado ya.

—Me refiero al material en sí.

—¿El material? ¿Piezas, chips, transistores, pedazos de plástico y metal?

Ryukichi lo miró con incredulidad. Max recordó artículos periodísticos que había leído en alguna parte. Pensó que comprendía, y quiso adelantarse a la respuesta de Ryukichi:

—Ya lo sé. El coltán, ¿verdad? O alguno de los minerales que extraemos de África. Crees que tratamos con mafias o grupos armados. No debes preocuparte. Nuestros sistemas de importación son serios. En fin, no sé qué hagan en todas partes, pero en general... —luego cambió de actitud—. De todos modos, dado tu pasado como estafador sin escrúpulos, nunca se me ocurrió que serías un activista de los derechos humanos...

—No sé si la palabra correcta en este caso es «humanos» —dijo un lacónico Ryukichi.

Max recordó a Golem, el papagayo, y las palabras de Kreutz:

Hacen falta cuarenta y dos criaturas de la naturaleza para diseñar uno como éste.

—Ya. Los animales.

—Bueno... En los registros figuran como «material biológico».

—Cada día me sorprendes más, Ryukichi. Ahora eres un ecologista convencido.

—No hace falta serlo para ponerse nervioso con esto.

—¿Nervioso? Ryukichi, matamos a los pollos y a las vacas. Es una ley de la naturaleza. ¿Qué más da si en vez de comérnoslos investigamos con ellos? Al contrario, si los empleamos para la ciencia, toda la humanidad saca provecho de sus cuerpos. Las hamburguesas sólo son de provecho para el que se las come.

Ryukichi miró a Max como si no lo reconociese:

—Vas perdiendo la inocencia a gran velocidad, ¿verdad? Hace sólo una semana eras un pajarito asustado.

—Ahora tengo responsabilidades, Ryukichi.

Sin ninguna consideración por las normas contra incendios, Ryukichi tiró su cigarrillo al suelo y lo apagó con la suela del zapato.

—Ah, sí. Responsabilidades.

—Más bien eres tú el que parece un pajarito. Como esos que según tú no deberíamos usar. En realidad, debería darte vergüenza mostrar tanta sensibilidad por los animales y tan poca por las personas.

Ryukichi suspiró. De repente, más que angustia, toda esa conversación parecía darle pereza. Un sopor denso como un vaho lo envolvía.

—Son las personas las que me preocupan, me temo.

Se levantó para irse. Pero Max tenía ganas de torturarlo, de vencer por una vez en el duelo dialéctico. Se sentía fuerte para derrotarlo con argumentos:

—Deberías pensar en todas las personas que se beneficiarán de los avances de la corporación, del progreso que ellos implican y de los nuevos horizontes que...

—No pienso en esas personas, no. Pienso en ti. Creo que te estás metiendo en un lío que ni siquiera eres capaz de entender. Y sobre todo, pienso en las personas que tenemos en cajas. Esas personas ya ni siquiera pueden defenderse.

—¿Pero de qué c...?

Ryukichi abrió la puerta. Más que molesto, parecía cansado:

—No traficamos con pajaritos, Max. Ni con ratas o conejos. Lo que tenemos en los laboratorios son personas. O eso eran. Supongo que, en su estado actual, el nombre adecuado es «restos humanos». Nuestra materia prima son cadáveres. No sé qué hagas tú, pero yo no los pondría en la carne de mis hamburguesas.

Y antes de que Max articulase una respuesta, Ryukichi cerró la puerta a sus espaldas.

XXVI

Para encontrar a Kreutz, tuvo que buscar a LUCI y seguirla por todo el edificio. A pesar de todas sus muestras de aprecio, el presidente no le había concedido a Max una línea directa. Ni siquiera había especificado si tenía un despacho en el mismo hotel. Afortunadamente, Max tenía a LUCI: a pesar de sus movimientos rígidos y sus frases hechas, ella resultaba un medio de comunicación más efectivo que cualquier directorio telefónico, y un guía más directo que cualquier ser humano.

Tras un rato de estéril persecución entre oficinas e invitados, Max siguió a la robot hasta el piso treinta y seis. Se internó con ella en un largo pasillo forrado de alfombras color crema y flanqueado por filas de puertas cerradas. El pasillo estaba sumergido en un silencio sepulcral, pero al franquear una de las puertas, toparon con la voz pontificia de Kreutz, que concedía una entrevista, o quizá un sermón, ante un periodista y un camarógrafo. Detrás del presidente, como fondo de la imagen de televisión, el infaltable Golem movía la cabeza de un lado a otro, igual que un guardaespaldas en estado de alerta.

Max se acomodó en un rincón y oyó a su jefe decir:

—Los nuevos módulos de la corporación se han puesto a la vanguardia de la inteligencia artificial. Tenemos máquinas capaces de reproducir conductas humanas como cantar, jugar con un niño o pintar. Así, estos módulos no sólo imitan la capacidad deductiva del hombre, sino sobre todo, su sensibilidad y su creatividad. Todo eso abre una nueva era en robótica.

—¿Están comercializando ya esos módulos? —preguntó el periodista.

—Se pueden apreciar en nuestra exposición, pero aún no se venden en serie. Serían demasiado caros. Además, la mayoría están en fase de prueba. Antes de colocarlos en el mercado, debemos estudiar sus aplicaciones específicas.

—¿Cómo se estudia eso?

Kreutz hizo una pausa. Pareció percibir la presencia de Max en la sala, y quizá lo saludó con un mínimo movimiento de cejas antes de responder:

—Hacen falta muchas pruebas. Incluso médicas. El ser humano es una máquina perfecta, con una gran coordinación entre sus músculos y un aparato óseo muy flexible. El solo hecho de manejar un martillo o un taladro, como hacen ya nuestros módulos de maquinaria industrial, implica una gran complejidad, y por tanto, una larga temporada en el laboratorio. Como suelo decir, Dios creó el mundo en siete días, pero la corporación Géminis necesita un par de días más.

El entrevistador se mostró satisfecho. La grabación terminó. Kreutz retiró el micrófono de la solapa de su traje y se colocó su audífono en la oreja antes de despedirse de los periodistas. Cuando Max iba a abordar al presidente, se le adelantaron dos japoneses y le estrecharon la mano. A juzgar por sus trajes y su actitud, debían ser ejecutivos de alguna firma importante. Kreutz los saludó con toda la amabilidad que le permitían sus gestos estirados y distantes, mientras Max se preguntaba si era correcto intervenir en ese momento. Afortunadamente, no tuvo que tomar una decisión. Fue Kreutz el que lo animó a acercarse:

—¡Qué sorpresa! Estaba a punto de llamarlo, Max —y luego, volviéndose a los ejecutivos—: Caballeros, éste es Max. Les he hablado mucho de él.

Los dos hombres asintieron y se deshicieron en reverencias, pero no hacia Max, sino hacia Kreutz. Por su parte, el presidente no se los presentó a Max, y ellos no le ofrecieron sus tarjetas. Peor aún, cuando Kreutz invitó a todos a sentarse y tomar un té, estaba hablando de Max en tercera persona. Sólo mientras los módulos domésticos correteaban a su alrededor sirviendo las tazas, el presidente volvió a dirigirle la palabra:

—Entonces, Max, ¿cómo va lo nuestro?

Max se hundió en su sillón. No sabía por dónde empezar. Los dos japoneses lo observaban silenciosamente desde un sofá, y aunque la pregunta había sonado puramente retórica, parecían dedicarle una gran atención:

—Creo que... deberíamos hablar al respecto a solas, señor Kreutz.

Kreutz descartó la propuesta con un gesto de la mano:

—Le aseguro que estos caballeros son de mi mayor confianza. Todo lo que me diga a mí se lo puede decir a ellos, ¿verdad, señores?

Los dos japoneses asintieron con énfasis, pero no dijeron una palabra. Kreutz les explicó con tono condescendiente, como si comentase los progresos de su nieta en la guardería:

—Max está rediseñando toda la estructura comercial de nuestra corporación. Es un trabajo que debería hacer un equipo de técnicos, ingenieros y abogados, pero él lo está realizando en solitario, ¿no es increíble?

Los japoneses volvieron a asentir. Max pensó en hablar de Ryukichi, pero consideró que no era un buen momento para darle el crédito que le correspondía. Dadas sus relaciones con Kreutz, quizá nunca lo sería.

—De eso precisamente quería hablarle, señor.

Dijo esas palabras con el semblante grave. Pero Kreutz le ofreció una respuesta relajada, para su sorpresa:

—Pero bueno, ¿qué le pasa? Parece que viene usted de un funeral.

Los japoneses rieron de un modo exagerado, y luego se encerraron de nuevo en su mutismo. Max pensó en las cajas con muertos. Buscó las palabras correctas para plantear sus dudas, pero Kreutz volvió a interrumpirlo:

—Además, no veo razón para que esté tan nervioso. Si son ciertos los rumores...

Con todo lo que se dice de usted.

—¿Rumores, señor?

—Oh, ya sabe usted, Max. Una corporación no deja de ser una gran familia. Unos hablan de otros y todos se enteran de todo, más aún aquí, reunidos todos en un hotel de una ciudad lejana.

Max trató de leer en el rostro de Kreutz a qué se refería. Luego lo intentó en esos rostros de ojos rasgados. Todos eran impenetrables.

—Perdone, señor, pero no comprendo a qué...

—Espero no importunarlo. Lo noto incómodo —Kreutz trató de sonar atento, pero parecía gozar con la situación—. Es una tontería, olvídelo. ¿Qué venía a decirme?

—Yo... pues... el tema es que...

Hay algo que deberías saber.

—¿El tema es...?

Kreutz sonreía. Max estuvo a punto de hablar, pero trató de poner orden en sus pensamientos. Antes debía averiguar por qué todo el mundo parecía estar hablando de él. Y aunque pareciera inadecuado preguntárselo a Kreutz, era él quien había sacado el tema a relucir.

—Perdone, señor, pero me gustaría saber a qué se refiere... si no... le importa.

Kreutz recuperó la seriedad, y lo mismo hicieron sus japoneses. Un pesado silencio cubrió la habitación como un manto. Kreutz retomó una sonrisa que a Max volvió a parecerle condescendiente, y dijo:

—Lo siento, Max. Es una chiquillada. No debí ni mencionarlo. Es por lo de su... amiguita.

Max pensó en ti. Recordó tu baile entre las chicas de las sombrillas y los trajes rosados.

La piel de tu espalda.

Las esposas.

Luego vinieron a su mente las palabras del imberbe de la sala de exposiciones.

Ya sabe... Lo de usted y esa chica... la camarera...

—¿Mi amiguita..., señor?

—¿Qué quiere que le diga, Max? Usted se lo ha buscado. Salir con una camarera del hotel es como publicar la noticia en el boletín de la corporación, ¿no cree?

Max se ruborizó.

Estaríamos pendientes de ti.

Con todo lo que se dice de usted.

Usted sabe cómo es la gente.

—Yo no pensé que...

Los japoneses se rieron. Kreutz paró las risas con un gesto seco.

—No veo de qué se avergüenza, Max. La gente habla de usted con envidia. La chica es guapa, sin duda. No se puede decir que sea muy conversadora, claro...

Los japoneses contuvieron la risa a duras penas, con sonidos nasales. Max deseó que lo tragase la tierra, pero calculó que estaban a más de cien metros sobre el nivel del suelo. Reunió lo poco que quedaba de su dignidad y dijo, apretando los dientes:

—No he venido a hablar de eso, señor...

—No se lo tome a mal, Max. Es sólo una pequeña broma entre colegas. No pensé que se enfadaría. Le ruego me disculpe. He sido inoportuno e insensible.

Las tazas de té estaban vacías. Antes de que nadie lo advirtiese, los módulos domésticos regresaron a la mesa con sus jarras. Su aparición distendió los ánimos.

—No hay problema, señor —dijo Max—. Un chascarrillo entre colegas es perfectamente comprensible. Más bien, agradezco esa demostración de confianza.

—Me alegro. Ahora, vamos al grano. ¿Qué me dice de la reestructuración? ¿Alguna dificultad, duda, inquietud?

Max habría preferido responder que todo iba muy bien. Eso lo habría hecho feliz. Reflexionó un poco antes de hablar. Desde que Ryukichi le había informado de lo que tenían en los almacenes, había pasado cada segundo ensayando diversas formas de planteárselo al presidente. Pero ahí sentado, frente a la actitud inexpugnable de Kreutz, le costaba repetir el discurso que llevaba preparado. De un modo abrupto, terminó por decir:

—He encontrado... información inesperada... y no la comprendo bien.

—Nuestras bases de datos están a su disposición, Max. Úselas. No tiene que venir a preguntarme todo. Usted ya no es un empleadito, ¿comprende?

—Esto es algo que... debo consultar personalmente.

—Me tiene usted intrigado, Max.

—Bien, señor, se trata de los... cuerpos.

—¿Cuerpos?

—Quizá deba decir... eehh... cadáveres, señor.

La mirada de Kreutz no se alteró. Acaso se volvió más curiosa, mientras daba un sorbo de su té.

—Me temo que no le entiendo, Max. ¿Es una especie de adivinanza?

Volteó sonriendo a los japoneses, que le devolvieron la sonrisa, como si fuese un actor, y ellos el público. En ese esquema, Max se sentía como el acomodador del teatro.

—Creo que están catalogados como «material biológico», señor. Pero son restos humanos.

Kreutz se dio por enterado relajadamente, como si hubiese olvidado las llaves o confundido una dirección:

—¡Ah, el material biológico! ¿Cómo lo ha llamado usted? —con un tono de voz burlón, de película de fantasmas, preguntó—: ¿Cadáveres?

—Bueno, es lo que son.

Los japoneses miraban alternadamente a Max y Kreutz, como asistiendo a un partido de tenis de mesa.

—Max, qué imaginación. ¿Cree que tenemos un cementerio en las instalaciones de la empresa?

—No lo creo, señor. Lo he verificado.

Una rápida sonrisa atravesó el rostro de Kreutz. Luego sus ojos volvieron a ser cubos de hielo grises. Después de una pausa acompañada por largos sorbos de té, preguntó:

—¿Alguna vez ha visitado una facultad de medicina, Max? ¿O un museo de historia natural?

Max recordó un salón con dibujos de animales y plantas. Un paseo de fin de semana. Una risa infantil campanilleó dolorosamente en su memoria.

—Sí, señor. Un museo.

—Ya. ¿Había cuerpos de animales? ¿Esqueletos de dinosaurios o roedores disecados?

¿Qué es eso, papá? ¿Es un oso? ¿Podría salir de ahí y comerme?

Podría comerte yo.

—Sí, señor.

—¿Se divirtió usted en el museo? ¿Pasó un rato entretenido?

¿Los dinosaurios comían helados y chocolates?

—Fue divertido, sí. Fui con mi hija. Es uno de mis últimos recuerdos de ella, a decir verdad.

—Lamento traerle recuerdos personales. No es mi intención. Sólo pretendo probar un punto: piense en esos animales disecados o conservados de un modo u otro, para la ciencia y para la educación de nuestros hijos. ¿Usted los llamaría cadáveres? ¿Le dijo a su hija: «Mira, querida, una colección de cadáveres»?

—Claro que no, señor.

—Claro que no —Kreutz había recuperado el efecto de rayos X de su mirada, como si escanease los pensamientos de Max—. ¿Y sabe por qué? Porque un cadáver está inerte, podrido. Un cadáver es pasto de gusanos. Un cadáver desaparece. En cambio, los animalitos del museo forman parte de la vida. Siguen ahí, interactuando con las personas. Algo de ellos vive en nosotros, en nuestro conocimiento, en la memoria de la humanidad. Lo que usted vio en el museo no eran cadáveres, Max. Los cadáveres están muertos.

Tú también estás muerto.

—Pero no estamos hablando de animales, sino de personas, señor.

Los japoneses ya sólo movían las pupilas de un interlocutor al otro, como si ellos mismos estuviesen disecados. Kreutz replicó:

—No. Estamos hablando de órganos. Tejidos. Células. Se experimenta con ellos desde que existe la medicina. Es lo más natural del mundo.

—Con todo respeto, señor, es legal investigar con órganos humanos. Pero nosotros estamos trasladando cuerpos enteros de un país a otro. Hay ciertos límites para eso...

—Que usted investigará y nos indicará, Max. Para eso lo he llamado, ¿verdad?

Kreutz no parecía molesto por tener esta discusión frente a elementos ajenos a la corporación. Al contrario, les dirigió la última pregunta a los japoneses, que asintieron. Parecían reaccionar en simultáneo.

Como dos gotas de agua.

—Como le dije, Max —continuó el presidente, hablando ahora como un maestro a un discípulo poco aventajado—, estamos diseñando una cadena de montaje global. Nuestros costos de investigación y desarrollo son muy altos. Los optimizamos trasladando material de un lado a otro en cada fase del diseño. Pero todo es perfectamente claro. Todo es legal. Y cuando no lo sea, usted nos lo dirá y nosotros adaptaremos nuestros procedimientos a sus recomendaciones. No hay secretos. No hay conspiraciones. Sólo un proyecto científico.

—Pero ¿qué tiene esto que ver con Géminis? Nosotros trabajamos con tecnología, con máquinas.

—Estamos buscando máquinas perfectas, Max. Máquinas que vayan más allá de donde nos ha llevado la tecnología hasta el momento.

Golem había guardado silencio desde el fin de la entrevista, y Max había olvidado su presencia. Pero ya que había comenzado, pensó llevar la conversación hasta sus últimas consecuencias:

—He escuchado que Golem no es una máquina. Que es sólo un papagayo y una buena estrategia de marketing. No me diga usted que es un... bueno, que él estaba... en una caja.

Los japoneses cuchichearon brevemente entre ellos. Kreutz respiró hondo, como si se armase de paciencia para enfrentar a un estudiante díscolo. Contestó:

—¿Por qué no lo comprueba usted mismo?

En un rincón de la habitación, se oyó un graznido. Como si las palabras de Max lo hubiesen ofendido, el papagayo hacía notar su mal humor. Kreutz, en cambio, mantenía la calma:

—Acérquese, Max. Échele un vistazo. Dígame usted qué es Golem.

Max se levantó del asiento bajo la atenta mirada de los japoneses. Una tensión lúgubre se apoderó de la habitación. Kreutz sorbía su té con aire distraído. Max se adelantó hacia el animal, que lo observaba desde su aro fijamente, inmóvil, con esos ojos que parecían los mismos de Kreutz. Max se detuvo a treinta centímetros del pico, que en ese momento parecía un arma blanca. Aunque el papagayo ni siquiera daba señales de respirar, no quiso dar un paso más.

—Acérquese sin miedo —oyó a sus espaldas la voz de Kreutz—. Golem no le hará daño si no se lo hace usted a él.

Max no avanzó más, pero alzó la mano lentamente, aproximándose al plumaje del pecho. Cuando estaba a punto de tocarlo, el pájaro se sacudió con violencia, erizó las plumas y abrió las alas. Max retrocedió sobresaltado hasta caer de espaldas en su asiento. Miró a Kreutz, que llevaba en la cara una expresión de burla. Max no quiso parecer un cobarde. Volvió a levantarse y se acercó a Golem con renovada convicción. El aro estaba situado a la altura de su pecho, de modo que sus ojos se cruzaban con los de Golem, lo cual confería al animal cierta presencia humana. Pero Max no titubeó esta vez. Levantó las dos manos con intención de defenderse si Golem reaccionaba con violencia. Sus dedos temblorosos pero decididos se alzaron hacia la cabeza del animal. Cuando hizo contacto con el plumaje rojo, Golem dejó escapar una especie de resoplido, como si le concediera permiso, y no se movió.

Max recorrió con las manos el pecho, las alas, el lomo y la cola. Al final, tenía el rostro peligrosamente cerca del pico, pero Golem no lo atacó. Se dejó tocar como un cachorro bien educado, con los enormes ojos abiertos y el pico entrecerrado, dejando ver una lengua gorda y blanquecina. Max se preguntó si todo lo que palpaba eran características naturales o mecánicas. Admitió para sí mismo que nunca había tocado un papagayo, y por lo tanto, no sabía con qué experiencia comparar lo que percibía.

—¿Y bien? —preguntó Kreutz, que había volteado su asiento para verlo. También los japoneses asistían a la escena con gran expectativa.

—No lo sé —dijo Max, casi en un susurro, mirando desconcertado a Golem.

Kreutz se puso de pie. Max sintió sus pasos a sus espaldas, acercándose. Fue una sensación más que un sonido. Kreutz caminaba en silencio, como los gatos.

—Y dígame, Max, ¿usted cree que a Golem le importa lo que usted piense de él?

Kreutz se había colocado justo detrás de Max, tan cerca que le echaba el aliento en la nuca al hablar. Extendió sus brazos hacia el papagayo y al hacerlo prácticamente abrazó a Max, como si lo protegiera del mundo.

—Me temo que no lo entiendo, señor.

Ahora, Kreutz acariciaba el plumaje de Golem, y al hacerlo, sus dedos se entrecruzaban aquí y allá con los de su empleado. Estaban fríos como barras de acero.

—Suponga, Max, que nadie piensa que yo soy un humano. ¿Dejo de serlo por eso?

—Yo no... supongo que no. Todos pueden estar equivocados.

—¿Y si soy yo el que se equivoca?

Golem se acomodó para dejar fluir esos dedos por su plumaje. Abrió el pico, pero no emitió ningún sonido.

—¿Señor?

—¿Conoce la paradoja de Putnam, Max?

—No, señor.

—Putnam es un filósofo que inventó un juego de palabras muy divertido. Una especie de fábula. ¿Quiere escucharla?

—Sí, señor —respondió Max, porque no pensó que podría decir ninguna otra cosa. Se sentía intimidado, con la voz de Kreutz soplando sobre su oído como una brisa antártica.

—Imagine que un científico loco toma un cerebro humano —dijo el presidente—. Quizá mata al dueño, quizá lo roba de la morgue, eso da igual. Digamos que arranca el cerebro del cráneo y lo pone en una bañera.

—¿Una bañera, señor?

—Una bañera con sangre y agua, y en fin, con todos sus líquidos nutrientes. El cerebro flota ahí como si aún estuviera dentro de la cabeza de su dueño. Bueno, mi versión de la historia le parecerá un poco morbosa. Putnam narra las cosas con más sobriedad, pero tengo cierta debilidad por el drama. En fin, el caso es que el científico conecta las terminaciones neuronales del cerebro a una gran computadora, una máquina muy sofisticada que emite estímulos sensoriales. ¿Me sigue?

—Creo que sí.

Kreutz soltó al papagayo y sus manos volvieron a su lugar. Una oleada de paz recorrió el cuerpo de Max. Pero al darse vuelta, Kreutz seguía ahí, en el mismo lugar, con el rostro tan cerca de Max como lo había estado el pico de Golem instantes antes. Hablaba sin emoción aparente. Parecía que hubiese activado una grabadora:

—Pues bien, esa computadora provee al cerebro de todas las imágenes que sus sentidos demandan: el olor del café, la luz del sol, el sabor de las manzanas, el sonido de la música, la piel de una mujer... Todo lo que ese cerebro percibe proviene de impulsos electrónicos generados por la computadora. Y esos impulsos son muy completos. En consecuencia, el cerebro *cree* que se despierta por la mañana, *cree* que desayuna, *cree* que va a trabajar y que tiene amigos, o incluso novias o hijos. Y que progresa. Y que envejece. En suma, cree que tiene una vida. ¿No le parece fascinante? Como en la película *Matrix*.

—Supongo que sí, señor.

—Pues bien, Putnam añade una reflexión aún más fascinante. Yo diría más: sorprendente. Un argumento que nos hace dudar de la realidad en que vivimos y a la vez nos atornilla a ella.

Al decir esto, Kreutz abrió los ojos hasta dejarlos casi redondos. Max no se animó a responder nada. No sabía adónde llevaría toda esta historia de científicos locos, pero sospechaba que no le gustaría en cualquier caso. Kreutz debía ser consciente de ello. Hasta donde Max había llegado a entender, este tipo de situaciones correspondía a su idea de la diversión.

—Ahora imagine —siguió el relato del presidente— que un día ese cerebro en la bañera tiene una iluminación, una revelación. A lo mejor sufre una conversión religiosa. O ve la verdad en sueños. Como sea, una mañana se despierta, cree que se despierta, y se dice a sí mismo: «Todo esto es mentira. Todo esto no existe. Yo no soy un ser humano, ni lo son mis amigos, mi esposa o mis hijos. Yo sólo soy un cerebro en una bañera, y todos ellos son ilusiones creadas con la ayuda de una computadora». ¡Taráán! Ha descubierto la realidad.

A espaldas de Max, Golem aleteó, como para recordarle que no podía retroceder, sin importar qué tan cerca estuviese Kreutz. Los japoneses habían desaparecido de su campo visual, ahora enteramente ocupado por la figura del presidente.

—Pues bien —volvió a la carga Kreutz—, Putnam defiende que, por mucho que tenga razón, ese hombre está loco. Vive fuera de la realidad. Aunque en realidad sea un cerebro en una bañera, cuando él lo afirma, lo que dice es falso. ¿Qué le parece, Max?

Max trató de recordar el adjetivo que el propio Kreutz había usado antes. Al final, lo consiguió:

—Sorprendente, señor.

—¿Quiere saber por qué?

Max lo único que quería era salir de ahí. A sus espaldas, Golem empezó a picotear el aro. Kreutz no esperó una respuesta:

—Porque en el mundo en que vive ese cerebro, ese mundo ilusorio e irreal generado por una computadora, hay cerebros y hay bañeras. Y las palabras que ese cerebro usa, las que cree decir en voz alta, aunque sólo las piense, se refieren a *esos* cerebros y *esas* bañeras. Si él afirma ser esas cosas, cualquiera de sus amigos, y con toda probabilidad su esposa, aunque sea una falsa esposa, se preguntarán razonablemente por su salud mental, y le enseñarán un cerebro y una bañera y le dirán: «¿Ves? Éstas son las cosas de las que hablas. Tú no eres esto. Tú tienes pelo, y codos y nariz. Tú no puedes ser esto. Lo que dices es incoherente con un dato vital básico, a saber, que existen cerebros y existen bañeras, y ninguno de los dos se parece a ti». El siguiente paso de la esposa, por supuesto, será internar a ese hombre en un hospital psiquiátrico. Un psiquiátrico irreal generado por la computadora, pero, a todos los efectos prácticos, horroroso.

Kreutz sonrió triunfalmente y por fin se alejó de Max, que sintió que el aire volvía a correr a su alrededor. Los japoneses seguían en su sofá y miraban a Max —o quizá al papagayo— con curiosidad. Kreutz regresó a su sillón y lo giró, mostrándole la espalda. Un largo silencio se expandió por el cuarto. Max se sintió obligado a decir algo:

—Pero... ese hombre... dice la verdad. Es un cerebro en una bañera. Tiene razón.

Kreutz no se volvió para responderle:

—¿Razón? No. Tener razón significa poder demostrar nuestras afirmaciones. Y él no puede demostrarlas.

—Pero ¡son ciertas!

—Quizá sean ciertas en el lenguaje del científico loco, Max. Pero no en el de ese cerebro, en el lenguaje que comparte con las personas con que vive. En *ese* lenguaje, lo que él afirma es mentira. O por lo menos, es una clara señal de estar tronado.

En ese momento, uno de los módulos domésticos se acercó con la jarra para servirle más té a Kreutz. Cuando terminó de verter el líquido en la taza, Kreutz dijo:

—Permítame explicárselo de un modo más gráfico, Max —y se volvió al robot—. Sírveme más té, por favor.

El robot repitió la operación, hasta que el té alcanzó los límites de la taza.

—Más —insistió Kreutz.

Como no estaba programado para discutir, el módulo vertió más en la taza. El líquido se derramó por los cuatro costados, inundando el plato y mojando parte de la mesa. Sólo entonces, Kreutz se volvió hacia Max:

—¿Ve usted? Las palabras son como esta taza. Sólo pueden contener lo que cabe dentro de ellas. Por mucho que queramos ponerles más, nada más cabe en su interior. Por mucho que el cerebro quiera alcanzar el mundo del científico loco, no puede referirse a él con el lenguaje de que dispone.

Max sopesó las palabras de Kreutz. Podía sentir que comprendía vagamente su sentido, pero aun así se le escapaban detalles, implicaciones, posibilidades:

—Lo que usted quiere decir es que ese hombre... o lo que sea... nunca podrá saber la verdad sobre su existencia.

A Kreutz le brillaron los ojos antes de afirmar:

—Está atrapado en su lenguaje, que marca los límites de su realidad. La realidad es lo que creen las personas con que hablamos.

—¿Y usted? ¿Usted es como el científico loco? ¿Golem es como el cerebro, que no sabe lo que es en realidad?

—Los animalitos no se hacen esas preguntas, Max. No son conscientes de *ser* algo en particular. No tienen ni siquiera palabras con que formular esos problemas. Su mundo es más pequeño que el nuestro.

—Pero los cadáveres... quiero decir, el material biológico... Usted no quiere diseñar papagayos..., quiere diseñar personas.

Golem chilló y se sacudió en su aro. Sobre la mesa, se expandía una mancha oscura de té derramado. Kreutz se llevó la mano al mentón y miró sin ver hacia la pared, en posición de meditación, como hablando consigo mismo:

—Sí, pero para eso tenemos una gran limitación. Crear una máquina de aspecto humano es caro, pero no imposible. Podemos ponerle ojos y pelo hasta a una escoba. El verdadero problema, Max, es el lenguaje.

—¿No podemos enseñarles palabras?

—Las grabadoras producen palabras, Max. Piense en LUCI, por ejemplo, y sus frasecitas de teletienda. Es una mala copia de una persona. Las personas emiten oraciones. Y la mayoría de esas oraciones son nuevas. Incluso una persona de inteligencia limitada pronuncia combinaciones de palabras que nunca ha escuchado antes. El lenguaje es una facultad creativa, difícil de producir industrialmente.

Max pensó que al fin se abría una luz en el túnel de sus dudas profesionales. Preguntó:

—¿Es eso lo que buscamos con la investigación biológica? ¿Reproducir la facultad de hablar en nuestros módulos?

Los japoneses seguían el diálogo con interés. Habían vuelto a su movimiento de tenis de mesa. Kreutz miró el reloj. Pareció escuchar algo en el audífono. Se levantó. Como impulsados por un resorte, los japoneses se levantaron con él. Antes de partir, quiso terminar la cátedra:

—Combinamos biología con tecnología. Hasta el momento, hemos conseguido resultados sorprendentes combinando órganos naturales con inteligencia artificial. Los llamamos «módulos autónomos». Toman sus propias decisiones y aprenden del entorno.

—¿Como LUCI?

—Mucho mejores. LUCI es una muñeca de trapo en comparación. Entre los módulos autónomos más avanzados, tenemos algunos diseñados para combatir la soledad. Ésos son mis favoritos, y en mi opinión, los que más futuro tienen. En las sociedades más prósperas, la gente no quiere tener hijos ni asumir demasiados compromisos. Las familias se diluyen, los divorcios aumentan. El ritmo de vida no permite establecer vínculos sólidos. En un mercado de esas características, ¿se imagina las posibilidades comerciales de una pareja artificial? Piénselo: una máquina que detecte las necesidades afectivas de su usuario en cada momento y encuentre soluciones para ellas. En pocas palabras, alguien que te quiera necesariamente, pase lo que pase, hagas lo que hagas.

Max pensó en ti.

En el salón de los gatos.

En tus párpados con dibujos de Hello Kitty.

Te quiero.

Kreutz seguía hablando, pero sus palabras le llegaban a Max de un modo cada vez más confuso:

—Los módulos autónomos se adaptan a lo que quiera el usuario. Son un espejo de sus deseos, incluso de los más ocultos. Por ejemplo, procuran placer sexual sin barreras, sin temores ni represiones.

Max recordó el hotel.

Tu pubis depilado.

Las esposas.

De repente, la voz de Kreutz sonaba lejana, como un eco de ultratumba:

—Todo eso es más de lo que suele ofrecer un esposo o esposa, y ya tenemos módulos que lo consiguen. Pero son mudos. El lenguaje es una aplicación demasiado compleja. Por eso, seguimos investigando, y probando la capacidad de adaptación de esos módulos a situaciones reales de interacción con humanos. Para llegar más lejos, necesitamos todo el talento posible, Max. Sin duda, es incómodo que la gente vaya por ahí contando cosas sobre usted y esa chica. Pero no le quepa duda de que vale la pena: estamos orgullosos de tenerlo en nuestro equipo.

Max se quedó de una pieza, tratando de procesar esas palabras como si él mismo careciese de lenguaje, mientras Kreutz le estrechaba la mano con sus habituales modales mecánicos. De manera automática, se volvió hacia los japoneses, aún sin entender qué estaba ocurriendo. Ellos hicieron un par de reverencias, pero una vez más, sólo para Kreutz. Como si en todo ese tiempo no hubiesen sido conscientes de la presencia de Max. Como si él también fuese un cadáver experimental guardado en un cajón.

XXVII

Toda esa gente que lo miraba por los pasillos. Los que se acercaban a saludarlo o a insultarlo. Como a una atracción de feria.

Le pagan también por eso o lo hace gratis.

Max atravesó el salón de exposiciones deseando desaparecer. Los módulos de servicio doméstico zumbaban a su alrededor, y él sentía las miradas de los demás empleados clavándose en su espalda.

No se puede decir que sea muy conversadora.

Max se encerró en su despacho. Afuera se oía la voz infantil del módulo cantante interpretando *Absolute Beginners*. Su asistente personal recibió un mensaje. Max pensó que debía responder. Al fin y al cabo, el asistente era el único que no se había reído de él hasta el momento:

Puedo conseguir mesa para dos
en un restaurante romántico.
¿Quieres que reserve? ¿Quieres más información?

Tal vez debería buscar algunas opciones de ocio, Max.

Recordó las palabras de Kreutz el día que se conocieron: el asistente personal se adapta a sus gustos.

Como tú, Mai.

Tenía que hablar con alguien, con quien pudiese. Con alguien que fuese sin lugar a dudas humano. En realidad, no tenía muchas alternativas. Su asistente personal no le proporcionaba amigos. Su asistente personal *era* el amigo, el único que siempre estaba a su lado, proponiéndole planes. Observándolo.

Él te hizo diferente.
Sabía que los demás estaríamos pendientes de ti.

En la pantalla sólo figuraban dos nombres: «casa» y «Ryukichi». Pulsó el segundo. La imagen del japonés se materializó. Estaba en un restaurante, comiendo o más bien embutiéndose una especie de gelatina de pescado. Tenía la boca negra de salsa de soya. Parecía de mejor humor que en el almacén:

—¿Aún quieres trabajar conmigo? No puedes vivir sin mí, Max.

—Ryukichi, tengo que pedirte algo muy serio.

—Si tiene que ver con las redes comerciales, olvídalo.

—¿Conoces a una camarera del hotel que se llama Mai?

Ryukichi paró de comer. Reprimió una risa que buscó salida a través de su nariz:

—No tan bien como tú, estoy seguro.

—Veo que estás al tanto. Eso facilita las cosas.

—¿Qué pasa? ¿Tienes otro trabajo sucio para el tío Ryukichi?

—Creo que sí.

Max estaba apoyado contra una pared, derramándose lentamente hacia el suelo.

Ryukichi apartó su plato y lo miró con atención:

—Bueno, ¿para qué están los amigos si no?

—No te necesito como amigo, sino por tu experiencia averiguando cosas de la gente. ¿Aún tienes esas... destrezas?

—Son difíciles de olvidar.

—Quiero que investigues a Mai, Ryukichi. Quiero saber su pasado, de dónde viene, quiénes son sus padres, dónde vive, si tiene novio...

Ryukichi guardó silencio. Max temió una respuesta que imaginaba, y que acaso toda la corporación conocía. Temió que la investigación culminase en ese momento con cuatro palabras: ella no existe, Max.

Pero Ryukichi, después de reflexionar unos segundos, se limpió las manchas de salsa de la barbilla y contestó:

—Está bien. Debe ser fácil.

—¿Lo harás?

—Tú me desprecias, Max. Pero yo voy sumando favores, ¿verdad?

Max sospechó que le cobraría ahí mismo esos favores, bien con su influencia sobre Kreutz o bien en metálico. Esperaba cualquier cosa de ese hombre.

—Has sido muy importante para mí en estos días, Ryukichi. No puedo negarlo.

—Quién sabe, a lo mejor soy tu amigo, ¿verdad? El desagradable Ryukichi con sus hábitos de comer y su manía de fumar, amigo del siempre impecable Max. Como la pareja dispareja. Como el Gordo y el Flaco.

Max se preguntó si al fin y al cabo era eso lo único que Ryukichi quería: amistad. Quizá aquella vez no le había contado su pasado con el cálculo de un tramposo, sino con la sinceridad de un compañero. Para Max, cada vez resultaba más difícil analizar las intenciones y los deseos de las personas. Se dio cuenta de que sólo tenía claros los tuyos, Mai, que eran transparentes y carecían de segundas intenciones.

—Somos amigos, Ryukichi. Aquí, de hecho, tú eres mi único amigo.

Max comprendió que podía haberse ahorrado el adverbio. No era capaz de recordar ningún hombre en que confiase en ningún otro lugar. Y si tenía alguno, probablemente se estaba acostando con su esposa Anaís.

—Así me gusta —rió Ryukichi—. Me gusta que nos pongamos sentimentales. Ryukichi también tiene su corazoncito. Aunque no sé si tú seas capaz de apreciarlo. Al fin y al cabo, eres un vendedor de cadáveres.

—Ryukichi...

—Ya lo sé. No me tomes en serio. Sólo trato de sacarte de tus casillas. Nunca te he visto perder los papeles. Es curioso, ¿no?

—No. No tiene nada de curioso.

Ryukichi recuperó su sonrisa de sarcasmo.

—Bueno, investigaré a esa chica. Eehh... sólo una cosa... ¿Esperas oír sólo cosas bonitas?

—Espero la verdad.

—Mejor. Es posible que encuentre cosas que no te gusten, ¿comprendes?

—Sí.

—Yo no juzgo lo que averiguo. Sólo recopilo información y la transmito. Te corresponde a ti decidir qué harás con ella.

—Entendido.

—Haré una primera exploración y te llamaré mañana. Adiós.

—Ryukichi...

—¿Qué?

—Gracias.

—Je, je. En estas cosas no se dan las gracias. Se dan las gracias por los favores. Pero a lo mejor yo te estoy haciendo una trastada. Tal vez te muestre algo que no quieras ver. Ni agradecer.

—¿Lo das por hecho?

—En este trabajo, es lo habitual.

—Te lo agradeceré de todos modos.

—Ojalá. Hasta mañana.

No dio tiempo a que Max se despidiese. Su imagen se borró de la pantalla, dejando un espacio negro, una ausencia digital.

Max esperó en el interior de su despacho hasta que la convención cerró sus puertas y todos los empleados abandonaron sus puestos. Cuando salió, la sala de exposiciones parecía un camposanto mecánico. El niño cantante se había quedado con la boca abierta en mitad de una nota. LUCI estaba agazapada en posición de servicio al cliente. Los módulos domésticos andaban salpicados por los rincones, como perros callejeros.

Al caminar entre todas esas criaturas, Max se iba deteniendo en sus ojos, que se habían quedado abiertos, como los de los muertos. Estaban muy bien diseñados. A simple vista parecían ojos humanos, cargados de expresión. Hacía falta fijarse con mucha atención para detectar el vidrio y el plástico en ellos. En la mayoría de los casos, Max se encontró más bien en su propio reflejo, engordado por esos globos oculares como espejos deformantes. Después, pasó las manos por esas cabezas y esos lomos como se hace con las mascotas fieles. Le sorprendió hallar las pieles suaves y los cuerpos tibios, incluso cálidos, como si estuviesen dormidos de pie, y él estuviese durmiendo pacíficamente con ellos.

Luego bajó a la cafetería del lobby, a buscarte.

XXVIII

Esta vez, Max te observó bajo una nueva luz. Estudió la delicadeza casi inhumana con que estirabas los brazos bajo el quimono. Al llegar a la bandeja, como un movimiento ritual, tu pulgar y tu índice atrapaban los platos y las tazas envolviéndolos en suaves caricias. Luego posaban cada pieza sobre la mesa con una ligera reverencia que repetías cada vez, como si la hubieses ensayado detalle a detalle. Max analizó con cuidado tus movimientos en busca de errores o irregularidades. Deseaba fervientemente encontrar alguna alteración del patrón.

Al descubrirlo ahí, de pie al lado de la barra, te le acercaste con una sonrisa de bienvenida. Hiciste un gesto de interrogación y señalaste el reloj.

—No —respondió él—. No llevo mucho tiempo aquí. Te estaba mirando. Tenía ganas de mirarte.

Tú recibiste sus palabras con un mohín de coquetería. Le enviaste un beso furtivo al vuelo. Max se fijó en tus labios flexibles, carnosos, humectados a la perfección. Atrapó el beso en el aire y te lo envió de vuelta. Tú abriste las dos manos para mostrar todos tus dedos:

Salgo de aquí en diez minutos. ¿Vienes conmigo?

Desde la última noche que habían pasado juntos, tus mensajes le llegaban tan claros como si los estuvieses pronunciando en voz alta.

—Sí —dijo él—. Para eso estoy aquí.

Te pasaste la lengua por los labios. Dibujaste una cascada con las manos.

¿Quieres ir al hotel?

—No. Quiero conversar contigo.

Sólo después de decirlo, Max comprendió lo absurda que era su propuesta. Pero a ti no pareció importarte. Asentiste y sonreíste una vez más, y luego volviste a servir las mesas. Al terminar tu turno, le dejaste a Max un té para endulzar su espera. Era un líquido rojo y humeante, como sangre caliente.

Paseando la mirada entre los clientes, Max descubrió a Ryukichi. Estaba sentado junto a los ventanales, su figura recortada contra el paisaje infinito de los edificios. Max quiso ahuyentarlo con un gesto discreto. Ryukichi se levantó y caminó hacia él con una mueca burlona. Max sintió un escalofrío. Se preguntó si, a pedido de él mismo, Ryukichi se pondría a espiarlos a ti y a él. Pero Ryukichi pasó junto a su mesa sin hablarle y siguió de largo. Aún en estado de alerta, Max lo acompañó con la mirada hasta que desapareció en uno de los ascensores.

Max respiró con alivio y completó su vistazo por la cafetería. Como los representantes de empresas usaban el comedor ejecutivo, la mayoría de los comensales ahí eran turistas. Ese paisaje de pelos amarillos y negros, de pieles blancas y marrones, le resultó relajante, como un jardín humano. Se preguntó si los gatos o los perros se encontrarían entre sí tantas diferencias como las personas, o si no se plantearían esas cosas en el pequeño mundo en que vivían.

Interrumpió sus pensamientos una figura inesperada, que desentonaba con el paisaje del lugar. Al principio, apenas notó esa presencia, que no llegaba a la altura de las mesas. Pero aunque reducida, era una presencia intensa. Y aunque el pelo le caía sobre la cara, Max podía distinguir que lo observaba con intensidad, a lo mejor con rabia. Al recordarla en el ascensor, frente a la oscuridad de un piso vacío, el corazón de Max se detuvo por unos instantes.

Te interpusiste entre Max y la niña del ascensor como un eclipse, interrumpiendo su momento de pánico.

Prepárate, dijiste con tus manos y tus ojos. Te voy a llevar a mi lugar favorito.

Al levantarse del asiento, Max deseó que la niña hubiese desaparecido, que fuese sólo una ilusión producida por la confusión y el cansancio. Pero ahí estaba, acechante. Max sintió la necesidad de tomarte de la mano. Comprendió que la cafetería debía estar sembrada de ojos indiscretos, pequeños vigías de la convención sin mejor tema de conversación que la calidad de sus teléfonos. Sabía que suscitaría miradas y comentarios. Pero lo necesitaba. La tibieza de tu mano era lo único que podía contrarrestar el escalofrío que bajaba por su espalda.

Su gesto te tomó por sorpresa, pero entrecerraste brevemente los ojos para disfrutarlo plenamente. Tú y él se pusieron en marcha hacia la salida, seguidos por la niña, que subió con ustedes al ascensor. Mientras descendían, colocaste tu cuerpo muy cerca del de Max, tanto que él podía sentir tu respiración. Los dos fijaron su mirada en las luces que indicaban cada piso, aunque cada uno de ustedes por diferentes razones: tú por costumbre. Él por miedo.

Max trataba de mantener los ojos lejos de la niña, pero a veces, sin querer, los espejos del ascensor le devolvían un destello de su pelo, un rincón de su vestido o un brillo de sus zapatos. A mitad del camino, tú pareciste fijarte en ella, como si la descubrieses. Apoyaste la cabeza en el hombro de Max e hiciste un gesto maternal. O quizá él sólo interpretó así una mirada dirigida a él, o a ninguna parte. A menudo se preguntaba si realmente te entendía o sólo te interpretaba caprichosamente.

En el primer piso, las puertas del ascensor se abrieron y Max sintió una bocanada de aire fresco. La niña continuaba en su rincón sin decir nada, y él tiró de ti, acaso con excesiva brusquedad, y abandonó el edificio con tanta prisa que tuviste que detenerlo en la esquina para recordarle que tú estabas guiando. Max volteó hacia la entrada del hotel. Constató con alivio que la niña ya no estaba. Probablemente ni siquiera había salido del ascensor.

Un peso abandonó sus hombros, y un relajado Max se dejó pasear por las calles. No fueron muy lejos. Doblaron en el edificio donde Max se había entrevistado una vez con Kreutz y su palo de golf, y continuaron por una calle muy transitada hasta llegar a un túnel. A Max le pareció que el aire se oscurecía más de lo normal en el interior del túnel, pero no era demasiado largo. Cuando terminó, ustedes subieron unas escaleras y tú te plantaste en el sitio y abriste los brazos. Habían llegado.

La explanada a su alrededor parecía un enorme parque, pero en vez de árboles y arbustos, estaba sembrada con piedras talladas. La mayoría de esas piedras eran sólo cilindros cortos con inscripciones a cincel colocados sobre placas cuadradas, pero también había monolitos más grandes. Los bloques de piedra estaban organizados en grupos y atravesados por senderos, formando barrios en miniatura. Los barrios más vistosos se adornaban con arcos, como portales vacíos, por los que pasaría un hombre a caballo. Te echaste a caminar sin rumbo entre ellos, como olvidada de Max. El parque debía medir en total unos cinco kilómetros cuadrados y estaba rodeado de altísimos edificios, como centinelas. Max tardó en comprender que estaban en un cementerio.

—¿Y éste es tu lugar favorito? —dijo.

Asentiste. Aquí vengo a pensar, te entendió él. Nunca había traído a nadie.

Una sombra cruzó entre los sepulcros. Max creyó reconocer a la niña. Desde la copa de un árbol, graznó un cuervo. Max levantó la vista. Las copas de los árboles estaban atiborradas de pájaros negros. Pensó en Golem, el papagayo. En busca de pensamientos más agradables, sus ojos te buscaron. Te acarició el cuello. Esta vez, incluso creyó oírte decir:

A veces, una está rodeada de gente, y aun así está sola. Las demás personas son como máquinas. Reaccionan automáticamente, pero no escuchan. Cuando yo siento que no me comunico con nadie, vengo aquí. Los muertos no te engañan, ni te desilusionan. Sólo comparten su paz contigo.

—Sé perfectamente a qué te refieres.

Se sentaron en una de las tumbas. Un cuervo graznó desde lo alto. Max sintió que alguien los miraba. Quiso creer que era sólo una ilusión. Trató de concentrarse en el tema que lo llevaba ahí:

—Me siento muy bien cuando estoy contigo, Mai. Tú me haces una mejor persona.

Tú pasaste tus dedos por la nuca de él. Una descarga de estática se extendió desde ahí hasta su pecho. Guardaron silencio. El sol iniciaba su descenso hacia los edificios de poniente.

—Tengo que hacerte una pregunta, Mai.

Estaban sentados uno al lado del otro, mirando hacia el infinito. Sus manos se juntaron y entrelazaste tus dedos con los suyos.

—No me tienes que responder —explicó—. No quiero molestarte.

Cerraste los ojos. Sonreíste.

—Sabes qué pregunta, ¿verdad?

Apretaste los dedos de Max. Volteaste a verlo. Había algo pícaro y a la vez triste en tus ojos.

—¿Por qué no puedes hablar? —quiso saber él—. ¿Es... un problema físico? ¿Es de nacimiento? ¿Desde cuándo eres... bueno... no hablas? No es un problema, ¿ok? Es sólo... que quiero conocerte. Conocerte mejor.

Bajaste la cabeza. Reflexionaste unos segundos, como si preparases todos tus recursos para explicarte, como un general planeando la ofensiva. El viento sacudió las ramas de los árboles y un grupo de cuervos alzó el vuelo. Sus alas negras parecían crespones en el cielo.

Por fin, te echaste a contar tu historia. Era una larga historia y tú hablaste sin parar, a tu manera silenciosa, dibujando imágenes con las manos, los ojos y el cuerpo. Era una historia que nadie había escuchado, y tú te expresaste con desesperación, como si hubieses esperado mucho tiempo por ese momento. Ni siquiera estabas segura de que él fuese capaz de entenderla. Mientras la contabas, buscabas a cada instante la comprensión a tu alrededor, en el rostro de Max, en los cuervos, y hasta en la fría piedra de los sepulcros.

XXIX

Yo tenía una voz hermosa, Max. La gente me quería por ella. No quiero decir sólo que mi voz les gustase, o que me pidiesen cantar para ellos en las fiestas. Quiero decir que me querían. Mi voz hacía sus vidas mejores, al menos mientras duraba cada canción.

Me especialicé en el repertorio de las divas del jazz, tipo Nina Simone o Ella Fitzgerald. Yo no tenía esa voz potente y gruesa que llaman «voz de negra» —un nombre injusto, por cierto, porque grandes cantantes como Anita O'Day eran blancas—, y sin embargo cantaba con un timbre ronco que daba a la música un matiz rasgado sin perder fuerza. Solía dejar para el final de mis actuaciones *I Say a Little Prayer,* que producía una salva de aplausos entre el público.

Mi voz, por así decirlo, era mucho mejor que yo. Sobre un escenario, podía concitar el amor de todo el que estuviese presente. En cambio, en el contacto personal, yo era una persona terriblemente tímida y aburrida. Debido a mi obsesión conmigo misma y el perpetuo ensayo musical que era mi vida, ni siquiera tenía muchos temas de conversación. Así que cada vez que conocía a alguien, era consciente de que esa persona no estaba hablando conmigo sino con la mujer que había visto en escena, esa fiera atractiva y segura de sí misma, que no se parecía en nada a mí.

Profundizar en una relación, por poco que fuese, equivaldría a desnudar mi verdadera y deprimente identidad. Incluso la perspectiva de una rápida aventura sexual sin consecuencias me aterrorizaba. ¿Y si era una mala amante? ¿Y si no era capaz de dar en la cama el placer que daba en el escenario?

La gente esperaba de mí que la hiciese feliz durante un par de horas con un piano y un contrabajo, y en efecto, eso era lo único que yo sabía hacer. Pero debajo de ese maquillaje había otra cara que nadie veía, y que se apretaba contra las almohadas en los cuartos de hotel para disimular su rabia, su frustración y su impotencia, antes de volver al teatro para seguir sonriéndole al mundo.

Con el tiempo, mi crisis personal se agravó. Y yo culpé de ella al público. Esa persona sin cara, o con múltiples y cambiantes caras, sólo tomaba lo mejor de mí, y me abandonaba a mi suerte durante el resto del tiempo. Mis actuaciones evolucionaron. Se volvieron más agresivas. Contraté a un nuevo arreglista y cambié de repertorio. Llené mis espectáculos con piezas de mujeres contra hombres, como *Why Don't You Do Right?* Empecé a beber. Peor aún, empecé a beber antes de subir a escena. A menudo cantaba ebria e insultaba al público entre canción y canción. Mis escándalos se fueron sumando. Abandonaba el escenario o me desmayaba en él, o golpeaba a los músicos, o pretendía cantar cosas que no habíamos ensayado.

Supongo que quería fracasar. Quería que ese público me abandonase como un marido abandona a una esposa histérica. Para mi sorpresa, el resultado de mis escándalos fue un éxito resonante, inédito. Las entradas para verme se agotaban en minutos. La prensa especulaba sobre cuál sería mi siguiente desplante. ¿Quemaría el escenario? ¿Le dispararía al pianista? Los críticos, fascinados, me bautizaron como «la diva punk del jazz». Los promotores, en vez de enfurecerse, me animaban a ser más radical. ¿Qué tal si me desnudaba en el bis o me comía algún animal vivo durante el concierto?

A fin de cuentas, yo había tenido razón: el público era una persona. Una mala persona. Un masoquista, ávido de ser maltratado, golpeado y vilipendiado. Y le encantaba que lo hiciera yo. Cuanto más intentaba ganarme su odio, más afecto me proporcionaba. Al final, incluso mis provocaciones más agresivas se volvían parte de la rutina. Si no hacía nada salvaje, el público me lo demandaba. Su cariño era mi prisión.

Ese círculo vicioso sólo podía romperse con una aparición milagrosa, con algo que impusiese un nuevo giro en mi vida.

Fue entonces cuando Tomine entró en escena.

Quizá sería más exacto decir que entró en la platea. Fue ahí, durante una de mis presentaciones, donde lo vi la primera vez. Es difícil explicar qué me llamó la atención en él. Llevaba el pelo largo, pero más allá de eso, sus rasgos eran por completo vulgares. Ni siquiera recuerdo cómo vestía. Y sin embargo, esa noche detecté su presencia.

En el siguiente concierto, volví a ver a Tomine. Y en el subsiguiente también. Por entonces, yo hacía una temporada de seis funciones en una sala de Shinjuku, y él siempre estaba ahí, mezclado entre los asistentes de la primera fila. A la tercera función, me empecé a fijar con más detalle en su indumentaria. Llevaba camisa roja y una chaqueta de pana negra. Por lo demás, salvo el halagador detalle de asistir a todas mis actuaciones, nada en él resultaba especialmente destacable. A la cuarta función asistió con el pelo recogido en una coleta. A la quinta llevó unos zapatos de charol brillantes. Y para la última, ya tarareaba de memoria todo el espectáculo. Por mi parte, yo canté toda esa noche de despedida mirándolo sólo a él.

Después de esa temporada comencé una nueva gira por ciudades cercanas, no más de cuatro o cinco. Tomine volvió a aparecer en cada una de ellas. Así descrito, da la impresión de ser un acosador obseso, un psicópata. Quizá debí sentir miedo al ver que me seguía a todas partes, pero

en esa época no pensaba con claridad, y sólo alcancé a ver
la parte halagadora de todo el asunto. Cada noche, inva-
riablemente, Tomine se sentaba ahí. Yo podía sentir su
emoción palpitando a través del espacio que nos separaba.
Al final de cada concierto, no aplaudía. Ni siquiera se
ponía de pie cuando lo hacían todos los demás. Daba igual.
Su discreta e infaltable presencia eran el único homenaje
que me hacía falta.

Conforme se sucedían las funciones, empecé a ponerlo a prueba. Añadía nuevas canciones al repertorio,
incluso algunas que nunca había cantado antes, sólo para
ver si él seguía la letra. Y siempre lo hizo. Claro que a
veces no se las sabía la primera vez que las escuchaba. Pero
siempre, para la segunda, ya las había aprendido de memoria. Desde el escenario, comprendía que no sólo yo
estaba cantando para él. Él también, a su manera inaudi-
ble, estaba cantando para mí.

Conmovida por su fidelidad, la última noche de
la gira salí a buscarlo. En esa función me había puesto
especialmente violenta, y al terminar el bis arrojé una
guitarra contra la platea que casi le cayó en la cabeza a
una señora. Como de costumbre, la respuesta del público fue eufórica. Los aplausos duraron más de diez minutos. Y como cúspide de mi desprecio, no salí a recibirlos.
En vez de eso, me calcé un sombrero y un sobretodo, y
así disfrazada, salí del camerino y me infiltré entre el
público.

Tomine seguía sentado en su butaca, cabizbajo y
solitario entre la multitud que gritaba mi nombre. Yo no
podía revelarle mi identidad precisamente ahí, pero decidí seguirlo sigilosamente hasta algún lugar más íntimo.
Tomine esperó un buen rato antes de levantarse, y sólo lo
hizo cuando la mayoría del público ya había abandonado
la sala, cansado de esperarme. Tomine enfiló por un callejón lateral, en dirección a un aparcamiento de motos. Esperé a que encontrase la suya y me acerqué.

Estaba a punto de ponerse el casco cuando me enfrenté a él. Lo hice histriónicamente, supongo que como lo haría un asesino o un ladrón en una película barata. Tomine se detuvo intrigado, pero no dijo nada. Entonces me quité el sombrero y me abrí el sobretodo. Actué de un modo ridículo, pero supuse que era lo adecuado en esas circunstancias. Pensaba que él se quedaría embobado ante mi aparición, que tartamudearía, como ante una aparición divina.

Pero no resultó. Lo cierto es que ni se inmutó. No dio señales de alegría, ni siquiera de sorpresa. Terminó el movimiento que había empezado, se colocó el casco, se montó sobre la moto y arrancó. Fui yo la que se quedó atónita en medio de la calle mientras su motocicleta desaparecía ruidosamente en la noche.

No supe cómo interpretar lo ocurrido. Durante muchos meses, tampoco tuve oportunidad de saberlo. Mi gira terminó, y con ella las apariciones de Tomine, que se convirtió en un recuerdo enigmático y cada vez más borroso, pero sin duda agradable, algo en que pensar cuando todo lo demás salía mal.

Y tuve ocasión de recurrir a ese recuerdo porque todo lo demás iba muy, muy mal. Me estaba planteando abandonar mi carrera. Había recibido propuestas para un disco y una nueva gira, pero no conseguía reunir las energías que esos proyectos requerían. Me pasaba los días tirada en la cama. Una vez tomé tantos tranquilizantes que estuve a punto de morir. Mi agente me encontró en el suelo del baño, con espuma saliendo por la boca, y me llevó al hospital para un lavado intestinal. En agradecimiento, en cuanto recibí el alta, rompí mi contrato con él. Había arruinado mi oportunidad para acabar con todo manteniendo un mínimo de dignidad.

Volví a encerrarme en mi casa, en mi cuarto. De vez en cuando no me quedaba más remedio que salir para comprar comida, o más frecuentemente alcohol. Vivía como si estuviese muerta, porque así me sentía.

Esa etapa de mi vida duró seis meses, durante los cuales hice todo lo posible por consumirme a mí misma. Me faltaba valor para un suicidio en condiciones, de modo que intentaba marchitarme o apagarme gradualmente, como la llama de una vela. Y supongo que lo hacía bien. Perdí la noción del tiempo. No podía distinguir el día de la noche.

Una noche, salí a la calle a comprar cigarrillos, y mientras volvía por un oscuro callejón del barrio, se desató una fuerte tormenta. La gente huía a guarecerse en bares o cafeterías. Riadas de agua anegaban la calzada, arrastrando botellas y bolsas de basura.

Yo no hui. Llovía a cántaros, pero seguí a la intemperie y sin paraguas. Cerré los ojos y dejé el agua correr por mi ropa y mi cuerpo, tentando una pulmonía o esperando que me partiese un rayo. Y en cierto sentido, eso fue lo que ocurrió. Un relámpago sacudió el cielo y bajo su luz, durante una fracción de segundo, apareció Tomine.

En la oscuridad posterior, mi corazón se aceleró. Estaba segura de haberlo visto, con la misma mirada indiferente que me había dedicado la última vez, en el aparcamiento de motocicletas. El siguiente relámpago confirmó que era él, pero no en carne y hueso: era un cartel, con su foto en tamaño natural. En la imagen iba vestido de negro, con media sonrisa colgando del rostro y su nombre en letras de molde. Fue entonces cuando descubrí que se llamaba o se hacía llamar Tomine. El cartel anunciaba un espectáculo. No especificaba qué clase de espectáculo, pero indicaba la fecha, hora y lugar. La tormenta amainó minutos después, y yo no supe si era un buen o mal presagio.

Pasé días en la cama con una terrible gripe, y entre el vaho febril de mis pensamientos, el retrato de Tomine volvió una y otra vez. Me pregunté si era un cantante como yo, o a lo mejor un pianista. Luego comprendí que no tenía que ser un músico necesariamente. Tal vez era un actor o recitaba poemas o... La curiosidad me remordía más que la fiebre.

La noche anunciada en el cartel, me levanté de la cama y asistí a verlo. Antes de que comenzase la función traté de deducir el género del espectáculo por el aspecto de su público, pero no saqué nada en claro. Esa gente no era ni muy joven ni muy vieja, ni conservadora ni alternativa. Parecía lo que uno llamaría «gente normal», que es simplemente gente sin nada de particular.

Tomine salió puntualmente a un escenario donde sólo lo esperaban un micrófono y una silla. Como suele ocurrir, en escena parecía más alto. O quizá la impresión se debía a su impecable traje negro y a su pelo sedoso y largo. No llevaba instrumentos musicales ni adornos. Mientras él se preparaba para comenzar, yo temblaba, no sabía si por la fiebre o por la expectación.

Después de unos segundos que me parecieron siglos, Tomine comenzó a hablar. Entonces comprendí que su género artístico era el único que no se me había ocurrido: contaba chistes.

Bueno, supongo que hacía algo más que contar chistes. Las cosas que decía eran inteligentes, una mirada cómica a la vida cotidiana. El caso es que Tomine apenas dijo unas palabras y el auditorio se vino abajo a carcajadas, y así continuó durante la siguiente hora y media. Yo misma sentí que mi mandíbula se sacudía de su entumecimiento. Me sorprendí. Llevaba tanto tiempo sin reír que había olvidado cómo hacerlo.

Lo más extraño es que Tomine lograba ese efecto sin reírse él mismo. Al contrario, toda su presentación era la narración de una larga serie de desgracias que él contaba con el semblante serio, a veces incluso triste.

Comencé a asistir a todas sus funciones, como él había hecho antes conmigo. Igual que yo, él nunca hizo notar si sabía que yo estaba ahí. Memoricé sus bromas y las recité mentalmente mientras lo veía. Pero sobre todo, comencé a reír.

Y sin embargo, a la tercera o cuarta vez de ir a sentarme en primera fila, empecé a preguntarme si él también se estaba riendo, o si realmente estaba contando su vida. No podía olvidar que yo había exteriorizado mi verdadera rabia en el escenario y el público siempre consideró que era sólo un elemento del espectáculo.

Después de la última función, me sentí tentada a buscar a Tomine en su camerino y agradecerle que me hubiese regalado una razón para levantarme de la cama todos los días. Y sin embargo, no me atreví. Si quería llamar su atención, tendría que buscar otra manera. Honestamente, tampoco tendría que buscarla demasiado, porque en mi caso sólo había una, la única, la misma que yo había usado siempre para atraer la atención de los demás.

Llamé a mi agente. Le pedí perdón por mi comportamiento desconsiderado. Me encerré a preparar y grabar un nuevo disco. De repente, había vuelto a la vida, pero tendría que vivirla rápido, porque para conservarla necesitaría dar conciertos, mirar hacia la platea y encontrar en ella a Tomine, siguiendo con los labios cada canción.

Por fin llegó el día de mi estreno. Como un guiño a mi admirador favorito salí al escenario como lo hacía él, con un traje negro masculino, y hasta conseguí una silla igual a la suya. Pensé que esos detalles lo cautivarían, y que no podría resistirse a buscarme después de la función.

Pero esa noche, él no estaba ahí.

Y tampoco la siguiente.

La temporada constaba de diez conciertos, y en los cinco primeros, Tomine no se presentó, o si lo hizo, permaneció en los asientos de atrás, donde era invisible. En realidad, no era tan raro. A lo mejor simplemente le había gustado mi disco anterior. Todo lo demás era un invento de mi imaginación alterada por la soledad, una patética ilusión nerviosa.

Me puse furiosa.

Me puse enferma e irracional.

Amenacé con cancelar la temporada, las giras, todo. Seguí adelante con la temporada, pero en el sexto concierto, hice algo más perverso aún: canté mal. También fingí que olvidaba las letras, que no llegaba a las notas altas y que me quedaba sin aire a mitad de las estrofas. En vez de ponerme provocadora, me volví incompetente. Y resultó. Muchos espectadores se levantaron de sus butacas y se fueron. Otros me silbaron. Y al terminar, mi agente anunció que me abandonaba y que me mandaría a su abogado al día siguiente. Me daba igual. Tampoco le hablaría a su abogado.

No recuerdo si el abogado me buscó o no al día siguiente. Lo único que recuerdo de esas veinticuatro horas fue la función de la noche. Porque esta vez, Tomine estaba ahí. Volvió a las siguientes funciones, y luego acompañó cada escala de la gira. Y cada noche, yo canté como si lo hiciese por primera y última vez.

Si hubiese que fijar una fecha para celebrar el inicio de nuestra relación, sería ésa. Porque a partir de entonces, yo también empecé a seguir sus actos y sus giras. Me esmeraba por que nuestras agendas no coincidiesen, y él debía hacer lo mismo, porque siempre que yo cantaba, lo veía en la platea.

Una tarde, durante una prueba de sonido, recibí en mi camerino un sobre. No tenía remitente ni firma. Pero yo sabía de quién era, incluso antes de abrir el sobre y desdoblar el pequeño papel que decía sólo:

TORRE DE TOKIO
MAÑANA 10.30 A. M.

Por supuesto, asistí a la cita. La mañana en cuestión, una fina bruma cubría la ciudad. Tomine ya estaba ahí cuando llegué, apoyado en una baranda, contemplando la vista. Por alguna razón, no me acerqué a él directamente. Antes quería verlo de cerca, fuera del contexto del teatro, bajo la luz natural del sol. O quizá quería que él se acercase a mí, y no al revés. Aunque lo más probable era que tuviese miedo de conocerlo, hablarle y romper el extraño hechizo que nos unía. ¿Y si no teníamos nada de que hablar? ¿Y si resultaba ser un idiota? Es delicado conocer a alguien que antes has visto sobre un pedestal, porque las personas de carne y hueso son siempre menos bellas que las estatuas, y pueden resultar decepcionantes.

Supongo que Tomine pensaba lo mismo, porque no me habló. No se me acercó en ningún momento. En cierto instante me pareció vislumbrar su enigmática media sonrisa, pero tampoco esta vez podía asegurarlo. Sencillamente, pasamos ahí veinte minutos en silencio. Después de eso, pareció armarse de valor y venir hacia mí. Seguí sus pasos con el alma en un hilo mientras se acercaba. Pero tres metros antes de llegar, se desvió hacia el ascensor y desapareció entre los turistas.

Tú pensarás que me puse furiosa, que después de ese desprecio, decidí no volver a verle.

En realidad, sentí alivio. Había pasado todo el tiempo con el corazón en la boca, y tras su partida, volvió a mi pecho. Al menos esa mañana no habría decepciones, ni por su parte ni por la mía.

Tras la función de esa noche, recibí otra nota en mi hotel:

MERCADO DE TSUKIJI
11.00 A. M.

Y tras la siguiente, una tercera:

ROPPONGI HILLS
9.30 A. M.

Y así comenzó el juego. Tomine solía citarme en lugares públicos llenos de gente para buscarme entre la multitud. Me hacía seguirlo. O me seguía él y yo lo adivinaba en los reflejos de las ventanas o en los espejos de los coches. Nunca nos hablábamos. Después de un par de meses, yo también empecé a dejar notas en su camerino durante sus ensayos. Y nuestros lugares de reunión se multiplicaron. Ya no nos limitábamos a las atracciones turísticas. Podíamos vernos en un aeropuerto o una estación de tren, cada uno desde una cola frente a los mostradores. O entre el público de un combate de sumo. A veces yo tomaba un barco sólo para ver un momento a Tomine, de pie en alguno de los puentes sobre el río. O me quedaba en una esquina, sabiendo que él me veía con unos binoculares desde la terraza de un edificio. No puedo explicar por qué, pero yo sabía cuándo me miraba y cuándo no. Podía sentir sus ojos sobre mí, como electricidad estática.

Pero sé lo que estás pensando. Lo que pensaría todo el mundo. Yo pensé lo mismo: esto no es suficiente. Esto ni siquiera es «normal».

Después de un año encontrándonos para mirarnos furtivamente entre la gente, Tomine me citó precisamente aquí, en el cementerio de Aoyama, una tarde llena de nubes grises como trapos viejos en el cielo. Éste era el lugar más solitario en que nos habíamos citado, así que difícilmente encontraría una oportunidad mejor de hablar con Tomine.

Ese día, él quería jugar al escondite. Surgía de improviso de alguna tumba, y cuando yo me acercaba, él ya no estaba ahí. El juego continuó durante una hora, y mi paciencia se fue agotando tumba tras tumba. Al topar con la última, una lápida llena de polvo y hojas secas, grité a voz en cuello:

—¡Ya basta!

Mi voz se multiplicó entre los sepulcros y rebotó contra los edificios que rodean el cementerio. Algo se quebró.

Tomine abandonó su escondite. Me sorprendió descubrir que no estaba oculto muy lejos, detrás de un árbol a un par de metros de mí. No sonreía. Su mirada reflejaba, más que extrañeza, estupor, como si al hablar —más bien al gritar— yo lo hubiese traicionado o engañado. En cambio, mi mirada debía ser una súplica ansiosa.

Cuando llegó a mi altura, ni siquiera conseguí articular una oración. Lo único que conseguí hacer fue sacar de mi bolso un papel y dárselo. Llevaba escrito el nombre de un hotel y el número de una habitación, la fecha del día siguiente y una hora. Era nuestra próxima cita. Esta vez, una cita de verdad.

Tomine examinó la nota como si fuese su testamento. Se quedó viéndola un rato con expresión vacía. Sólo necesitaba que él hiciese algo al respecto, lo que fuera. Levantó la vista y fijó sus ojos en los míos. Quise leer en ellos un matiz de deseo, pero eran inescrutables, como un alfabeto extraño. Finalmente asintió.

Con ese movimiento de cabeza me bastaba. Eso era un sí, sin duda. La sangre se alborotó en mis venas. Se me puso la carne de gallina. Me temblaron las rodillas.

Hice una reverencia y me alejé de él dejándolo ahí, en medio del cementerio. Yo hervía por dentro pero aparentaba calma por fuera, y quería pensar que él también. Tan sólo habíamos cambiado un poco nuestras reglas. A partir del día siguiente, jugaríamos a más cosas.

No hace falta que te describa la habitación de hotel que había escogido. Tú la conoces bien.

La noche siguiente estábamos citados para las nueve. Pero yo reservé la habitación desde las ocho y pasé una hora asegurándome de que todo estuviese a punto. Quería prepararme. Me puse el traje negro e incluso llevé la silla. Acaricié las sábanas para comprobar su suavidad. Quería eliminar cualquier posibilidad de error o distracción. Estaba más nerviosa que antes de un concierto.

A las nueve, me senté sobre la cama a esperar el sonido de sus nudillos en la puerta.

A las nueve y cuarto salí al pasillo. A lo mejor se había confundido de habitación.

A las nueve y media, bajé hasta la puerta de la calle.

A las diez abandoné la habitación llorando. Y no paré de llorar en dos días.

Me quedaba la esperanza de que todo fuese un malentendido, y la vida volviese a ser como antes de mi error. No volví a recibir mensajes de Tomine, ni a verlo entre el público. Tomine no volvió a dar un espectáculo, ni se volvió a saber de él.

Desapareció sin dejar rastro y eso fue todo.

Primero dejé de cantar. Mi voz no había hecho más que meterme en problemas y causarme penas. Y antes de que continuase destruyéndome, yo la abandoné a ella. Pero semanas después de retirarme, comprendí que, si no iba a cantar, tampoco hacía falta que hablase. Mis únicas relaciones verdaderas con las personas se habían dado a través de mi música, y con Tomine, la única vez que había hablado sólo había conseguido despedazar lo que teníamos.

He vivido en el silencio desde entonces, y seguiré haciéndolo. Pero me alegra haberte conocido, y haber estrenado contigo ese cuarto de hotel. Mañana la convención habrá terminado y tú te irás, pero yo me acordaré de ti cada vez que abra mi caja de música y escuche *Only You*. La he traído conmigo, ¿ves? Aquí, entre las urnas de piedra, con el sol desapareciendo del cielo, da la impresión de que el cantante está aquí mismo, jugueteando con las cenizas de los muertos. Es tan vívida la sensación que hasta me parece que alguien nos observa en secreto, desde algún lugar del cementerio. Pero supongo que me equivoco. Ya has visto cómo me gusta dramatizar. Lo que yo siento como una presencia humana espiándonos no debe ser más que la mirada negra de los cuervos.

XXX

—Queridos colegas, bienvenidos al final.

Una vez más, como el primer día, Kreutz se dirigía a sus subordinados desde un pedestal, de pie bajo una luz cenital. A sus espaldas, contemplaba la escena una fila de sus criaturas, como reflejos metálicos de los participantes que se amontonaban frente al podio.

—Durante estos días, hemos pasado revista a los últimos avances de la corporación, y a los próximos. Hemos reforzado nuestras redes comerciales y, por supuesto, hemos cerrado una alianza estratégica con dos empresas líderes en ingeniería genética, para quienes pido un aplauso.

Los reflectores iluminaron a dos hombres en un rincón. Eran los japoneses que habían estado con Kreutz en su último encuentro con Max. Los asistentes aplaudieron. Las máquinas dejaron escapar zumbidos y vibraciones. Un cuadrado y torpe DEV pareció mirar a LUCI con la envidia que les dedican los viejos a las nuevas generaciones. Kreutz continuó:

—Dominamos técnicas cada vez más vanguardistas para combinar lo mejor de la naturaleza con lo mejor de nuestra propia inventiva. Y esto es sólo el principio. Nuestros módulos autónomos aún se encuentran en etapa de pruebas. Pero estoy en condiciones de afirmar que pronto, cuando yo ofrezca discursos como éste, los productos Géminis no estarán a mis espaldas, sino ahí delante, mezclados entre ustedes. Es más, quizá ya lo estén.

Cierto rumor se desencadenó entre el público. Max te miró. Tú ofrecías copas de champán entre los asistentes.

Correspondiste a su mirada con un gesto cómplice mientras sonaba el discurso:

—Si alguno de nuestros módulos autónomos estuviese ahora aquí, probablemente ninguno de ustedes podría distinguirlo de otro colega. Probablemente lo llamarían «jefe».

Una risa se extendió por la sala como una mancha de aceite. A ti casi se te cae la bandeja. Max pensó que no podías ser una máquina. Tú tenías una historia personal. Tenías recuerdos.

Hasta los cerezos tienen memoria.

—Y sin duda, queridos colegas —siguió Kreutz—, un módulo autónomo cobraría mucho menos que ustedes.

Los asistentes estaban muy divertidos. Uno de ellos, que Max no pudo identificar, mantuvo una risa nerviosa incluso cuando los demás ya habían apagado sus carcajadas. Kreutz asumió un tono más solemne:

—Pues eso que les da tanta risa, caballeros, requiere una gran inversión de recursos. Si queremos grandes beneficios, necesitamos poner en juego grandes apuestas. Nos acercamos al umbral de algo totalmente nuevo y desconocido. Y debemos experimentar mucho para dar cada paso.

Max sintió las miradas clavándose en su espalda como cuchillos. Pero a lo mejor era sólo una pequeña paranoia.

Como se habla tanto de usted.

Es por lo de su... amiguita.

Tenía que ser mentira, sin duda. No tenía ninguna lógica. Un rumor estúpido propagado por Kreutz y creído a pies juntillas por sus estúpidos colegas de Géminis, igual que Golem.

Es sólo un maldito pájaro.

Seguramente esos rumores le servían a Kreutz en su pelea con el directorio para conseguir financiamiento. El presidente era inescrupuloso y quizá, como decía Ryukichi, tenía un problema psiquiátrico.

No se puede decir que sea muy conversadora.

Max recordó el día anterior. Tus manos entre las suyas, tu larga confesión, el temblor de tus pestañas mientras fluían tus recuerdos. Pensó que Kreutz no sólo estaba desquiciado, sino tratando de desquiciar a todos los demás. Su absurdo encargo de trabajo a Max, esa reestructuración imposible, era una manera de desestabilizarlo. Volvió a mirarte mientras te deslizabas entre los trajes grises. Tus movimientos eran tan sutiles. Tus gestos tan... humanos. Repentinamente, notó que esa vez no había módulos de servicio doméstico sirviendo las copas.

—Soy consciente —seguía diciendo Kreutz— de que muchos de ustedes aún dudan de nuestras posibilidades, a pesar de todo lo que he hecho para demostrarlas. A quienes piensan así, sólo puedo decirles que su duda también forma parte de nuestra empresa, y nos obliga a ser aún más claros en nuestro mensaje y más eficientes en nuestro trabajo. Queridos colegas, más bien, queridos amigos, Géminis nos necesita a todos igual que una máquina necesita de todas sus piezas para funcionar al cien por cien. En esta convención he podido constatar la calidad de nuestras piezas. Y antes de separarnos, permítanme decir que formamos una máquina perfecta, como un reloj de joyería. Muchas gracias y salud.

Los asistentes aplaudieron como si hubiesen asistido a una función de teatro. Kreutz alzó su copa, y un mar de burbujas se elevó ante él en las copas de sus empleados. Cuando se llevaron todo ese champán a los labios, la iluminación cambió. Los focos blancos se volvieron rojos y morados, y una bola de espejos descendió desde el techo. Sobre el podio de Kreutz, de repente estaba el niño cantante, que apoyándose en una pista pregrabada, la emprendió con *I Will Survive* de Gloria Gaynor. En cuestión de segundos, la sala se convirtió en una fiesta. Bajo el influjo de la luz negra, los trajes grises tomaron colores inesperados. Los cuerpos habitualmente inanes de los empleados de la corporación se sacudieron al ritmo de la música. Kreutz desapareció, y a ti te tragó la multitud.

Rodeado de toda esa gente en actitud festiva, Max se sentía tan solo como lo habría estado en el desierto del Sahara. Veía a las personas bailar, y sabía que él no tendría siquiera la gracia de movimientos del robot desactivador de explosivos. Trató de salir. Los cuerpos humanos y los artificiales se confundían en una jungla de pies, manos y ruedas. Alguien lo tomó por el hombro. Quiso que fueras tú. Pero era Ryukichi.

—Tenemos que hablar, Max.

En la repentina atmósfera de discoteca de la sala de exposiciones, Max apenas consiguió oírlo. Y tuvo que levantar mucho la voz para asegurarse de que él lo oyese:

—No creo que haga falta a estas alturas. Ya he averiguado lo que...

—Créeme, es importante. Además, será la última vez que hablemos.

Un hombre cayó sobre ellos. Había estado bailando con LUCI y había perdido el equilibrio. Uno de los módulos de asistencia geriátrica se le acercó diciendo:

—Si sufre cualquier tipo de contusión, no se mueva. Estoy capacitado para ayudarlo.

El caído se rió, y sus amigos hicieron bromas al respecto. Sus muecas parecían vacías, como los movimientos automáticos de un parabrisas.

Max se volvió hacia Ryukichi:

—¡Aquí no se puede hablar!

Ryukichi sacó una tarjeta y un bolígrafo de su bolsillo. Anotó algo y se lo pasó a Max:

—Dale esto al taxista. Te veo en una hora.

Antes de salir, Max subió a su habitación. Tenía una sensación extraña en la boca del estómago. No conseguía identificarla, pero estaba relacionada con el hecho de no pertenecer. Todo a su alrededor ocurría en una dimensión lejana: Kreutz, tu historia, la fiesta. Mientras subía por el ascensor, le pareció que algo lo arrastraba hacia su habitación, algo más allá de su voluntad. Sólo al entrar y verse a solas, y reconocer el paisaje de hormigón pegado a la ventana, pudo precisar de qué fuerza se trataba. Era el magnetismo del ícono «casa» en la pantalla de su asistente personal.

Extrajo de su bolsillo el aparato y encontró un mensaje autogenerado:

> Hay una fiesta de despedida de la convención
> y estás invitado.
> ¿Quieres más información?

Borró el mensaje y buscó el ícono. La foto de Anaís se le hizo borrosa, casi irreconocible. El tiempo transcurrido desde su última llamada, eterno. En ese momento, no le importaba con quién estuviese ella, o si pensaba seguir casada con él. Sólo necesitaba escuchar su voz, como un barco necesita un ancla.

Marcó «llamar».

Escuchó el timbre del otro lado.

Pensó: contesta, por favor, contesta.

Oyó el clic de la llamada al entrar y esperó que la voz áspera de Anaís le reprochase su ausencia, o al menos tratase de ocultar el enfado bajo la lápida de sus silencios. Pero la voz que le contestó no era la de Anaís. Era un mensaje pregrabado. Ese día, el mundo entero era un mensaje pregrabado estándar:

> Usted se ha comunicado con una casilla de voz.
> Por favor, deje su...

Cortó. Marcó de nuevo.

Del otro lado de la línea se repitieron los sonidos de la vez anterior. Pero esta vez el clic sonó antes que la grabadora:

—¿Anaís? Tengo que hablar contigo.

Hay algo que deberías saber.

—¿Anaís?

Una interferencia saturó la línea. Se oía una voz en el fondo, pero no le hablaba a él, como si Anaís hubiese descolgado sin querer en medio de la calle. Sólo que el ruido de fondo no era la calle. Y la voz no era de Anaís.

Max aguzó el oído. Con la vaga sensación de un *déjà-vu,* reconoció algo de lo que escuchaba. Trató de concentrarse.

Papá, ¿tú me quieres?

Sin duda, ésa era la persona que había acompañado a Anaís durante sus conversaciones con Max. El amante, o quienquiera que dictase las palabras que ella decía. Tenía una voz hierática y hablaba lentamente, como si recitase una oración. Pero también sonaba cercano, conocido, incluso cansino. Max comprendió que acababa de escuchar esa misma voz, minutos antes, en el salón de exposiciones.

Queridos colegas, bienvenidos al final.

Debemos experimentar mucho para dar cada paso.

Max revisó su pantalla. Sí, estaba llamando a «casa», a lo que él tenía programado como «casa». Siempre había llamado al mismo lugar.

Había otra voz ahí, una de timbre agudo y melodioso. Después de reconocer la de Kreutz, ésta no le dio problemas. Fue casi un alivio reconocerla. Cantase lo que cantase —fuese Gloria Gaynor o los Platters—, el niño cantante hacía más dulce cualquier lugar, cualquier situación, cualquier llamada. Y sin embargo, esta vez era diferente. De repente, su voz y todo el barullo de la fiesta de abajo sonaban en el teléfono como una marcha fúnebre.

XXXI

La tarde era tan gris que el cielo se confundía con la superficie del agua. El taxi dejó a Max en un muelle desierto. En el embarcadero sólo se veía a un anciano, que bebía sake de un brick y escuchaba una radio de transistores. Cuando Max entró, el viejo le dijo algo, pero al constatar que no hablaba japonés, volvió a sumirse en su radio y en su bebida.

Max esperó. A su derecha, no muy lejos, vislumbró el puente del Arco Iris.

Un barco comenzó a materializarse en la niebla. Tenía forma de cápsula transparente y un techo de cristal para que los turistas apreciasen el paisaje. Pero estaba vacío. Era el fantasma de un barco.

Cuando atracó en el muelle, el viejo de la radio se levantó y se tambaleó a lo largo. Nada más pisar cubierta se volvió hacia Max, como para invitarlo a pasar con él, pero debió cambiar de opinión. Se limitó a entrar en silencio y buscar un asiento en la cola. El barco estaba a punto de zarpar cuando apareció Ryukichi. Llevaba los boletos en la mano y no saludó. Sólo tomó a Max por el brazo y lo arrastró hacia el interior.

Se sentaron a media cabina, y Ryukichi miró a todos lados. Desconfiaba incluso del borracho que roncaba al final del pasillo. No dijo nada hasta que el barco abandonó definitivamente el muelle. Max tampoco. La actitud del japonés lo había asustado. Finalmente, Ryukichi lo miró acusador y rompió el hielo:

—¿De qué se trata todo esto? —preguntó.

—Esperaba que me lo dijeses tú. Tú me has traído acá.

Ryukichi le clavó la misma mirada de incredulidad que le había dedicado al viejo.

—Es Kreutz, ¿verdad? Él te manda. Todo esto es su retorcida manera de asustarme porque no me creo sus delirios.

Van a pedirle que se ponga en mi contra.

—No sé de qué hablas.

—Sí lo sabes.

El barco hizo un recorrido por la bahía, entre los edificios difuminados por la bruma. Puso proa hacia ellos, como si planease trepar a tierra.

—Está bien —dijo Ryukichi—, dile al jefe que me he asustado. También podría haberme despedido. Habría sido más sencillo.

—Ryukichi, si esperas que te responda algo, vas a tener que formular una pregunta.

El puente del Arco Iris desapareció de su visión. A su alrededor, conforme avanzaban, los márgenes de la bahía se fueron estrechando hasta convertirse en un río. La ciudad parecía estar a punto de tragarse la embarcación.

—Yo confié en ti, Max —reprochó Ryukichi—. Mientras todo el mundo hablaba de ti a tus espaldas, yo me acerqué a ti.

—Y también dejaste claro que nadie, ni tú, hace nada gratis. No me vengas ahora con discursos sobre la nobleza y el desinterés.

Ryukichi guardó silencio. A sus espaldas, el viejo borracho se levantó gruñendo y eructando.

—Te lo dije desde el primer día, Max. Tú y yo sabemos lo que es ser diferentes. Pensé que eso nos unía.

—¿Vas a seguir hablándome como una novia despechada?

El viejo de atrás hablaba solo y buscaba algo en una mochila raída. Ryukichi se soltó la corbata. Sacó un cigarrillo. Luego, frustrado porque estaba prohibido fumar, volvió a guardarlo.

—Hasta tu manera de hablar ha cambiado. Aprendes rápido, ya te lo dije. Tan sólo la semana pasada eras como un recién nacido. Supongo que Kreutz te ha dado esa seguridad. Ya te he dicho que dejaré de sabotearlo, pero permíteme decirte algo que puedo repetir en su presencia: él manipula a sus elegidos, y luego los desecha. Si ahora te crees muy importante es porque aún no te ha dejado caer.

—¿Y tú qué sabes de eso? —el mismo Max se sorprendió de la fuerza con que hablaba. Estaba harto de todos, de Anaís, de Kreutz, de Ryukichi, estaba harto de esa ciudad. Aunque tampoco le quedaba nada en ningún otro lugar—. Kreutz no confía en mí, si eso es lo que crees. Ha intervenido mis comunicaciones. Y creo que usa el asistente personal para espiarme. Todo lo que veo parece puesto ahí por él, como una computadora emitiendo señales a un cerebro. En lo que a mí respecta, tú mismo con toda tu cháchara anti-Kreutz podrías ser una más de sus trampas.

Ryukichi estudió las palabras de Max antes de emitir una sentencia:

—Es su estilo, sí. Al menos suena como él. Pero ¿qué es eso del cerebro?

—Olvídalo.

Pasaron bajo un puente y entraron en el río. El viejo borracho reparó en esa extraña pareja vestida con trajes de color del cielo. Dejó de revolver su mochila y se quedó mirándolos. Se les acercó con una bolsa de galletas envueltas en algas. Ryukichi le gritó algo que lo ahuyentó, y empezó a deambular por los asientos delanteros.

—¿Entonces de verdad no lo sabes? —preguntó Ryukichi—. ¿De verdad me enviaste a hacer esas investigaciones inocentemente, sin saber lo que resultaría de ellas?

—¿Y qué más da lo que te diga? Tú no crees en mí, yo no creo en ti. Puedes pensar lo que quieras.

Los puentes a su paso eran diferentes entre sí. Algunos eran réplicas de modelos tradicionales japoneses. Otros imitaban antiguos puentes europeos. Sólo tenían una cosa en común: todos eran copias, clones de originales lejanos en el tiempo y el espacio. Ryukichi suspiró y dijo, como si recitase una perorata:

—Yo trabajo para una parte de la junta directiva que se ha opuesto siempre a la locura de Kreutz. Hace años que intentamos restarle poder, por razones de negocios y hasta éticas, por falta de fe en sus fantasías o por pura antipatía personal. En lo que a mí respecta, me he dedicado a desprestigiarlo y hundirlo todo lo posible. Lo admito: por eso me acerqué a ti. Como eras la niña de sus ojos, recibí el encargo de atraerte hacia nuestro lado, y luego, de averiguar todo lo que tú y él se trajesen entre manos. Al final, nada ha salido bien. Kreutz es más fuerte que nunca... y yo abandono esta partida.

Ryukichi hizo una pausa melancólica. El gris de su semblante hacía juego con el cielo. Continuó:

—¿Querías información sobre la camarera Mai, ¿verdad? Querías que te hablase de ella. Pero ¿sabes qué? Es una tontería. Es sólo una pista falsa más.

Ryukichi sonrió levemente. A esas alturas, Max ya no sabía si creerle, pero en el fondo daba igual. Tampoco creería ninguna otra cosa. Tras su descubrimiento sobre Anaís y Kreutz, la realidad se había vuelto falsa.

Y sin embargo, quería saber de ti, fuese lo que fuese. Así que no interrumpió a Ryukichi, que seguía hablando:

—Cuando me empezaste a pedir investigaciones y llegué..., bueno, a donde llegué..., pensé que se trataba de un mensaje oculto para mí. Pensé que Kreutz quería decirme: «No te acerques más a mí, porque lo que encuentres no va a gustarte». Pero ahora pienso diferente. Creo que el mensaje está dirigido a ti. Tú me lo pasaste sin saber lo que me dabas. Y ahora me toca devolvértelo, haciéndote la misma advertencia.

El viejo borracho se puso a gritar señalando a Max, como si hubiese visto al diablo. Ryukichi no lo espantó esta vez. Sólo esperó a que se callase. También él calló. Max pensó que esperaba una señal de él para continuar. Pero no estaba muy seguro de querer darla. Pasaron bajo un puente con arcos. A ambos lados, la ciudad era una interminable fila de ventanas que se perdía en el horizonte.

—No creo que puedas haber hallado nada tan grave —dijo Max—. No más grave que almacenes de cadáveres.

Ryukichi no respondió. El viejo borracho se echó a llorar, y luego pareció dormirse en uno de los asientos delanteros.

—¿Entonces? —insistió Max.

Ryukichi habló sin levantar la cabeza, y lo hizo muy bajito, como un muñeco con la batería baja:

—Seguí la pista de la camarera por el hotel, y a partir de ello, rastreé sus huellas legales, financieras y académicas —hablaba rutinariamente, como un burócrata del registro civil—. Traté de localizar su domicilio, personas cercanas, antecedentes penales...

—¿Y?

—Nada. No encontré nada.

—Lo que prueba que, o Mai no existe, o tú eres un pésimo investigador.

Ryukichi suspiró:

—Encontré a alguien cuyos datos encajaban totalmente, pero no puede ser la misma persona.

—¿Por qué?

—Bueno..., se trata de una cantante. Y dadas las circunstancias... precisamente una cantante...

Max se echó a reír. De repente, todos los misterios parecían banales, hasta aburridos.

—Te refieres a que Mai es muda, ¿verdad? —su risa subió de volumen, hasta ocupar toda la cabina del barco—. No hace falta que digas más, Ryukichi. No te preocupes. Tengo esa parte de la historia controlada.

—La mudez no es lo único que descarta esa opción. Verás, la historia de esta cantante es muy peculiar. Era famosa por sus extravagancias y rebeldías...

—Me hago una idea.

—Y tenía un novio, un cómico. Él también era famoso. Más que ella, de hecho. Yo lo vi varias veces en televisión: un hombre muy gracioso. De esos cómicos que no se ríen mientras hablan, lo que los hace más divertidos, ¿comprendes?

—Supongo que sí —renovó su interés Max—. ¿Sabes qué fue de él? ¿Dónde está ahora? ¿Si sigue actuando?

—Murió. El año pasado. Iba en moto. Había llovido y las calles estaban resbalosas. Al parecer, precisamente iba a encontrarse con ella, pero llevaba retraso y superó la velocidad recomendada. Un autobús salió de donde no lo esperaba y... bueno... Fue un accidente terrible.

—¿Iba a encontrarse con ella? ¿En un hotel?

—La prensa fue muy imprecisa en ese punto. En realidad, escribieron sobre todo de ella, ¿sabes? En la mayoría de las noticias, ella ocupa todo el texto.

A Max le extrañó que Ryukichi hablase de prensa. Imaginaba que la relación entre Tomine y tú había sido un secreto. Y eso no era el único dato que no cuadraba:

—¿La prensa habló más de ella? Creí que dijiste que él era más famoso.

—Sí, pero ella se suicidó. Lo hizo nada más saber del accidente, como si lo tuviese planeado. Se tomó un tarro entero de pastillas y adiós. Bueno, ya sabes, los artistas. Un gremio con propensión a estas cosas.

Muerta.

Max no reaccionó. Sus ojos y su boca se abrieron. Ryukichi sonrió condescendientemente:

—¿Ya ves por qué no puede ser ella?

Max sintió que el río crecía y se agitaba, como si fuese a estrellar el barco contra el siguiente puente. Como si el cielo se fuese a romper sobre sus cabezas. Como si el mundo se desintegrase bajo sus pies.

—Pensaba que lo sabías —se sorprendió Ryukichi—. Pensaba que todo era una broma macabra para espantarme. El tipo de salvajada que sólo se le ocurriría a Kreutz.

Max siguió sin decir nada. Pero su expresión debía ser toda una respuesta, a juzgar por la cara que ponía Ryukichi, y por sus siguientes y enigmáticas palabras. El japonés carraspeó antes de seguir, y cuando al fin habló, hacía evidentes esfuerzos por hacerlo con sarcasmo:

—Y ahora me dirás que tampoco sabes lo otro.

—¿Lo otro?

Del asiento delantero les llegó un gemido. El viejo se despertaba de nuevo. Había hecho una siesta demasiado corta. De todos modos, la atención de Max en pleno estaba puesta en las palabras de Ryukichi:

—También te investigué a ti, Max.

—¿Ah, sí?

—Ya sabes. Empezaban a ocurrir todas esas cosas raras y quise saber más de ti. Parecías demasiado ingenuo para estar a cargo de tanta responsabilidad. En realidad, me dabas miedo. Y me sigues dando miedo, porque no sé quién eres en realidad. Ni siquiera sé qué tienes que ver con lo que publican los diarios en tu país.

—¿Diarios?

Hay algo que deberías saber.

—La prensa se cebó con el caso. Fue muy raro. Y horrendo. Toda esa familia...

—¿Qué familia?

Papá, ¿tú me quieres?

—El padre llevaba tu nombre. Por eso ha sido fácil de encontrar en Internet. Y tú deberías recordarlo también, ¿no? Al fin y al cabo vives ahí. Aunque no leyeses los periódicos, alguien te lo habría contado. ¡No me digas que no lo sabes!

—¿Qué familia?

Max tenía la impresión de que el río corría más rápido. O quizá era él quien pensaba más rápido. Ryukichi, en cambio, hablaba cada vez más lentamente, estudiando sus reacciones:

—Al parecer, el hombre estaba enfermo. Alterado.

Tu mente se niega a aceptar lo que pasó.

—¿El hombre es el padre? —preguntó Max, inseguro de querer una respuesta.

—Oía voces. Veía gente que no existía. La prensa hablaba de esquizofrenia, pero nunca es muy técnica con esas cosas. En todo caso, él... bueno, vivía en un mundo irreal.

—Esquizofrenia.

La palabra tuvo un eco incierto, levantó una nube de polvo en el fondo de la memoria de Max.

¿Sigues viendo cosas raras?

—Un desorden químico del cerebro. El hombre llevaba años en tratamiento. Había logrado mantenerse estable y funcional a base de pastillas, y nadie dudaba de su normalidad. Así que se confió. Dejó las pastillas. No tomó más medicinas. A fin de cuentas, tenía un trabajo. Tenía una familia. Una hija hermosa. Varios gatos. Y una enorme casa con piscina, con techos de pizarra y un porche de madera, estilo americano.

La casa.

—¿Qué hizo ese hombre... exactamente?

—Una mañana llamó a su psiquiatra. Su mensaje era confuso y delirante. Dijo que alguien lo había manipulado, que no era dueño de su voluntad. Que una fuerza mayor que la suya lo había obligado. La mayor parte de su monólogo era un largo delirio. Al final, pidió que no lo culpasen y colgó. El médico no logró sacar nada en claro. Y el paciente no contestó ninguna de sus siguientes llamadas. Así que fue a la casa, pero nadie le abrió la puerta. Convencido de que algo malo estaba ocurriendo, llamó a la policía. Al principio no lo tomaron en serio. Además, la ley obligaba a esperar cuarenta y ocho horas antes de declarar a alguien desaparecido. La policía no quería romper la puerta y que luego resultase que la familia se había ido de fin de semana a la playa. Durante las dos noches siguientes, el psiquiatra se acercó a la casa al salir del trabajo, en busca de señales de vida. Quería pensar que todo había sido un error. Las dos noches encontró encendida la luz del segundo piso, pero la puerta seguía cerrada. Al parecer, el foco se había quedado encendido y no había nadie en el interior para apagarlo.

Max recordó un foco desnudo bailando en el techo, sin lámpara. No supo de dónde había sacado ese recuerdo.

—No hacen falta todos los detalles, Ryukichi. Supongo que pasaron dos noches y la policía entró. Dime de una vez qué encontraron.

—La niña... la habían... flotaba en la piscina, boca abajo... El agua estaba teñida de rojo. La sangre formaba una especie de costra sólida sobre la superficie, como la nata de la leche... Cuando la sacaron, descubrieron que no tenía ojos. Se los habían arrancado con una navaja de afeitar.

Max recordó a la niña del ascensor, con el pelo cubriéndole los ojos vacíos.

Yo no tengo nombre.

Un silencio se hizo entre los dos, e incluso a su alrededor, como si el oxígeno hubiese desaparecido de la atmósfera. Cruzaron otro puente. Arriba había un hombre vestido con un traje negro. Llevaba el pelo largo, recogido en una coleta.

—¿Qué pasó con la esposa? —preguntó Max.

Tu mente se niega a aceptar...

—Lo de ella fue aún más atroz, si cabe. Su marido la había destazado en la bañera, que había quedado inundada de sangre. La había dejado literalmente hecha pedazos, y había repartido sus miembros por las habitaciones...

La sangre bañaba toda la casa, las alfombras, los cuadros. El hombre había hecho inscripciones por las paredes con su sangre. Decían «No soy dueño de mí» y pedían perdón. Los ojos de la mujer y de la niña estaban juntos en una vasija en el baño. Sobre ellos, la inscripción decía «No me miren, no soy yo».

Max sintió un zumbido en alguna parte. Comprendió que provenía de su interior. Ryukichi seguía hablando. Su voz era como un taladro en las sienes de Max:

—También a los gatos les había arrancado los ojos con navajas de afeitar. Sus cuerpecitos estaban tirados aquí y allá. A algunos los había degollado. Otros estaban abiertos en canal.

Max entendió que tendría que formular una pregunta tarde o temprano, y que había llegado el momento, aunque sólo fuese para que Ryukichi terminase de una vez:

—¿Y el hombre? ¿El padre de familia?

—No estaba. Por las fechas de sus llamadas telefónicas, la policía dedujo que había permanecido en el lugar del crimen durante un día entero después de cometerlo. Pero había partido poco antes del allanamiento.

—¿Se suicidó también, como la cantante?

Tú también estás muerto.

—Es muy probable. Desapareció. No se supo más. Continúa en paradero desconocido.

Un golpe seco los interrumpió. El barco estaba atracando. Un grupo de turistas coreanos esperaba en el muelle. Max los miró como si viniesen de un planeta lejano.

—Extrañas coincidencias, ¿verdad? —dijo Ryukichi—. Dos personas de dos extremos del mundo empiezan a salir juntas, y las dos tienen nombres de gente desaparecida en tragedias de la página policial.

—Sí.

—Todo muy sórdido...

El empleado les gritó algo desde la puerta. Ryukichi emitió un largo suspiro y completó:

—... a menos que ustedes sean los beneficiarios. Ésos son algunos de los cuerpos que la corporación tiene en los almacenes. Los mejores cuerpos para el material biológico son los de suicidas. Sobre todo, suicidas menores de cuarenta años. Sus órganos están completos y casi todos sanos, listos para ser extraídos. Y ustedes asumen sus identidades, sus nombres, sus vidas. Se ponen sus historias como si se pusiesen sus camisetas, y van por la vida con ellas. Durante estos días, me he preguntado incesantemente por qué lo hacen, qué beneficio podrían obtener de algo así. Pero ¿sabes qué, Max? Ya no quiero saberlo. La experiencia me ha enseñado hasta dónde es prudente conocer. Y esto, sin duda, excede todos los límites. Y, si quieres mi opinión, va a acabar mal. Horriblemente mal.

—Comprendo.

Max estaba de acuerdo con todo lo que decía el japonés. Pero él no podía levantarse del asiento y abandonar la historia, como estaba haciendo Ryukichi, con una reverencia:

—Bien, supongo que esto es el adiós. Nosotros decimos *sayonara*.

—Adiós, Ryukichi.

—Espero que seas feliz, Max. Sinceramente.

—Gracias.

Ryukichi estuvo a punto de decir algo, pero se contuvo. Se llevó un cigarro a la boca y sacó el encendedor. Le dio la espalda a Max y abandonó la embarcación. Max no se levantó. Sentía que su cuerpo era de plomo. El empleado volvió a gritar algo desde la puerta, pero su voz le llegó a Max en sordina, como si hablase bajo el agua.

Los coreanos esperaban en el muelle. Una guía trataba de mantenerlos agrupados.

En el asiento delantero, el viejo borracho se echó a reír. Reía con mucha fuerza, y en la cabina vacía, sus carcajadas resonaban como martillazos.

XXXII

Max caminó durante horas por la ciudad tratando de poner orden en sus pensamientos, hasta llegar al hotel. Su cabeza hervía, pero la sala de exposiciones le pareció todo lo contrario, una cáscara vacía y muerta. Los módulos habían sido retirados, y toda señal de la fiesta, barrida. No había más puestos ni visitantes, y ninguna LUCI salió a recibirlo. En el vacío, el salón parecía mucho más grande que antes. Los pasos de Max producían un eco distante en las paredes.

Nadie lo detuvo en su camino hacia el ascensor. De hecho, no necesitó ninguna identificación especial para ponerlo en marcha. Quizá todo estaba abierto para facilitar la limpieza de las instalaciones, o quizá no. En todo caso, el ascensor se puso en marcha automáticamente, seguro de su destino. Era más de lo que se podía decir de Max.

Mientras ascendía, repasó una vez más su conversación con Ryukichi. Quería pensar que todo era una pantomima, uno de los extraños experimentos psicológicos de Kreutz. O quizá sólo un divertimento de su mente enferma. Probablemente, el mismo Kreutz había enviado a Ryukichi para confundirlo. Quizá ahí arriba lo esperaban los dos, riéndose de su ingenuidad. O quizá no.

Las puertas del ascensor se abrieron en la sala de juntas. Esta vez, en lugar de directivos, había sólo cajas. El suelo estaba cubierto de periódicos. Las sillas estaban montadas sobre la mesa. A su alrededor, en las ventanas, Tokio se perdía en la lejanía como un cementerio gigante.

Llamó su atención una caja grande y sólida, como el estuche de un instrumento musical. Rodeando la mesa,

Max se asomó a su interior. Ahí yacía Golem, el papagayo. Sus alas desplegadas ocupaban la mayor parte de la caja, como si estuviese crucificado y empaquetado. Tenía los ojos abiertos, pero su mirada no era la misma que cuando colgaba del aro. Max se miró en esos ojos, como en un espejo. Le pareció estar ahí dentro, atrapado en una burbuja.

—Es más cómodo llevarlo en el avión como equipaje que como animal —oyó la voz de Kreutz, que se acercaba bordeando la larga mesa—. Los animales sufren muchas restricciones sanitarias. Ya ve usted, las autoridades le temen a la vida.

—Claro —balbuceó Max.

—No lo he visto en nuestra fiestita de despedida. Lo suyo no es hacer amistades, ¿verdad, Max?

—Yo... no...

Había llegado hasta ahí decidido, resuelto a conseguir las respuestas que necesitaba. Pero ahora, frente a Kreutz, no era capaz de formular las preguntas. Su seguridad se estaba volviendo cremosa y tembleque como un flan. Parecía un escolar dirigiéndose a su más severo profesor.

—Yo no estoy de humor para fiestas —dijo al fin, tratando de poner un poco de firmeza en su voz.

Kreutz rió:

—Esos amigos con que anda usted siempre lo ponen de mal humor. Debería ser más selectivo con sus amistades.

Max se preguntó si Kreutz sabía de Ryukichi porque lo espiaba con el asistente personal o porque los dos eran cómplices, o por las dos cosas. La verdad se le había ido haciendo una cualidad nebulosa de las palabras. Trató de concentrarse en el tema que había ido a discutir. El propio Kreutz, sin esperar una respuesta, se acercó a ese tema:

—¿O ha sido su chica la que lo ha amargado?

—Le voy a pedir un respeto para...

—Sólo intento que se relaje usted, Max. La vida es corta. Tiene que disfrutarla.

—Usted... ha estado jugando conmigo, Kreutz. Pero aún no sé de qué trata el juego.

Kreutz se acercó a la ventana. El crepúsculo comenzaba a teñir de sombras la sala, pero ninguna luz se encendió. Probablemente habían sido desactivadas.

—No busque demasiados misterios, Max. Ha dejado impresionada a nuestra mesa directiva y a los consejeros delegados de nuestras nuevas empresas asociadas. Ha cumplido su trabajo con resultados brillantes. No hay más secretos. Nada más que averiguar.

Max trató de que Kreutz no lo distrajese:

—Esos cuerpos humanos, señor Kreutz, el material biológico... ¿qué clase de...? ¿Qué hacen exactamente con ellos?

—Hacemos, Max. Hable en primera persona. Usted forma parte de nuestro equipo.

—¿Y qué hacemos? —preguntó, incapaz de asumirse como miembro de nada. Seguía sintiéndose como un analista de logística, peor aún, como un vendedor de puerta en puerta.

Kreutz señaló hacia el exterior. Algo en su mirada era condescendiente, casi piadoso:

—¿Se imagina un mapa de las personas en una ciudad como ésta? No un plano de las casas o de los ríos, sino de la gente. Sería un mapa imposible, porque las personas cambian de posición en el espacio constantemente. Hace sólo unos segundos, usted estaba en el ascensor y yo despachaba los últimos asuntos en mi oficina. Y en unos minutos, yo tomaré un avión y usted... bueno, estará en otro lugar. Ése es el problema para crear un mapa humano. Pues bien, el mismo problema plantean los cerebros. No podemos entender plenamente su funcionamiento, con todas esas neuronas moviéndose todo el tiempo. Es cierto que se mueven por las calles marcadas y los puntos convenidos, pero aun así, la figura que forman es siempre inédita. A diferencia de una computadora, un cerebro no tiene una configuración definida y limitada. Se adapta al entorno reprogramándose constantemente, cambiando por entero su configuración.

—Eso es lo que usamos de esos cuerpos. Los cerebros.

—Lo dice usted como si fuera fácil. Pero no hay nada más difícil de encontrar. La gente está dispuesta a desprenderse de sus riñones, por ejemplo, pero nadie quiere soltar su cerebro. Se aferran a él.

—A menos que estén muertos.

—Además —continuó Kreutz como si no hubiese escuchado—, un cerebro es mucho más que un órgano. Coordina complejas redes de funciones físicas voluntarias e involuntarias que ninguna computadora puede dominar por entero.

—Y por eso necesitamos cadáveres de suicidas, con la mayoría de órganos en buen estado. Usamos más que el cerebro. Usamos todo el cuerpo.

Sutilmente, a lo largo de la convención, Kreutz había dejado de hablar de los módulos autónomos en pasado, para hacerlo en presente. Ahora se acercó al estuche de Golem. Lo cerró como si se tratase de un ataúd, y pasó los cerrojos ruidosamente. Siguió hablando con frialdad analítica, como un ingeniero habla de los ladrillos o un entomólogo de los insectos:

—No cualquier cuerpo. En realidad, necesitamos cuerpos que nadie reclame. Carne de fosa común. Le sorprendería lo supersticiosas que son las personas incluso a estas alturas de la historia. Los vivos veneran a los que ya no están, y como ya no están, veneran sus restos enterrados, y sus cenizas, como si fuesen algo más que desechos físicos. Les llevan flores. Los guardan en mármoles. Los atesoran. Sería más útil que dejasen a la ciencia usar todo ese valioso material, pero las personas se niegan. Como si un montón de carne podrida siguiese siendo su abuela o su padre. ¿No le parece curioso? En cambio, los suicidas... En la mayoría de los casos, lo hacen porque están solos. Sus restos se quedan sin reclamar. Y con frecuencia tienen cuerpos adultos pero aún jóvenes, perfectos candidatos al laboratorio, con órganos desarrollados y fuertes.

Varios módulos domésticos hicieron su entrada, entre el siseo de sus ruedas y el bip de sus sistemas. Estaban equipados con palas, y sin necesidad de recibir una orden o una señal, se dirigieron hacia las cajas de una esquina, las cargaron y las metieron en el ascensor. Kreutz y Max callaron, como si alguien hubiese interrumpido una conversación personal. La luz seguía abandonando el cielo y la sala. Mientras los módulos domésticos corrían de un lado a otro, los puntos rojos en sus rostros eran lo único luminoso de la habitación. Max susurró:

—Así que eso son los módulos autónomos. Frankensteins. Zombis. Tecnológicamente resucitados.

—Eso serán cuando estemos en condiciones de producirlos bien.

—¿Qué pasa? ¿Aún no consigue que hablen?...

—Al principio, ése era nuestro principal escollo. Los primeros módulos no podían hablar. Tenían limitaciones para producir oraciones nuevas, y pensábamos que no desarrollarían ninguna comunicación compleja. Hicimos varios experimentos sin éxito. Creíamos que habíamos fracasado. Y sin embargo, con el tiempo, descubrimos que los módulos realizaban acciones coordinadas, y mostraban preferencias los unos por los otros. A menudo, cuando uno de ellos necesitaba algo, otro se lo acercaba, por ejemplo. Algunos pasaban mucho tiempo juntos, mirándose a los ojos, casi sin parpadear. Y luego variaban su conducta, como si hubiesen aprendido algo durante ese tiempo. Si antes estaban animados, pasaban a estar tristes, o viceversa. Terminamos por llegar a la conclusión de que habían desarrollado un lenguaje propio. Eran capaces de comunicarse entre sí de un modo que nos resultaba indescifrable. Quizá tenga que ver con movimientos oculares o gestos imperceptibles. No lo sabemos. Es tan misterioso como el lenguaje humano: ¿de dónde salió? ¿En qué momento sociedades que no tenían ninguna relación entre sí establecieron nombres para las cosas y reglas para organizar esos nombres? ¿Por qué nosotros hablamos y las ranas croan y los gatos maúllan, y qué se dicen cuando lo hacen? El misterio de nuestros módulos era el mismo. De un modo u otro, se transmiten información, sentimientos y experiencias. Pero nos está vedado saber cómo. Simplemente, se comunican. Al margen de nosotros. Un lenguaje determina una forma de vida, Max. Y la vida se abre paso.

Max recordó tu historia, Mai. Había sido capaz de entenderla entera cuando la contaste, incluso con nombres propios, sin explicaciones, sin palabras. Y no sólo tu historia. En cierto modo, te entendía a ti mejor que a cualquier persona.

Te quiero.
Tú no eres como los demás.

—Nuestros últimos módulos ya dominan el lenguaje con fluidez —siguió Kreutz. Había vuelto a su registro de monólogo. Hablaba más consigo mismo que con Max—. De hecho, son en cierto modo bilingües: se comunican con los humanos y también con los módulos anticuados. Casi cubren todas nuestras expectativas. A lo largo de la convención se los he mostrado a la mesa directiva, a los jefes de empresa de nuestras alianzas estratégicas, incluso a los empleados. Y ninguno ha sido capaz de distinguirlos a primera vista de un ser humano. Pero ahora, el principal problema es otro. Y en cierto sentido, es un problema mucho más grave: la memoria.

Padezco lagunas.
¿Sigues viendo cosas raras?

Kreutz seguía hablando, pero ahora sus palabras se confundían con el ruido, el mismo ruido que Max percibía a veces en su habitación. Max se sorprendió de que sonase fuera de ella, pero sobre todo, de que el presidente no lo estuviese escuchando también. Él sólo hablaba y hablaba, como si el zumbido saliese de su garganta:

—La memoria de nuestros módulos tiene que asimilar algo muy anómalo: que están muertos. Tienen que crear una versión de sí mismos que obvie ese terrible hecho. Antes de lanzarlos al mundo, les contamos una historia que asumirán como propia. Una historia que tome retazos de su verdadero pasado pero ajuste los detalles de modo que no haya contradicciones con sus recuerdos. Pero inevitablemente, eso produce, digamos, cortocircuitos, confusiones, cruces entre la realidad y su memoria anterior...

La casa.

Él te hizo diferente.

—Hemos intentado de todo —recitaba la voz de Kreutz, como una grabadora—. Hemos simulado vidas reales similares a las anteriores, para dar la sensación de continuidad. Hemos creado situaciones controladas con todos los estímulos necesarios. Los asistentes personales han sido muy útiles para eso. Pero aún no resolvemos el problema de la memoria. Nuestros módulos arrastran su pasado humano como un caracol lleva su casa de un lado a otro. Tome en cuenta que trabajamos con mentes que en muchos casos ya estaban perturbadas antes de su muerte. Muchos de nuestros módulos de prueba son incapaces, ya no de socializar, sino de vivir consigo mismos.

Papá, ¿tú me quieres?

Tú también estás muerto.

Max recordó a su hija. A Anaís. Al ícono «casa». Todo pasaba ante sus ojos como una película en cámara muy rápida. Tú. El hombre de negro en el puente. Los gatos. El niño cantante. La casa. Una luz encendida en el segundo piso. El paisaje de acero y hormigón desde su ventana. La realidad era un gigantesco cortocircuito. El barco. Las niñas vestidas de sirvientas.

No me miren. No soy yo.

La sala había quedado completamente a oscuras. La voz de Kreutz flotaba en las tinieblas, entre las lucecitas de los módulos domésticos.

—¿Qué ocurre... —preguntó Max con la voz temblando— cuando los módulos autónomos no son capaces de vivir más consigo mismos?

—La mayoría colapsan solos. Pero si no lo hacen, la situación se complica mucho. Al fin y al cabo, para todos los efectos prácticos son personas. Una vez que han interactuado socialmente, ya no es posible desmontarlos sin más. Tienen relaciones, conocidos, incluso amistades íntimas.

Quién sabe, a lo mejor soy tu amigo. El desagradable Ryukichi...

—¿Y entonces qué ocurre?

Al revés que minutos antes, Max formuló la pregunta, pero no quería escuchar la respuesta. Kreutz, por una vez, dudó antes de pronunciarla. Casi imperceptiblemente, vaciló, pero finalmente dijo:

—Tienen un parámetro. La mayor parte de su voluntad es libre, pero llevan incorporada una medida de seguridad: están programados para destruirse mutuamente llegado el caso. Cada módulo autónomo sabe que, si él no acaba con los demás, ellos acabarán con él tarde o temprano.

Destruirse mutuamente. Mai, o más bien MAI. Contra Max, o más bien MAX. Módulo Autónomo Uno. Y Módulo Autónomo Diez. Max sintió algo húmedo corriendo por sus mejillas. Cuando las gotas llegaron a sus labios, las encontró saladas. Sabía cómo se llamaba eso, pero no tenía registrada la sensación táctil. Era incómoda, pero no desagradable. Como soltar una carga pesada por los ojos.

—¿No pueden violar ese parámetro? —preguntó. Era una pregunta ingenua.

—Nada puede violar su naturaleza, Max. Un león no puede ser un elefante.

En la ventana, las luces de la ciudad parecían flores diminutas sobre un interminable fondo negro. Max experimentó una serie de emociones inéditas. Una de ellas se materializó en la idea de atacar a Kreutz. Saltar sobre él y golpearlo. Abrirle la cabeza con uno de los módulos domésticos. Arrojarlo por la ventana, hacia el jardín eléctrico de la noche.

Pero cuando volteó, Kreutz ya no estaba ahí.

Tampoco las máquinas, ni las cajas.

Max era la única presencia en esa habitación a oscuras, salvo por las luces que llegaban de la ciudad, como luciérnagas volando a ras del suelo.

XXXIII

Esa noche, Max te encontró más bella que nunca. Le resultaba difícil precisar por qué. Llevabas el quimono de rutina y el pelo recogido. Pero mientras circulabas entre las mesas cargando bandejas y recogiendo tazas, tenías un aura especial. Tu olor era más limpio e intenso de lo normal. Tus ojos brillaban de un modo nuevo. O quizá eran los ojos de Max los que estaban distintos mientras te veían.

—¿Has terminado tu turno?

Abriste una mano. Te faltaban cinco minutos. Tu sonrisa era una guarida acogedora, un refugio. Max propuso:

—Yo... pensaba que hoy podríamos subir a mi cuarto. Ésta es mi última noche y está todo pagado. Podemos beber algo del minibar y pedir algo de comer...

Te llevaste la mano a la boca y negaste: no estabas pensando en comer. Disimuladamente, besaste una servilleta y la sacudiste en el aire, enviándole tu beso a Max.

—Te esperaré ahí arriba —sonrió él.

Tomó el ascensor. Al llegar a su piso, el laberinto le pareció más complejo que de costumbre. Se perdió en los pasillos. Fantaseó con perderse ahí para siempre, alimentándose de las sobras que los huéspedes dejaban en los pasillos, y no cruzarse nunca contigo. Y sin embargo, a pesar de todas sus confusiones de los últimos días, en este caso distinguía a la perfección sus pensamientos de sus fantasías absurdas. Sabía, por encima de cualquier pesadilla eventual, que tendría que hacer lo que iba a hacer, y tendría que hacerlo bien.

Nada puede violar su naturaleza.

Al fin encontró el pasillo correcto. Su habitación estaba al fondo. Mientras avanzaba, las puertas se sucedían a sus lados en cámara lenta. Las paredes, cuyo papel tapiz siempre había sido color crema, parecían emitir un leve resplandor rojo. O quizá era sólo una ilusión óptica, un mareo.

—¿Busca alguna habitación, señor?

—¿Eh?

Una mucama con un carrito lleno de sábanas lo miraba con curiosidad desde una puerta abierta. Max se preguntó qué aspecto tendría, si su rostro inspiraría temor o sospechas.

—No. Sé dónde voy.

—Me alegro, señor.

La mujer continuó empujando su carrito. A sus espaldas, Max escuchó el chirrido de las ruedas. De repente, la mujer le pareció familiar. La había visto en algún otro lugar. Volteó:

—Oiga.

Ella se detuvo. Lentamente, se volvió hacia él.

—¿Señor?

Max no pudo precisar de dónde la conocía. Quizá no la conocía. Debía relajarse. Estaba nervioso.

—Por favor, lléveme una botella de champán.

—Claro, señor.

La mujer le dio la espalda y siguió adelante. Max pensó que no le había preguntado lo más importante:

—No le he dicho mi número de habitación.

—No hace falta, señor. Sé dónde se aloja.

Con todo lo que se dice de usted...

En los últimos metros del pasillo, Max sintió que sus pies se hundían en la mullida alfombra, como si anduviese sobre el pelaje de un animal vivo. Al introducir la tarjeta en la ranura de la puerta, creyó que la luz verde del pestillo tardaba en encenderse, dudosa de la identidad de su huésped.

Ya en la habitación, se dirigió al baño. Abrió el cajón de la cómoda y extrajo sus navajas de afeitar. Le quedaban cuatro. Se miró en el espejo. Detrás de él, le pareció que la bañera estaba llena de sangre, y que algo flotaba en el centro. Pero sólo fue una rápida ilusión óptica, o acaso un flash de su memoria. La bañera estaba vacía y escrupulosamente limpia. De todos modos, Max le echó otro vistazo antes de abandonar el baño. Y también abrió las puertas del retrete y de la ducha. Todo estaba quieto, como siempre había estado.

Aún con las navajas en la mano, salió al dormitorio. Las guardó en el cajón de la mesa de noche. En el cristal de la mesa, topó con su propio reflejo. Se preguntó si debía quitarse la corbata o dejársela puesta para esperarte. Tenía grandes problemas para resolver pequeñas disyuntivas cotidianas. Como ninguna de las dos alternativas resultaba ostensiblemente mejor que la otra, dejó la corbata donde estaba, en su cuello, atada con un nudo corredizo.

Se aproximó a la ventana. Durante el día, podía contemplar desde ahí el cementerio que había visitado contigo. Pero de noche, la explanada era sólo una gran mancha oscura entre las luces. Max se fijó en los bordes de la ventana: un marco fijo con aislamiento hermético que impedía abrirla. Pensó que el aire de esa habitación no venía del exterior, era artificial, como casi todo.

Echó un vistazo insatisfecho a la habitación. El único sitio para sentarse a conversar cómodamente era el escritorio, pero recibirte ahí habría tenido un sabor demasiado oficinesco. Empujó la cama, movió las dos sillas y una mesa de noche e improvisó un saloncito en un rincón. No armonizaba con el mobiliario, pero resultaba más íntimo. En realidad, le costaba calcular qué era lo más adecuado para una cita de esas características. No debía existir una regla establecida.

Regresó al baño. Se peinó. Se arregló la corbata. Trató de encontrar un rastro de angustia en su cara para disimularlo antes de tu llegada. La mucama del pasillo lo había dejado preocupado. Pero tenía buen aspecto. Al menos eso creía. Se echó colonia, se aplicó gotas en los ojos y trató de mantenerse entretenido con todas las pequeñas actividades que se le ocurrieron. Trataba sobre todo de no pensar, aunque tampoco tenía a disposición muchas distracciones. Después de agotar las labores de aseo, se dedicó a dar vueltas por la habitación en círculos, hasta que se le ocurrió qué hacer.

Cuidadosamente, descolgó sus trajes del armario, los guardó en sus fundas de plástico y los introdujo en su maleta especial para chaquetas. Vació los cajones de ropa interior y colocó su contenido en otra maleta, la de rueditas, junto con los zapatos y los útiles de aseo. Los papeles de trabajo los dejó metidos en el escritorio. Comprendía que ya no harían falta. Para que sus planes de fuga no fuesen demasiado obvios, guardó las maletas de nuevo en el armario y cerró las puertas. A continuación, siguió dando vueltas en círculo por la habitación.

Después de unos minutos, llamaste a la puerta.

Max se miró en el espejo por última vez antes de abrirte. Llevabas en los brazos la botella de champán que él había pedido. Se la ofreciste dentro de una cubitera, con un gesto solícito:

Servicio de habitación.

Max recibió la cubitera y tú te adelantaste para besarlo en los labios.

—¿No te preocupa que te vean besando a los huéspedes? —preguntó Max. Se sintió tonto por la pregunta, pero cualquier cosa que dijera le sonaría tonta. Tú señalaste su reloj.

—Estás autorizada a besar fuera de las horas de servicio, ¿eh?

Reíste. Él comprendió cuánto echaría de menos tu risa. Abriste el minibar y extrajiste dos copas. Las hiciste entrechocar con un ruido de campanillas. Max manipuló torpemente el tapón de la botella, hasta que salió disparado con el ruido de una explosión. Un largo chorro blanco se derramó sobre la alfombra. Para contenerlo, tapaste la botella con el dedo. Luego te lo chupaste.

Están programados para destruirse mutuamente.

—Siéntate aquí, por favor.

Aunque ya habían hecho el amor antes, Max no conseguía relajarse y ponerse en situación. No eran sólo las circunstancias, era también el cambio de escenario. Se había amoldado al otro hotel, como uno amansa unos zapatos nuevos. Mientras él llenaba las copas, te acomodaste en el asiento que te ofrecía al lado del velador. Le hiciste notar que lo sentías diferente.

—No es nada —te tranquilizó—. Ha sido una semana agotadora y...

Puedo irme si quieres.

—¡No! Al contrario... Lo único bueno de esta semana has sido tú. Tú... me haces sentir especial.

Tú eres especial.

—Quizá. Pero me haces sentir especial... de otra manera.

Brindaron por eso. Luego brindaron por alguna otra cosa. Tú pusiste caras para hacerlo reír. Al calor del champán, terminaste por conseguirlo. No fue tan difícil, después de todo. Max quería apurar hasta la última gota de tu presencia ahí.

Cuando llevaban tres o cuatro tragos, se tocaron por primera vez. Tú lo tocaste. Te levantaste de tu silla lentamente, abandonaste tu copa sobre la mesa de noche y te sentaste sobre sus rodillas, cara a cara contra él. Te costó acomodarte entre los brazos de las butacas, y Max tuvo que adelantarse un poco para dejarte espacio, lo cual generó un nuevo intercambio de risitas. Al fin consiguieron una posición confortable, y un rígido Max sintió en el cuello la calidez de tu aliento.

Una máquina que detecte las necesidades afectivas de su usuario.

Entonces comenzó el ruido. Mucho más fuerte que en el barco o en el despacho de Kreutz, pero también más sutil. Ahora, se confundía con tu respiración, como dos susurros, dos caricias de aire, cada una un eco de la otra. Desabrochaste tu blusa. No llevabas nada debajo. Tus pechos brotaron directamente, ofreciéndose a Max. Él los tomó primero entre sus dedos y luego los recorrió con la lengua. Empezó por la base, apartando los restos de la blusa, y describió círculos concéntricos hacia los pezones, que sintió endurecer ante su presión. Hundió su cabeza en tu pecho como si pidiese protección, y tal vez la pedía. Besó la carne a un lado y otro de su rostro y se embriagó con el olor de tu cuello. Pero el sonido no se detuvo. Al contrario, adquirió el ritmo de los latidos de tu corazón.

—Perdóname si estoy un poco torpe... Es sólo..., ¿no escuchas el ruido?

Lo interrumpiste uniendo tus labios a los suyos. Tu lengua se abrió paso entre sus dientes, y succionó como una ventosa húmeda. Él mordió tu labio inferior, y los lóbulos de tus orejas. Trató de quitarse la chaqueta. No conseguía hacerlo con comodidad, así que se levantó y te arrojó sobre la cama. Caíste de espaldas, con las piernas separadas. Él se arrancó la chaqueta y la corbata. Se arrodilló frente a tu cuerpo. Te quitó los zapatos, y besó las plantas de tus pies, de abajo arriba, abrazado a tus piernas.

Alguien que te quiera necesariamente, pase lo que pase.

Los escarceos le hacían olvidar por momentos el ruido, que sin embargo aumentaba de volumen cada vez que pensaba en él. Incluso cambiaba de textura. O a lo mejor era Max quien le atribuía otro sentido en cada ocasión. Alguna vez, le había sonado como un acto sexual, las expresiones de placer de una pareja. Ahora sonaba como un quejido, o varios, un continuo murmullo de dolor.

Lo atrajiste hacia ti. Hizo ademán de trepar sobre tu cuerpo, pero tus manos lo retuvieron a un lado, boca arriba. Desabrochaste su cinturón. Él completó la operación mientras besaba distraídamente tu hombro. Su pantalón voló por los aires. Tenía el pene erecto sólo a medias. Lo amasaste entre tus dedos hasta que duplicó su volumen. Y lo buscaste con tu boca. Primero, tu lengua se concentró en la punta. Luego introdujiste el resto, confundiendo tu saliva con sus primeros jugos.

Max tomó tu cabeza entre sus manos para controlar tu ritmo. Cerró los ojos para concentrarse en la oleada de placer que le producías. Decidió mirarte también en el espejo del armario. Lo excitaba sobremanera tenerte por partida doble.

Pensó que a lo mejor podía tenerte para siempre.

A lo mejor no tenía que hacer lo que iba a hacer.

Pero al abrir los ojos, en el espejo, sólo encontró a la niña del ascensor. Estaba su reflejo, pero no ella, como si viviese ahí dentro.

Yo no tengo nombre.

Volvió a cerrar los ojos. Trató de concentrarse en ti. Pasó al otro lado de la cama, de espaldas al espejo, y te quitó el pantalón. Te quejaste un poco por la brusquedad del cambio, pero lo dejaste hacer. El botón entre tus piernas asomó, adornado con su cresta breve y oscura. Max hundió sus dedos en tu carne y los sintió humedecerse. Separó tus piernas hasta que pareció que iba a partirte por la mitad, y sumergió su cabeza entre ellas. Un olor pegajoso saludó su llegada.

El sonido no cedía. Al contrario, se hacía cada vez más nítido. Dejaba de ser una amalgama confusa. Las voces que lo componían, como los instrumentos de una orquesta, fueron distinguiéndose del fondo y haciéndose claros y distintos.

Papá, ¿tú me quieres?

Max conocía esas voces. Esos lamentos. Quería dejar de oírlos.

Levantó la cabeza. La niña aún estaba en el espejo mirándolo fijamente desde sus cuencas vacías.

Se irguió. Lo miraste con curiosidad, con los ojos aún entrecerrados por el deseo. Abandonó la cama. Tú te tocaste con ambas manos, para no perder el ritmo. Lo invitaste a volver. Él obedeció, pero antes recogió del suelo su cinturón y su corbata. Se sentó a horcajadas sobre tu vientre y estiró tus brazos hacia la cabecera de la cama, primero uno, luego el otro, besándote en las axilas y los pechos mientras lo hacía. Ató cada una de tus muñecas con una prenda de vestir. Trataste de zafarte, o quizá sólo probabas la resistencia de tus ataduras, porque tras unos esfuerzos, relajaste tu cuerpo y lo recostaste cuan largo era sobre la cama. Tu expresión parecía expectante y divertida.

Max miró de reojo al cajón de la mesa de noche.

Antes de continuar, se detuvo a acariciar el cuerpo que le ofrecías. Con manos delicadas, palpó cada rincón, acaso en una silenciosa despedida. A veces te producía cosquillas. A veces, impaciencia. Hizo una larga escala en tus muslos, impregnados con el olor más intenso, e incluso se detuvo a besarlos con delectación, para luego subir hasta tu vientre. En cada punto de tu piel lo asaltaban diferentes recuerdos. No tenía muchos recuerdos en general, así que debía atesorar los que poseía como preciadas propiedades.

Pero tenía deseos. Deseaba quedarse contigo. Muchas noches. Y muchos días. Toda su vida.

Las voces continuaron definiéndose, cobrando identidad, hasta sonar como una alarma aguda y lacerante. En el espejo, los labios de la niña pronunciaban las palabras que él no quería oír:

Papá, ¿tú me quieres?

Tu mente se niega a aceptar lo que pasó.

Tú también estás muerto.

Con un movimiento violento e inesperado, Max entró en ti. Lo recibiste con un suspiro de dolor desgarrado. Pero segundos después, tu pelvis se relajó, como si se acostumbrase al intruso. Max volvió a atacar, como un mazazo. Sonreíste. Lo hizo dos veces más y tu sonrisa se desvaneció, reemplazada por una mueca de pupilas dilatadas que podía reflejar cualquier emoción intensa.

Max estiró la mano y abrió el cajón de la mesa de noche.

El ruido, las voces, amenazaban con hacerle explotar la cabeza.

La niña seguía estampada en el espejo. En todos los espejos. En todas las paredes.

Quizá no era necesario lo que estaba a punto de hacer. Quizá podía simplemente dejar de hacerlo. Quizá era libre. Tú y él harían el amor con normalidad y a la mañana siguiente abandonarían el hotel y el pasado. Se irían a vivir a un lugar soleado y lejano. Sobre todo, lejano.

Max sacó las navajas de afeitar, y comenzó a manipularlas atrás de tu cabeza. Al principio, no entendiste lo que hacía. Pero una de las navajas se le cayó y tuvo que agacharse a recogerla. La tomó entre sus dedos y ella te saludó con un destello proveniente del espejo. Él te tapó la boca. Encadenada como estabas, te sacudiste. Pensaste que quizá el juego iba demasiado lejos, incluso para ti.

Un espejo de sus deseos, incluso los más ocultos.

Max presionó su cuerpo sobre el tuyo, paralizándote.

De repente, imaginó algo diferente: una casa. Un niño correteando descalzo por la habitación, llamándolo papá. Una taza de café contigo y el periódico. Un jardín. Quizá eso era una opción. Quizá podía creer en esa imagen. Incluso hacerla realidad. Tener contigo una vida sin sobresaltos, una familia, fines de semana en el campo, y todas esas cosas de las que sólo le quedaban vagos recuerdos.

Levantó la navaja. Algo en él se resistía a lo que iba a hacer. El corazón se le bamboleaba en el pecho.

En busca de ánimo, miró a la niña en el espejo, fríamente suspendida en el aire, en medio de los alaridos que resonaban en la habitación.

No era fácil hacer lo que debía. Tampoco dejar de hacerlo.

Era hora de tomar una decisión.

XXXIV

Blanco.

Una plaga de mariposas blancas, abalanzándose sobre la ciudad.

Algunas de ellas se estrellaban contra la ventana de la habitación, y se arrastraban a morir en sus rincones.

Max se acercó a verlas. Eran copos de nieve.

Su asistente personal anunció la recepción de un mensaje. Lo abrió:

> Hay un restaurante con una gran vista
> de la ciudad nevada.
> ¿Quieres una reserva? ¿Quieres más información?

La jarra de agua, como siempre, descansaba sobre el escritorio. Max arrojó el asistente personal en su interior.

Llevaba puestos los vaqueros y la camiseta, los únicos, los que te gustaban tanto. Y un abrigo. Se sentía ligero. Había pasado dos horas, desde el amanecer, sentado frente a esa ventana, despidiéndose de la habitación. Y la nieve lo había acompañado en esa ceremonia íntima. Era la primera vez que presenciaba ese espectáculo natural, y le parecía sorprendente. Mejor que cualquier máquina que hubiese visto hasta entonces.

Se volvió hacia su equipaje, tratando de decidir qué llevarse. Al fin y al cabo, ya no era la misma persona que había empacado la noche anterior. Levantó la maleta de los trajes y decidió tirarla a la basura. Al ver que no cabía en el pequeño basurero de la habitación, la dejó en el suelo.

Echó a caminar arrastrando la otra maleta, la de rueditas. Al pasar frente a la puerta del baño, temió estar olvidando sus útiles de aseo. Sintió el impulso de entrar a buscarlos. Iba a cruzar el umbral, cuando percibió en el espejo el reflejo de la bañera. Una imagen oscura atravesó fugazmente su memoria. Optó por seguir adelante. Si le hacía falta cualquier cosa, ya se las arreglaría.

Antes de cerrar la puerta definitivamente, volvió a contemplar la nieve en el marco de la ventana, como un cuadro vivo.

En el laberinto de pasillos, volvió a cruzarse con la mucama de la noche anterior. El tapiz de las paredes y la alfombra habían recuperado su color crema habitual.

—¿Recibió su botella anoche, señor?

—Sí, gracias.

—¿Puedo entrar a hacer la limpieza de su habitación?

Max pensó en las cosas que dejaba atrás. Había muchas que no quería que nadie viese mientras estuviese él cerca del hotel.

—Mejor no. No antes de la una, por favor.

—¿Pasó una buena noche?

Pero la puerta del ascensor ya se abría, y Max entró sin responder. La mucama hizo adiós con la mano hasta que las puertas la borraron de su vista.

El lobby estaba especialmente agitado esa mañana. Al parecer, una nueva convención atraía ejecutivos con trajes azules y grises, que se amontonaban en el bar en espera de sus habitaciones. Max tuvo que formar una larga cola antes de ser atendido en recepción.

—Me voy —anunció al llegar—. Quiero pagar mis extras.

Extendió su pasaporte hacia la recepcionista. Ella tableteó un buen rato en su computadora. Miró nerviosamente a Max y volvió a teclear. Mientras lo hacía, Max contempló el espectáculo de la nieve en el ventanal, enterrando suavemente los edificios.

—Lo siento, señor —dijo la recepcionista—. No tenemos a nadie registrado con su nombre. ¿Puede estar bajo otra identificación?

—No lo creo. Yo sólo tengo un nombre. A veces ni eso.

—No sé qué decirle, señor.

—Busque a Marius Kreutz. ¿Está él registrado?

La chica volvió a su teclado. Los botones sonaban como una máquina de escribir antigua.

—No, señor —dijo al fin—. Tampoco hay nadie que se llame así.

—¿Pero lo ha habido? Quizá se haya ido ya.

—Me temo que no estoy autorizada a proporcionarle esa información, señor.

—Ya. ¿Y qué sugiere?

La chica miró a uno y otro lado, como si la respuesta pudiese estar escrita en las paredes.

—¿Vino usted a la convención de Géminis?

—Sí.

—Hemos tenido muchas complicaciones logísticas con esa convención. A lo mejor ésta es una de ellas. El nombre de usted ha desaparecido.

—Errar es humano, ¿verdad?

—Sí, señor.

Detrás de Max, un grupo de rusos empezó a mostrar impaciencia. La cola se hacía más larga a cada minuto. La recepcionista se veía muy joven y muy nerviosa. Dijo:

—Para usted, es una buena noticia. Si no figura aquí, no puedo cobrarle.

Max hizo una pequeña reverencia y se apartó del mostrador. Abandonó el lobby tirando de su maleta. Durante el descenso en ascensor, estudió su reflejo en los espejos. Le parecía haber envejecido desde su llegada a Tokio, pero no le importaba. Le importaban pocas cosas en ese momento. Sólo una, en realidad.

—¿Taxi, señor?

—No, gracias.

—Está nevando, señor.

—Lo sé.

Max enfiló por la avenida de atrás del hotel. Aquí y allá, las ruedas de su maleta se atracaban entre la nieve recién caída. En otros tramos, donde los copos habían tenido tiempo de endurecer, el suelo estaba peligrosamente resbaloso. Pero en general, le gustaba caminar bajo esa lluvia de cristales. A veces andaba con la mano extendida, sólo para sentirlos derretirse entre sus dedos.

La nevada había creado una capa blanca que cubría todo el cementerio. Los nichos emergían del suelo como si escarbasen para escapar. Ahí sí, Max se vio obligado a cargar con su maleta un tramo. Afortunadamente, no pesaba demasiado. Decidió que sus maletas nunca volverían a pesar demasiado.

Encontró el lugar que buscaba y se sentó sobre una lápida, a la sombra de un arco que parecía una enorme puerta hacia algún lugar. Frente a él crecía un cerezo, el único visible en el paisaje verde y gris del cementerio.

Hacía frío. Y su abrigo no calentaba lo suficiente. Sintió que la nieve le calaba los huesos. Pero la expectativa lo mantenía abrigado.

Una silueta se acercó caminando entre los sepulcros. Al principio, la nieve hacía imposible distinguirla. Después de un rato, Max alcanzó a vislumbrar que llevaba, como él, una maleta. Pero sólo tras largos minutos pudo percibir sus facciones, el pelo brillante, la piel blanca.

Casi podía oler tu piel, aun a través de la nieve.

Venías mejor abrigada que él. Llevabas unos guantes. La nevada era algo totalmente anómalo en esa fecha, y habías imaginado que Max no estaría preparado para las irregularidades de la naturaleza. Así que traías otros guantes para él. Unos mitones. Te sentaste a su lado y se los pasaste. Él se los puso de inmediato. Pasó sus dedos libres por tu mejilla. Con el vapor congelando su aliento, dijo:

—Son perfectos.

Sonreíste. Recostaste tu cabeza sobre su hombro. Él rodeó tu espalda con el brazo. Pasaron así un largo rato viendo el mundo teñirse de blanco. Max no medía el tiempo ya, pero tú te sentiste obligada a devolverlo a la realidad. Hiciste un gesto de interrogación con los hombros y moviste los dedos, formando un muñequito caminante.

¿Y ahora adónde vamos?

Max te tomó por la cintura y te apretó fuertemente. No dijo nada. No tenía nada que decir.

Frente a ustedes, las hojas claras del cerezo se cargaban de nieve. Las primeras flores de la temporada asomaban entre los copos, como bebés recién nacidos.

ABRIL ROJO
Santiago Roncagliolo

Siempre quise escribir un thriller, es decir, un policial sangriento
con asesinos en serie y crímenes monstruosos.
Y encontré los elementos necesarios en la historia de mi país:
una zona de guerra, una celebración de la muerte
como la Semana Santa, una ciudad poblada de fantasmas.
¿Se puede pedir más?

El investigador de los asesinatos es el fiscal distrital adjunto
Félix Chacaltana Saldívar. A él le gusta que lo llamen así,
con su título y todo. El fiscal Chacaltana nunca ha hecho nada
malo, nunca ha hecho nada bueno, nunca ha hecho nada
que no estuviese claramente estipulado en los reglamentos
de su institución. Pero ahora va a conocer el horror.
Y el horror no se ha leído el código civil.

Siempre quise escribir una novela sobre lo que ocurre cuando la
muerte se convierte en la única forma de vida. Y aquí está.

SANTIAGO RONCAGLIOLO

PUDOR
Santiago Roncagliolo

«Estabas deliciosa en la pescadería. Ahora quiero ver más.»

Ésta es una novela sobre la intimidad, sobre los deseos
y los miedos que no confesamos ni siquiera a quienes más
queremos, sobre los secretos con que nos protegemos
para que los demás no nos hagan daño.

Sus personajes son un hombre que va a morir,
una mujer que recibe anónimos pornográficos,
un niño que ve cadáveres, un gato que quiere sexo, esa clase
de gente. Como muchas familias, todos esos personajes viven
juntos y todos están solos.

A veces me parece una historia muy triste y sórdida, y a veces
creo que es una comedia. Es lo que tienen en común
las familias y los sentimientos, que nunca se ponen de acuerdo.

SANTIAGO RONCAGLIOLO

Alfaguara es un sello editorial del Grupo Santillana

www.alfaguara.com

Argentina
www.alfaguara.com/ar
Av. Leandro N. Alem, 720
C 1001 AAP Buenos Aires
Tel. (54 11) 41 19 50 00
Fax (54 11) 41 19 50 21

Bolivia
www.alfaguara.com/bo
Calacoto, calle 13 nº 8078
La Paz
Tel. (591 2) 279 22 78
Fax (591 2) 277 10 56

Chile
www.alfaguara.com/cl
Dr. Aníbal Ariztía, 1444
Providencia
Santiago de Chile
Tel. (56 2) 384 30 00
Fax (56 2) 384 30 60

Colombia
www.alfaguara.com/co
Calle 80, nº 9 - 69
Bogotá
Tel. y fax (57 1) 639 60 00

Costa Rica
www.alfaguara.com/cas
La Uruca
Del Edificio de Aviación Civil 200 metros
    Oeste
San José de Costa Rica
Tel. (506) 22 20 42 42 y 25 20 05 05
Fax (506) 22 20 13 20

Ecuador
www.alfaguara.com/ec
Avda. Eloy Alfaro, N 33-347 y Avda. 6 de
    Diciembre
Quito
Tel. (593 2) 244 66 56
Fax (593 2) 244 87 91

El Salvador
www.alfaguara.com/can
Siemens, 51
Zona Industrial Santa Elena
Antiguo Cuscatlán - La Libertad
Tel. (503) 2 505 89 y 2 289 89 20
Fax (503) 2 278 60 66

España
www.alfaguara.com/es
Torrelaguna, 60
28043 Madrid
Tel. (34 91) 744 90 60
Fax (34 91) 744 92 24

Estados Unidos
www.alfaguara.com/us
2023 N.W. 84th Avenue
Miami, FL 33122
Tel. (1 305) 591 95 22 y 591 22 32
Fax (1 305) 591 91 45

Guatemala
www.alfaguara.com/can
7ª Avda. 11-11
Zona nº 9
Guatemala CA
Tel. (502) 24 29 43 00
Fax (502) 24 29 43 03

Honduras
www.alfaguara.com/can
Colonia Tepeyac Contigua a Banco
    Cuscatlán
Frente Iglesia Adventista del Séptimo Día,
    Casa 1626
Boulevard Juan Pablo Segundo
Tegucigalpa, M. D. C.
Tel. (504) 239 98 84

México
www.alfaguara.com/mx
Avda. Universidad, 767
Colonia del Valle
03100 México D.F.
Tel. (52 5) 554 20 75 30
Fax (52 5) 556 01 10 67

Panamá
www.alfaguara.com/cas
Vía Transísmica, Urb. Industrial Orillac,
Calle segunda, local 9
Ciudad de Panamá
Tel. (507) 261 29 95

Paraguay
www.alfaguara.com/py
Avda. Venezuela, 276,
entre Mariscal López y España
Asunción
Tel./fax (595 21) 213 294 y 214 983

Perú
www.alfaguara.com/pe
Avda. Primavera 2160
Santiago de Surco
Lima 33
Tel. (51 1) 313 40 00
Fax (51 1) 313 40 01

Puerto Rico
www.alfaguara.com/mx
Avda. Roosevelt, 1506
Guaynabo 00968
Tel. (1 787) 781 98 00
Fax (1 787) 783 12 62

República Dominicana
www.alfaguara.com/do
Juan Sánchez Ramírez, 9
Gazcue
Santo Domingo R.D.
Tel. (1809) 682 13 82
Fax (1809) 689 10 22

Uruguay
www.alfaguara.com/uy
Juan Manuel Blanes 1132
11200 Montevideo
Tel. (598 2) 410 73 42
Fax (598 2) 410 86 83

Venezuela
www.alfaguara.com/ve
Avda. Rómulo Gallegos
Edificio Zulia, 1º
Boleita Norte
Caracas
Tel. (58 212) 235 30 33
Fax (58 212) 239 10 51

Este libro se terminó de imprimir en el mes de
octubre de 2010, en Edamsa Impresiones S.A. de C.V.
Av. Hidalgo No. 111, Col. Fracc. San Nicolás Tolentino C.P. 09850,
Del. Iztapalapa, México, D.F.